Liebe ist stärker
als Hass!

LiLo Seidl

Die Geschichte einer Radikalisierung

Bibliografische Information der Deutschen Nationalbibliothek: Die
Deutsche Nationalbibliothek verzeichnet diese Publikation in der
Deutschen Nationalbibliografie; detaillierte bibliografische Daten sind
im Internet über dnb.dnb.de abrufbar.

© 2018
Herstellung und Verlag: BoD – Books on Demand,
Norderstedt

ISBN: 9 783746 059129

Dieser Titel ist auch als E-Book erschienen

Das Leben gleicht dem Feuer:
Es beginnt mit Rauch
und endet mit Asche,
wie groß die Flamme ist,
entscheidest du.

(Arabisches Sprichwort)

NASRI

*›Ich habe gelernt, dass ein Tag 24 Stunden,
eine Stunde 60 Minuten und eine Minute 60
Sekunden hat. Doch erst jetzt weiß ich, dass
eine Sekunde ohne dich die Ewigkeit bedeutet‹.*

Er las jedes Wort und prüfte es auf Fehler. Obwohl er die deutsche Sprache und die Schrift inzwischen ganz gut beherrschte, sah er hin und wieder im Duden nach, fragte seine Pflegeeltern, seinen *neuen* Bruder Jonas oder seinen Ausbilder bei Audi. Die Fachbegriffe in der Berufsschule beherrschte er blind, wie alles, was mit Motoren zu tun hatte. Seinen ersten Liebesbrief wollte er allein auf die Reihe bekommen, er musste perfekt werden. Jemand anderen um Hilfe zu bitten, wäre ihm etwas peinlich.

Den Spruch aus dem Internet hatte er mit Füller regelrecht auf das feine, hellblaue Briefpapier gemalt, Leonies Lieblingsfarbe. Er unterschrieb mit ›In Liebe, Nasri‹ und zeichnete noch zwei kleine, miteinander verbundene Herzen daneben. Er nickte zufrieden und ging seinen Plan noch einmal durch. *Am Mittwoch frage ich sie, ob sie Freitagabend Zeit hat und lade sie zum Essen ins Giulietta ein. – Giulietta, allein der Name! Giulietta wie Julia – Julia und Romeo. Das ist total romantisch, wie Leonie und Nasri.* Er lächelte. *Am Donnerstag gehe ich zum Friseur und am Freitag, nach dem Gebet, kaufe ich eine rote Rose, sie muss ganz frisch sein. Im Giulietta bitte ich den Kellner, meine John Legend-CD einzulegen und ›All of me‹ zu spielen, für ein Extra-Trinkgeld macht er das. Dann gebe ich Leonie den Brief und warte wie sie drauf reagiert. Dabei kann ich ihr in die Augen sehen. Und wenn sie alles gelesen hat sage ich ihr, dass ich sie liebe. Hoffentlich werde ich nicht rot.* Er stützte seinen Kopf auf die Hände. *Dann wird sie mir zuzwinkern, ihre tollen, langen Locken schütteln und vielleicht sagen: ›Das Rot passt zu meiner Haarfarbe‹. Süße Leonie, sie ist so lustig und total nett. Und sie ist 'ne richtige Powerfrau, vertritt immer ihre Meinung und macht keine Männer an.* Das gefiel ihm am besten an der Frau seiner Träume.

Leonie, 18, ein Jahr jünger als Nasri, hatte am 1. September letzten Jahres mit ihm und seinem Freund Rami die Ausbildung zum KFZ-Mechatroniker bei Audi begonnen. Er konnte sie von Anfang an gut leiden. Mit ihr konnte man Lachen und Blödsinn machen und sie fuhr Motocross, wie er. Er aß mit ihr fast täglich zusammen Mittag in der Kantine und zweimal in der Woche lernten sie nach Feierabend für die Berufsschule. Zuerst hatte er in ihr nur einen netten Kumpel gesehen, eine Frau in dieser Rolle war absolutes Neuland für ihn, inzwischen war er Hals über Kopf in sie verliebt. In seinen Tag- und Nachtträumen stellte er sich vor, ihr zartes, hübsches Gesicht in seine Hände zu nehmen, ihr in die tiefen, grünen Augen zu sehen, ihre vielen, süßen Sommersprossen zu zählen und ihren sinnlichen Mund zu küssen. Früher, in seiner alten Heimat Homs, hätte er sie nicht einmal ansehen, geschweige denn mit ihr reden dürfen. Sie gehörte nicht zur Familie. Dieses Tabu galt auch für die meisten syrischen Mädchen und Frauen, die hier lebten. Er kannte einige aus dem Wohnheim und dem Deutschkurs. Aber die wurden von ihren konservativen Eltern wie Schätze behütet, immer die gut situierten Männer für ihre Töchter im Auge. Es spielte keine Rolle, ob man wie er ein anerkannter Asylbewerber war, der gut Deutsch sprach und einen Ausbildungsplatz vorweisen konnte. Sie wollten Traumprinzen mit Geld und Ansehen. *Blödes, altmodisches Schubladendenken!*

Zum Glück gab es aufgeschlossene Menschen wie seine Pflegeeltern Rena und Michael Bauer, bei denen er seit März 2013 im eigenen, komfortablen Zimmer wohnte.

»Du darfst deine Freundin ruhig mitbringen«, hatte Rena gleich zu Beginn gesagt.

»Okay, wenn ich eine habe.«

»So ein hübscher Kerl und keine Freundin? Das wird sich bald ändern.«

Das hoffte Nasri seit langem. Manchmal wünschte er sich ein markanteres, männlicher wirkendes Gesicht, wie das seines Freundes Hasan. Er fand sein eigenes zu weich, aber ein Bart gefiel ihm nicht. Sonst war er zufrieden mit seinem Äußeren, er tat auch etwas dafür. Er rasierte sich täglich und ging regelmäßig zum Friseur, um sich sein kräftiges, schwarzes Haar modisch kurz trimmen zu lassen. Mit Rami und Hasan trainierte er ein- bis zwei Mal in der Woche im Fitness-Studio, um seinen Körper zu stählen. ›Aber nicht übertreiben mit den Muskeln‹, riet Hasan. ›Wer will denn aussehen wie ein Bodybuilder, das mögen viele Mädels nicht. Und rasiert euch im Schritt, das mögen sie – außerdem kommt euer Prinz so besser zur Geltung‹. Nasri schmunzelte. *Ein typischer Hasan-Spruch.*

Manchmal schwirrten alle gut gemeinten Ratschläge auf einmal in seinem Kopf herum, kaum auszuhalten. Aber er wollte nichts falsch machen, schon gar nicht bei Leonie. Sein Antrag musste perfekt werden. Mit ihr konnte er sich vorstellen, eine Familie zu gründen. Seine hatte er im syrischen Bürgerkrieg verloren, 2012, nach der ersten Eskalation. *Ich hätte bleiben müssen, sie beschützen und mein Versprechen habe ich auch nicht gehalten, weil ... Nein, nicht jetzt!* Er blendete die Gedanken an seine Familie aus. Obwohl die Erinnerungen schmerzten wie tiefe Nadelstiche ins Herz, hielt er es mittlerweile für die richtige Entscheidung, die Flucht gewagt zu haben. *Sie sind jetzt an einem besseren Ort.*

Seine neue Heimat war Ingolstadt. Es gab schlimmere Orte, an denen man als Flüchtling landen konnte – wie in Ostdeutschland, mit der steigenden Fremdenfeindlichkeit und den Rechtsradikalen, die dort ihr Unwesen trieben. Wenn das braune Pack hier auf die Straße ging und ihre Hassparolen verbreitete, wurde es von mindestens zehn Mal so vielen Gegendemonstranten niedergebrüllt oder durch Glockengeläut zum Schweigen gebracht. Die meisten Menschen hier begegneten Flüchtlingen freundlich und tolerant. Auch in der Arbeit wurden keine Unterschiede gemacht, dort zählten Können und Leistung. Damit war Nasri sehr zufrieden, genau wie mit seinem Liebesbrief. Er faltete ihn sorgfältig zusammen, steckte ihn in den Umschlag, auf dem Leonie stand, und klebte ihn zu.

An der Tür klopfte es.

Er sah auf seine Armbanduhr, kurz vor zehn. »Komm rein, Rami.« Er wusste genau, dass nur er es sein konnte. Sie hatten sich nach Feierabend spontan entschlossen, ins XTreme zu gehen, ihrem Lieblingsclub in der City. Morgen war Dreikönigstag, sie konnten ausschlafen.

»Bist du fertig?«, fragte Rami ungeduldig zappelnd. »Hasan wartet unten.«

Nasri schmunzelte, wie immer konnte es Rami nicht schnell genug gehen. Die Aussicht auf einen Flirt, arrangiert von Hasan, versetzte ihm jetzt bereits kleine Adrenalinstöße.

»Klar bin ich fertig.« Nasri legte den verschlossenen Brief unter die CD und stand auf, um Rami mit Handschlag, Umarmung und Bruderkuss zu begrüßen, wie immer. Dann löschte er das Licht. »Yalla!«

Nasri begrüßte Hasan, der vor dem Haus an seinen Kia gelehnt wartete, wie Rami vorhin. Dann stiegen sie gemeinsam ein, Nasri nahm mit der Rückbank vorlieb. Er hatte weder Auto noch Führerschein, aber seit Beginn seiner Lehre zweigte er jeden Monat 150 Euro dafür ab. Er schätzte es, einen Freund mit Auto zu haben und

Hasan machte es nichts aus, zu fahren. Sie hingen ohnehin meist zusammen ab. Nasri kannte ihn seit 2013, aus dem Deutschkurs. Rami hatte er in der Realschule kennengelernt und mit ihm den Abschluss gemacht.

Nach ein paar Minuten Fahrt wunderte sich Nasri, Hasan war heute schweigsamer als sonst. »Hey, was ist los, Hasan? Du bist so still.«

»Ach nichts. – Ich bin stinkig.«

»Warum?«

»Hast du keine Nachrichten gesehen?«

»Nein.«

»Ich auch nicht«, sagte Rami. »Gabs was Besonderes?«

»Ein ZDF-Spezial, in der Silvesternacht kam es in Köln zu Übergriffen auf Frauen. Sie wurden betatscht, beklaut, manche reden sogar von Vergewaltigung. Es sollen überwiegend Immigranten gewesen sein.«

»Dumme Arschlöcher!«, schimpfte Nasri.

»Verfickte Arschlöcher!«, setzte Hasan drauf. »Die Hälfte der Deutschen wird jetzt wieder alle über einen Kamm scheren! Ich höre sie schon brüllen: Alle Flüchtlinge und Immigranten sind Grabscher und Frauenschänder!«

»Jedes Pauschalurteil hinkt.«

»Sag das den Schwarzweiß-Denkern!«

»Warum berichten sie erst heute darüber, fünf Tage später?«

»Die wollten das garantiert vertuschen!«

»Mann, die Jungs wollen doch nur ficken!«, meinte Rami unverblümt.

»Das will ich auch«, sagte Hasan. »Das wollen alle Männer, auf der ganzen Welt. Aber die Typen in Köln haben sich aufgeführt, schlimmer wie ein Elefant im Porzellanladen! Diese geilen Böcke glauben scheinbar, dass man das mit Frauen machen darf, die ohne Männer ausgehen!«

»Das kursiert im Internet«, meinte Rami.

»Man muss ja nicht jeden Scheiß glauben, der dort oder sonst irgendwo kursiert!«, schmetterte Nasri es ab.

Damals, im Wohnheim, gingen auch negative Gerüchte über deutsche Frauen um: Verheiratete schlafen mit anderen Männern und viele gehorchen nicht. Dazu kam die Einteilung in zwei Kategorien durch die erzkonservativen Moslems, es gäbe nur Huren und Heilige. Eine Frau muss verfügbar sein, dem Mann auf der Straße oder dem eigenen Ehemann. Eine Frau ist kein vollwertiger Mensch und damit kein Ansprechpartner auf Augenhöhe, kurz: archaischer Bullshit. Dieses unterschiedliche Rollenverständnis von Frau und Mann ließ Welten aufeinander prallen. Die Ereignisse in Köln bewiesen das aufs Neue.

»Diese Typen sollen endlich checken, dass sie hier in einer anderen Kultur leben«, sagte Hasan. »Das kann man von jedem halbwegs intelligenten Menschen erwarten. Sonst können sie ihren Kram packen und wieder nach Hause fahren. Die werden das Leben hier nicht ändern, die haben sich gefälligst anzupassen, das nennt man Integration!«

»Leider sind nicht alle so vorbildlich wie wir drei«, meinte Nasri. »In Sachen Frauen könntest du ihnen ja beibringen, wie es richtig läuft. Mach 'ne Flirtschule auf.«

Hasans Mund formte sich zu einem breiten Grinsen. »Das ist gar keine so schlechte Idee.«

»Finde ich auch, Mann«, pflichtete Rami bei. »Aber wir kriegen deine Ratschläge weiter umsonst, oder?«

»Klar, aber ihr müsst sie beherzigen!«

»Bei dir klingt das, als wäre es total einfach.«

»Es ist nur eine Frage der Übung: Anlächeln, ganz unaufdringlich, lächelt sie zurück, ist das schon die halbe Miete. Dann fragt ihr sie, ob ihr sie auf 'nen Drink einladen dürft oder was sie eben gern mag. Fangt ein Gespräch an, am besten über Musik, das geht immer. Macht ihr ein nettes Kompliment, dabei könnt ihr sie um den Finger wickeln«, Hasan ließ passend dazu den rechten Zeigefinger kreisen, »dann könnt ihr sie ficken so oft ihr wollt.«

Er hat ja Recht, dachte Nasri. *Bis auf die Sache mit dem Ficken.* Das gefiel ihm nicht, das hielt er für total unromantisch. *Hasan sucht nur das schnelle Vergnügen, er benutzt die Frauen. Und Rami nimmt jede, die er für ihn anschleppt.* Nasri wollte keine von ihnen, willig und leicht zu haben. Er wollte das Herz von Leonie erobern und sich richtig verlieben. Später verloben und heiraten mit allem Drum und Dran und natürlich in eine eigene Wohnung ziehen – zwei Zimmer, Küche, Bad, Balkon – wie die von Hasan, oder ein Zimmer mehr. Aber erst nach der Ausbildung, bis dahin durfte er bei den Bauers wohnen.

»Du hast gut reden, Mann«, sagte Rami zu Hasan. »Du kannst jede Frau haben.«

»Nicht jede«, rutschte es Nasri gehässig heraus, am liebsten hätte er sich auf die Zunge gebissen. Obwohl er keinen Namen nannte, wusste Hasan was er meinte: Die schöne Ärztin Janina, er nannte sie Prinzessin, bis sie ihn wegen einer besseren Partie abservierte.

Hasans Züge verhärteten sich, Nasri zog den Kopf ein. *Scheiße, hätte ich nur die Klappe gehalten!*

Rami entschärfte die Situation. »Als Ausgleich hast du dir kurz darauf gleich zwei angelacht, eine am Freitag und eine am Samstag.«

»Wer kann, der kann«, meinte Hasan in einem Anflug von Snobismus. »Lasst mich mal überlegen, das waren Erdbeere und Kirsche, mmmhhh!«

Typisch Hasan! Nasri schüttelte den Kopf, aber er war froh, dass er ihm seine flapsige Bemerkung nicht wirklich übel nahm. Sein Freund war kein Kostverächter, aber ohne Schutz lief nichts. Manchmal erinnerte er sich leichter an die Geschmacksrichtungen der Kondome, als an die Namen der Frauen.

Mit einer Colaflasche in der Hand beobachtete Nasri, am Rand der Tanzfläche im XTreme stehend, seine beiden Freunde von der Seite. Zu den schnellen Beats von ›Heat This Up‹ wippend, ließen sie ihre Blicke über die Frauen ohne männlichen Begleiter schweifen, manche in Glitzerkleidchen und mit Schmuck behängt wie ein Weihnachtsbaum. Jetzt, kurz nach elf, war der Club mit potentiellen Flirt-Kandidatinnen bereits gut gefüllt. Einige, sehr Mutige, die fast durchsichtige Tops trugen, stachen auch Nasri ins Auge. »Seht euch die an, und das im Januar!«

Hasan grinste. »Heiße Bräute wie die frieren nicht.«

»Was hältst du von der großen Blonden in Schwarz?« Rami wies mit seiner Colaflasche zu einer etwa 20-Jährigen mit ellenlangen Beinen und raspelkurzem Haar. »An der Bar, links.«

Hasan beäugte sie geringschätzig. »Hübsch ist sie, aber ein Knochengestell, flach wie ein Brett, vorne wie hinten. Außerdem, du weißt doch, kurzes Haar geht gar nicht. Willst du sie, Kleiner? Dann reiß ich sie für dich auf.«

Rami winkte ab. »Lass mal Mann, der Abend ist noch jung.«

»Wen haben wir denn da?« Hasans Augen blieben bei einer, in der Mitte tanzenden, Brünetten hängen: schlank, bildhübsch, schulterlanges Haar. Ihr knappes, weißes Top verriet dem Kenner die Oberweite: B-Cup, perfekt. Sie trug hochhackige Schuhe zur knackig sitzenden Jeans, die ihren Po perfekt zur Geltung brachte. »Toller Arsch und eine Hammer-Taille, der absolute Burner!« Hasan mochte schlanke Frauen mit den richtigen Rundungen. »Und wie die sich bewegt, total geschmeidig. Die ist bestimmt 'ne Raubkatze im Bett. Und sie ist allein! Ich glaubs nicht! Das muss ich ändern.« Er schürzte genieße-

16

risch die Lippen. »Baby, du weißt es noch nicht, aber du hast ein großes FUCK ME auf die Stirn tätowiert.«

Nasri rollte mit den Augen. Er fand diese Frau auch attraktiv, aber ihm gefiel nicht, wie Hasan von ihr sprach. Andererseits beneidete er ihn, nicht nur weil er sechs Jahre älter und erfahrener war, allein die Reaktion der Frauen wenn er einen Raum betrat, als käme ein berühmter Filmstar herein. Ihm konnte kaum eine Frau widerstehen: fast 1,90, athletische Figur, leicht gebräunte Haut, schwarzes, nackenlanges Haar. Sein Lächeln wurde sofort erwidert, ein tiefgründiger Blick aus seinen samtbraunen Augen und ein paar nette Worte genügten, schon unterlagen sie seinem Charme. Hasan könnte fünf an jedem Finger haben wenn er wollte. Aber er wollte nur eine, mindestens eine pro Woche – einmal, in seinem Bett oder in ihrem. *Er benutzt die Frauen, um Janina eins auszuwischen, weil sie ihn wegen Shervin fallen ließ,* dachte Nasri. *Uns braucht er nicht zu beweisen, dass er alle haben kann. Er tut das nur für sein Ego. Wenn das jeder machen würde, das ist so respektlos!*

»Ich bin dann mal weg«, entschuldigte sich Hasan.

»Ran an den Speck«, meinte Nasri zynisch.

Hasan schenkte ihm ein breites Grinsen. »Der einzige, der mir vergönnt ist.«

»Irgendwann wirst du dran ersticken.«

»Sicher nicht! Ihr kennt doch mein Ziel: 72.«

»Du und deine 72.« Nasri rümpfte die Nase, 72 Frauen fand er maßlos übertrieben.

»Ich muss mich ranhalten, ich bin erst bei dreizehn.«

Hasan setzte sein Siegerlächeln auf, fuhr sich durchs Haar und schüttelte es in Form. Lässig, in Marlboro-Mann-Pose mit beiden Daumen im Gürtel, tanzte er das Objekt seiner Begierde an.

Anfangs hielt Nasri 72 Frauen für einen Scherz und einen Anflug von Hasans Machismo. ›72 Jungfrauen im Paradies verspricht der IS einem Märtyrer‹, hatte er es begründet. ›Was soll ich mit ihnen wenn ich tot bin? Ich will die Frauen haben, solange ich lebe, sie müssen auch keine Jungfrauen mehr sein. Die Typen, die sich in die Luft jagen, raffen es einfach nicht, eine Bombe zerfetzt dich in tausend Teile und verstreut sie in alle Richtungen. Du bist Matsch! Adieu Paradies, adieu Jungfrauen, adieu alle Frauen. Außerdem steht es so nicht im Koran. Die IS-Wichser legen ihn einfach falsch aus, um ein paar geile Idioten anzulocken! Dann verpassen sie ihnen eine Gehirnwäsche. Die sollen erst mal richtig lesen lernen und den Leuten nicht so einen Scheiß erzählen! Lasst euch bloß nicht von diesen radikalen IS-Wichsern beschwatzen! Bei mir hat es auch einer versucht und wollte mich für ein Attentat anwerben! Ich habs euch ja erzählt! Fuck the IS!‹

Damit sprach er Nasri aus dem Herzen. Wie Hasan und Rami hatte er genug Krieg und Gewalt in Syrien erlebt und lehnte die radikalen und militanten Doktrinen von Islamisten, Salafisten und Dschihadisten vehement ab. Er liebte und schätzte das Leben in Deutschland, das ihm Asyl bot und Arbeit gab. Nasri mochte Hasan, trotz

18

seiner Machoallüren. Er profitierte von seinem Wissen, schätzte seine Tipps und die rationale Denkweise. Sie teilten dasselbe Schicksal, die Flucht aus Syrien, das schweißte zusammen. Der Altersunterschied spielte keine Rolle.

»Dreizehn seit Ende Oktober!« Rami schüttelte den Kopf und nippte an seiner Cola. »Der lässt es ganz schön krachen.«

Nasri kam ins Schmunzeln. *Ich lasse es auch bald krachen, bei Leonie. Mmmhhh, süße Leonie ... Seit unserer Azubiweihnachtsfeier sieht sie mich anders an als früher, das bilde ich mir nicht ein. Sie mag mich, daran besteht kein Zweifel. Ich hätte es ihr längst sagen sollen, ich Idiot, dann müsste ich nicht ständig daran denken! Wenn man sich so nach einer Frau verzehrt, das ist wahre Liebe. ›Du unverbesserlicher Romantiker‹, hat Hasan am Samstag gesagt. ›Total verknallt und bringt den Mund nicht auf!‹ – Bei ihm klingt alles immer so easy, ich werde schon nervös wenn ich nur dran denke. Um den ersten Schritt zu tun, braucht man Mut.*

Seinen ersten Schritt plante Nasri seit Wochen, jeden Tag war ihm etwas anderes eingefallen. Eigentlich musste er nur die drei magischen Worte sagen: Ich liebe dich! Aber er wollte nicht einfach mit der Tür ins Haus fallen, Whatsapp fand er absolut unromantisch. Dann war ihm die Idee mit dem Brief gekommen. *Die beste Idee überhaupt.* Plötzlich kamen ihm Zweifel. *Was mache ich, wenn sie nein sagt?* Er wusste nicht, wie er auf eine Absage von Leonie reagieren sollte und ob er sie wegstecken könnte. *Nein, das wird sie nicht. Sie mag mich, das fühle ich.*

»Erde an Nasri«, hörte er Rami sagen.

Er bedachte ihn mit einem überraschten Blick. »Äh, was ist?«

»Wo warst du gerade, Mann?«

»Ich hab nur nachgedacht.«

»Okay. – Soll ich uns noch was zu trinken holen?«

»Gute Idee.« Nasri sah zur Tanzfläche. »Wo ist eigentlich Hasan?«

»Er sitzt mit der Brünetten in der Chill-Zone.«

»Okay.«

»Rate mal, wen ich vorhin gesehen habe, Leonie.«

Nasri spitzte die Ohren. »Echt? Unsere Leonie? Äh, ich meine, die von der Arbeit?«

»Kennst du noch eine?«

»Nein.« *Sie ist hier! Wa-was mache ich jetzt?* Vor lauter Nervosität konnte Nasri keinen klaren Gedanken fassen. »Wa-war sie allein?«

»Nein.«

Nasri riss die Augen auf. »Nein? Wer war bei ihr?«

»Die Blonde von vorhin, die Hasan zu flach war.«

»Ach die«, er winkte ab, »wird 'ne Bekannte sein.«

»Was nun, Cola oder nicht Cola?«

»Cola.« Nasri hielt Rami am Arm zurück und nahm ihm die Flasche ab. *»Ich* gehe.« Er hatte Leonie an der Bar entdeckt. *Das ist die Gelegenheit!*

»Für mich bitte keine Light!«, rief Rami ihm hinterher.

Nasri hob die Hand als Zeichen, dass er ihn verstanden hatte. Er wählte den kürzesten Weg zur Bar und musste dafür einige Tänzer umkurven. Er taxierte Leonie, die mit dem Rücken zu ihm stand und sich mit der Blondine unterhielt. Je näher er kam, desto schneller klopfte sein Herz, sein Puls raste. *Jetzt oder nie,* dachte er und atmete einmal tief durch. *Du schaffst das!*

Nur noch wenige Schritte entfernt, sah er wie die Blondine eine Hand an Leonies Hüfte legte und sie zum Po wandern ließ. Nasri blieb abrupt und mit offenem Mund stehen. Die Blondine zog Leonie an sich und küsste sie. Sie schob ihr die Zunge förmlich in den Hals und knetete ihren Po.

Nasri stockte der Atem.

Er ließ beide Flaschen fallen, klirrend landeten sie auf dem Boden, zum Glück blieben sie heil. Er ignorierte es. Er spürte, wie das Blut in seinen Kopf schoss. Um ihn herum wurden die Lichter greller, die Musik lauter, die Beats schneller. Sein Herz pochte im selben Takt und sein Atem ging ebenso schnell. Die Umrisse der Menschen um ihn verschwammen und die, auf die Leinwand über der Bar projizierte, bunte Spirale schien ihn einzusaugen. Er fühlte sich wie in Trance, stolperte über eine der Flaschen und drohte zu straucheln.

Eine Hand griff nach ihm und hielt ihn fest. Sie gehörte Rami, der ihm gefolgt war und ihm wieder auf die Füße half. »Hey, was ist los?«

»S-sie h-hat ...« Nasri gefroren die Worte im Mund. Unbeweglich, mit zornig-schmerzvollem Blick starrte er weiter zur Bar. Schemenhafte Gestalten versperrten die Sicht.

Rami nahm ihn bei den Schultern und schüttelte ihn. »Hallo-ho!«

Starr wie eine Salzsäule, sah Nasri durch ihn hindurch.

»Mann, was hast du? Gehts dir nicht gut?«

Plötzlich war Hasan zur Stelle, er schob Rami weg und packte Nasri am Kinn. »Hey, schau mich an!«, sagte er eindringlich. »Ich bins, Hasan. Komm zu dir!«

»Lass mich in Ruhe!«, schrie Nasri. Er riss sich los und stürmte davon.

Ratlos sah Rami ihm nach. »Wo will er denn hin? Er sah aus, als hätte er einen Geist gesehen?«

»Es war kein Geist, es war Leonie«, erklärte Hasan.

»Sie stand an der Bar, er wollte zu ihr.«

»Aber sie war nicht allein!«

»Ich weiß, sie hat mit der Blondine geredet, die dünne mit den kurzen Haaren von vorhin.«

»Sie haben wild rumgeknutscht und sind händchenhaltend abgezogen.«

Rami glotzte Hasan an. »Jetzt echt, Mann?«

»Ja, Mann!«

»Leonie ist 'ne Lesbe?«

»Volle Punktzahl!«

»Fuck!«

»Du sagt es, Fuck! Ausgerechnet heute, Anja kann ich abschreiben!« Wütend biss Hasan die Zähne zusammen, er spannte seine Gesichtsmuskeln an, dass am Hals Sehnen und Adern hervortraten. »Steh nicht rum!«, er packte Rami am Arm, »wir müssen Nasri finden, bevor er durchdreht! Wir teilen uns auf. Du siehst auf dem Klo nach, ich im Foyer und an der Garderobe. Wir treffen uns draußen.«

Nasri schrie sich die Seele aus dem Leib. Das Gesicht schmerzverzerrt und beide Hände zur Faust geballt, stand er mitten auf der Straße. Es herrschte reger Verkehr, aber die Autos fuhren langsam, damit die Insassen Ausschau nach Bekannten in der Schlange halten konnten. Weil Nasri nicht auf ihr Hupen reagierte, umfuhren sie ihn einfach. Glück für ihn, aber er zog die Blicke der vor dem Eingang des XTreme wartenden Besucher auf sich, außerdem interessierten sich die zwei bulligen Doormen für ihn. Einer marschierte los. Plötzlich stürmten Hasan und Rami an ihm vorbei, packten Nasri und zogen ihn zurück auf den Gehweg.

»Spinnst du, Alter!«, pflaumte Hasan ihn an. »Was tust du im Hemd hier draußen, in dieser Scheißkälte? Du holst dir noch den Tod!«

»Mir scheißegaaal!«, schrie Nasri. »Dann hol ich ihn mir halt!«

Der Doorman trat auf sie zu. »Braucht ihr Hilfe?«

»Nein, vielen Dank«, sagte Hasan in bestem Hochdeutsch. »Wir kommen zurecht.« Er hatte keine Lust, den Kanaken-machen-nur-Ärger-Stempel aufgedrückt zu bekommen, den manche Security-Leute schnell auf den Lippen hatten.

»Was ist passiert, er hat doch nichts eingeworfen?«

»Nein! Er hat Liebeskummer!«

»Ach du Scheiße!«

»Sorry, wegen der Umstände.«

»Kein Problem, ist ja nix passiert.«

»Danke trotzdem.«

»Passt schon.« Der Doorman kehrte wieder zu seinem Arbeitsplatz zurück.

»Diese Schlampe, diese widerliche Schlampe!« Nasri heulte und zitterte unkontrolliert am ganzen Körper, er drohte erneut umzukippen. Hasan und Rami stützten ihn.

»Was jetzt?«, fragte Rami.

»Wir fahren zu mir. Los, hol unsere Jacken.«

»Und deine Brünette?«

»Hey, wer ist wichtiger?«

✦

Im Flur von Hasans Wohnung ließ sich Nasri, zu keiner Bewegung fähig, Jacke und Schuhe ausziehen und die wenigen Schritte bis ins Schlafzimmer manövrieren. Dort fiel er bäuchlings aufs Bett und vergrub sein Gesicht in den Kissen. Hasan und Rami sollten ihn nicht heulen sehen. Während der Fahrt hierher hatte er seine Tränen hinuntergeschluckt. *Scheißegal, sie halten mich sowieso für einen Schwächling.* Er ließ alles heraus, wie bei einer Katze, die ein Fellknäuel herauswürgt. Seines war größer als ein Tennisball und bestand aus Tränen, Wut und Hilflosigkeit.

»Diese Schlampe hat alles kaputtgemacht! Es ist so ungerecht! Warum immer ich?«

»Mann, den hats voll erwischt«, hörte er Rami sagen.

»Ich wollte sie am Freitag zum Essen einladen«, sagte Nasri schluchzend, den Kopf wieder aufgerichtet, »ins Giulietta. Ich hab alles so schön geplant, mit einer Rose, einem schönen Spruch und einem Lied ... und jetzt ... alles ist Scheiße!«

»Come on, andere Mütter haben auch schöne Töchter«, versuchte Hasan ihn zu ermutigen, »vergiss sie.«

»Hör auf mit den blöden Sprüchen, ich wollte sie, nur *sie* gefällt mir!«

»Kapier es endlich, Leonie ist 'ne Lesbe, das wirst du nicht ändern!«

»Nenne ihren Namen nie wieder in meiner Gegenwart!«, erwiderte Nasri trotzig.

»Hör auf zu heulen, das Leben geht weiter! Ich weiß wovon ich rede und wie man sich fühlt, wenn ein Traum zerplatzt. Liebe tut manchmal weh. Ich hab es überstanden und du wirst es auch.«

»Das soll Liebe sein? Scheiß drauf! Scheiß auf die Weiber!«

Rami legte eine Hand tröstend auf Nasris Arm. »Davon geht doch die Welt nicht unter.«

»Ich hätte heute nicht in diesen Scheiß-Club gehen sollen.« Nasri schüttelte die Hand ab.

»Sei froh, dass du dort warst«, sagte Hasan. »Jetzt weißt du wenigstens was Sache ist.«

»Arschloch«, brummte er ins Kissen.

»Hey, pass auf was du sagst!«

»Mann!«, maulte Rami genervt. »Alles, was wir sagen, ist falsch!«

»Du bleibst heute Nacht hier, Nasri«, bestimmte Hasan. »Okay?«

»Okay.«

»Gib mir dein Handy, ich schreibe deiner Familie eine Message, damit sie wissen wo du bist.«

Nasri fischte es aus der Gesäßtasche seiner Jeans, entsperrte es mit zittrigen Fingern und reichte es Hasan. »Rena Bauer, steht in Whatsapp.«

Hasan brauchte nicht lange mit dem Tippen. »So, fertig. Auch wenn sie es jetzt nicht mehr liest, dann morgen früh.« Hasan gab Nasri das Handy zurück.

Er legte es neben sich auf die Bettdecke. »Danke.«

»Sollen wir dich ausziehen oder machst du's selber?«, fragte Hasan.

Nasri sah ihn giftig an. »Bin ich ein Baby?«

Hasan ging in Abwehrhaltung. »Okay, okay!« Er gab Rami einen Wink, ihm zu folgen und nahm die zweite Bettdecke. »Wir teilen uns die Couch.«

HASAN

Er schloss die Tür hinter sich. »So ein Scheiß!« Statt der heißen Anja lag Nasri in seinem Bett und heulte.

»Hm«, brummte Rami. »Vielleicht gehts ihm morgen schon wieder besser.«

»Einmal darüber schlafen wird nicht reichen, befürchte ich. – Welche Decke willst du, Webpelz oder Daune?«

»Egal, die sind beide warm. Gib mir das Plüschteil.«

»Mit manchen Weibern hast du nur Stress!«, murrte Hasan beim Platzieren der Kissen auf seiner Polsterlandschaft. Dort konnten, komplett ausgezogen, drei Erwachsene bequem schlafen. Sein Blick fiel zur Konsole darüber, auf der seit Oktober ein gerahmtes Foto von Janina mit dem Gesicht nach unten lag. Trotz der gewaltigen Risse in Herz und Ego, hatte er es bis jetzt nicht fertiggebracht, es wegzuräumen. *Warum machst du dir noch Hoffnungen? Du bist so ein Idiot!* Er nahm das Bild und betrachtete das schöne, von seidig glänzendem, schwarzem, langem Haar umrahmte Gesicht mit dem unbeschreiblichen Lächeln und den strahlenden Augen – wie bei ihrer ersten Begegnung, letzten Sommer.

Nach dem Shopping im Village war er mit Nasri und Rami in den Coffeeshop eingekehrt, um dort eine Kleinigkeit zu essen. Die drei gingen leidenschaftlich gern im Outlet-Center einkaufen, es gab trendige Markenklamotten zum halben Preis. Am letzten Augustsamstag waren sie bis zu 80 Prozent reduziert gewesen. Janina hatte mit ihrer Freundin Nele am Nebentisch Platz genommen und Hasan sich beherrschen müssen, sie nicht ständig anzustarren: 1,75, zierlich, nicht zu dünn, Beine bis zum Hals, ein Traum! Dann ihre Khol-umrahmten Augen, die bei jedem Lachen aufblitzten, pure Magie – Liebe auf den ersten Blick! Wie er, hatte auch Janina eine Tasche von Superdry neben sich stehen, und er diese als Aufhänger für ein Gespräch genutzt. Zunächst ging es über die Trendmarke, dann über Mode im Allgemeinen und die angesagten Looks für den kommenden Herbst.

Ihr erstes Date, am Tag darauf, hatte bei herrlichem Sonnenschein im Park begonnen und nach einem Restaurantbesuch am Abend in Hasans Bett geendet. Wenn ihre Jobs es erlaubten, waren sie jeden Tag zusammen gewesen. Hasan, Chemikant bei PetroTec, Ingolstadts größter Raffinerie, arbeitete in Dreier-Schicht im wöchentlichen Wechsel. Janina, frischgebackene Assistenzärztin in der Unfallchirurgie am Klinikum, hatte regelmäßig Bereitschaftsdienst. Wahnsinnig in sie verliebt, hatte er sie auf Händen getragen. Wenn sie telefonierten waren seine Hände in Gedanken über ihre traumhaft-samtige, nach Rosen duftende Haut geglitten. Der Sex mit ihr war fantastisch gewesen – der Lust hemmungslos nach- und sich einander hingeben, Sinnlichkeit pur! Hasan hatte es nie schöner empfunden und es so laut geknistert, fast bis zu einem Hörschaden.

Alles hatte sich toll entwickelt und Janina nach drei Wochen Hasan ihren Eltern vorgestellt, beide Kinderärzte mit eigener Praxis, sehr nett und ebenso aufgeschlossen. So schien es. Ihre Mutter war Deutsche, ihr Vater stammte aus dem Iran, der 1982 als Angehöriger der Bahai-Religion während der Khomeini-Diktatur fliehen musste. Am zweiten Oktoberwochenende war Janinas überraschender Anruf gekommen. ›Tut mir leid, Hasan. Wir können uns nicht mehr sehen. Es ist kompliziert, bitte bohr nicht nach und ruf nicht mehr an‹. Dabei waren sie später noch verabredet gewesen.

Hasan hatte die Welt nicht mehr verstanden und nach Gründen gesucht. *Bin ich ihr zu jung? Aber wegen zwei läppischer Jahre! Oder bin ich ihren Eltern nicht gut genug? Das wird es sein, ein Chemikant ist nicht standesgemäß für eine Ärztin!* Dann waren ihm die Worte seiner Mutter eingefallen: ›Für die wahre Liebe lohnt es sich zu kämpfen‹. Um Janina zurückzugewinnen, hatte er ihr rosafarbene Rosen schicken und sie um ein Gespräch bitten wollen. Daraus war nichts geworden, ein anderer Mann steckte hinter dem Ganzen: Shervin Rouhani, 36, Oberarzt. Janinas und seine Eltern, ebenfalls Ärzte, kannten sich gut. *Alles klar, das haben die arrangiert. Der Typ ist eine gute Partie. Scheißzwänge! Scheißansprüche! Scheißgefühl!*

Gekränkt, verletzt und wütend hatte Hasan große Lust gespürt, auf irgendetwas einzuschlagen. Er war kurz davor gewesen, seinen Kummer in Alkohol zu ertränken. *Hinterher wachst du mit 'nem Scheißkater auf und alles ist noch schlimmer.* Die Schmerzen des gewaltigen Muskelkaters, als Folge seines besessenen Trainings im

Fitness-Studio, hatten die Gedanken an Janina nicht betäuben können. Er war kurz davorgestanden, sie anzurufen, ihrer Bitte zum Trotz. Er ließ es. Was hätte er sagen sollen, sich noch mehr quälen, sobald er ihre Stimme hörte?

Bereits Mitte November hatten Janina und Shervin Verlobung gefeiert, etwas schnell nach Hasans Meinung. Er war über die Glückwunschanzeige ihrer Eltern in der Zeitung gestolpert. *Sie hat mich von Anfang an verarscht, ich war nur der Pausenclown. Warum kämpfen wenn alles endgültig ist?*

Hasan nahm das Foto in die Hand. *Prinzessin, pah! Ich war so ein Idiot!* Wie in seinem Traum, der immer wiederkehrte, löste sich das Bild auf und wurde zu Staub, den der Wind davonwehte. *Du bist abgehakt, Baby.* Er ging hinüber zum Sideboard, zog die oberste Schublade auf und legte das Foto hinein. *Eigentlich habe ich Glück, wer will sich denn gleich fest binden. Ich kann alle anderen haben. Naja, meinen Freunden lass ich auch ein paar übrig.* Er grinste. *Diese Scheiß-Islamisten können erzählen was sie wollen. Fuck the IS, fuck the paradise! Ich mache 72 Frauen glücklich, quicklebendig, eine pro Woche oder zwei, wenn es sich ergibt. Anja wäre Nummer vierzehn gewesen ... vielleicht wird sie's noch, ihre Handynummer hab ich ja. Ich rufe sie an, wenn es Nasri wieder besser geht.* Bis dahin musste das Thema Frauen in den Hintergrund treten, Freunde sind füreinander da und Nasri brauchte ihn.

»Die Traumfrau eine Lesbe.« Hasan schüttelte den Kopf. »Kommt nicht alle Tage vor. Aber lieber ein Ende mit Schrecken, als Schrecken ohne Ende. Nasri sieht gut aus, er findet eine andere und wird drüber wegkommen.« Er legte sich Fuß an Fuß zu Rami auf die Couch und löschte das Licht. »'Nacht.«

»'Nacht.« Rami sah zum Fenster. »Die Jalousie ist nicht ganz zu.«

»Ich weiß.« Hasan konnte in völliger Dunkelheit nicht schlafen. Sie erinnerte ihn an die Zeit in Damaskus, in der er sich monatelang vor Assads Geheimdienst in einem Keller verstecken musste. Jedes kleinste Geräusch hatte ihn damals hochschrecken lassen und er mit der Taschenlampe, immer griffbereit neben sich liegend, panisch in alle Richtungen geleuchtet, um es zuordnen zu können. Nach seinem häufigsten Traum war es besonders schlimm, einem Albtraum, in dem er sich durch die Trümmer seines Elternhauses grub und Arme, Hände, Beine, Füße oder abgehackte Köpfe entdeckte. Dann bildete er sich ein, in den Schatten an der Wand die Gesichter seiner Familie zu sehen. Deshalb ließ er die Jalousien nachts immer einen Spalt offen, dann war es zu hell für die Geister der Vergangenheit. »Es bleibt so.«

»Hast du schon einen Plan wegen Nasri?«, fragte Rami nach ein paar Minuten.

»Nein«, kam es knurrend von der anderen Seite.

»Ist halt blöd, dass er Leonie am Mittwoch in der Arbeit sieht. Nicht, dass er nochmal durchdreht.«

»Er wird ihr aus dem Weg gehen.«

»Aber sie wird den Grund wissen wollen.«

»Dann soll sie ihn fragen, misch dich da nicht ein.«

»In der Arbeit weiß keiner, dass sie 'ne Lesbe ist.«

»Dachte ich mir.«

»Ich könnte ihr eins auswischen.«

»Und was soll das bringen?«

»Naja, Rache für Nasri halt.«

»Rache? Blöder gehts nicht!« Hasan warf eines seiner Kissen nach Rami.

»Hey!«

»Ha, Treffer!«

»Glück gehabt, ist ja nicht ganz dunkel.«

»Nein, siebter Sinn, ich hatte die Augen zu und du machst das jetzt auch, Kleiner.« Hasan gähnte. »Krieg ich mein Kissen wieder?«

RAMI

Er konnte nicht einschlafen, ihm ging die Sache mit Nasri ziemlich nach. So verletzt und am Boden hatte er ihn noch nie erlebt, dieses elende Gefühl kannte er nur von sich selbst. Manchmal fühlte er sich wie Harvey Two-Face, der Mann mit den zwei Gesichtern aus Batman: rechts attraktiv, links die Narbenfratze. Durch seine Brandnarben, obwohl nur am Hals bis unters Ohr sichtbar, fühlte er sich entstellt. Den Rest, die komplette linke Schulter, konnte er unter der Kleidung verstecken.

Aber jeder Blick in den Spiegel katapultierte ihn in den Lederwarenladen seiner Eltern, im Al-Madina Basar in Aleppo. In der Nacht vom 28. auf den 29. September 2012 hatte ein gewaltiger Feuersturm, ausgebrochen am Abend bei Kämpfen zwischen Rebellen und Regierungstruppen, Hunderte Geschäfte in den mittelalterlichen Arkaden zum Teil völlig zerstört. Rami und seine Schwester Faizah hatten mitgeholfen, neue Ware, bemalte und punzierte Taschen und Geldbörsen aus der Manufaktur ihres Onkels, einzuräumen. Dann hatte es in der Nähe gedonnert, die ersten Raketeneinschläge. Noch bevor sie den Laden verlassen konnten, war er getroffen und seine Familie unter brennenden, herabfallenden Holzbalken begraben worden. Rami hatte nur dank eines Hechtsprungs unter einen schweren Tisch überlebt.

Mit schweren Verbrennungen und einer Rauchgasvergiftung war er ins Krankenhaus eingeliefert worden. Ein deutscher Fernsehjournalist, der über die verheerenden Folgen des Infernos berichtete, war live dabei gewesen. Er hatte Rami kurzerhand nach München ausfliegen lassen. Nach zwei Monaten in der Spezialklinik, mit Hautverpflanzungen und irren Schmerzen beim Verbandwechsel war Rami, damals erst fünfzehn, sofort in eine Gastfamilie vermittelt worden, zu Manuela und Peter Pertinger nach Ingolstadt. Das Lehrerehepaar, Eltern von erwachsenen Zwillingstöchtern, hatten ihn zu den Nachuntersuchungen und zur Krankengymnastik gebracht, beim Stellen des Asylantrags geholfen und mit ihm Deutsch gelernt.

Die Narben erinnerten Rami an das Prasseln des Feuers über ihm, das Krachen im Gebälk, die Schreie seiner Liebsten, er spürte die höllische Hitze der lodernden Flammen, die unerträglichen Schmerzen und sein Ringen nach Luft, die in den Lungen brannte. Wenn es ihn überwältigte, zog er sich zurück, lenkte sich bei Musik oder Computerspielen ab, suchte das Gespräch mit seinem Therapeuten oder er lernte, früher für die Real-, jetzt für die Berufsschule. Manchmal verdrängte er alles. Die Narben ließen sich weder verdrängen noch wegreden. Gut verheilt, aber sichtbar, empfand Rami sie als Stigma und schlimmer als das Feuertrauma. Obwohl ihm im Sommer vor dem Freibad graute, ging er mit Hasan und Nasri hin. Warum zu Hause herumsitzen? Er behielt sein T-Shirt an, auch beim Schwimmen. Er wollte entsetzte, ablehnende oder mitleidige Blicke vermeiden. Freunde und Pflegeeltern sagten, das bilde er sich nur ein, doch Rami blieb skeptisch. Bei Fremden hielt er sich generell zurück, ließ die anderen reden und für sich entscheiden. So glaubte er, nichts falsch machen zu können. In der Gruppe, mit Freunden, in der Familie oder in der Arbeit mit den Azubikollegen, fühlte er sich am wohlsten. Sie nahmen ihm seine unbekümmerten, gelegentlich zweideutigen Sprüche nicht Übel, damit lenkte er von seiner Unsicherheit ab.

Wenn er mit Fremden sprach, drehte er seinen Kopf zur Seite, er wollte nicht, dass man auf die Narben starrte. So gewann man den Eindruck, er sei schüchtern. Auf manche Leute wirkte Rami, auch seiner hageren Figur geschuldet, ein wenig linkisch. Deshalb nannte Hasan ihn ›Kleiner‹, obwohl er genauso groß war wie er. Rami konnte sich beim Training noch so anstrengen, seine Muskeln wuchsen nur spärlich. Er blieb schlaksig, aber wenigstens fit.

Hasan hatte ihm vor einiger Zeit geraten, sich einen Bart wachsen zu lassen, um die Narben zu kaschieren. Rami gefiel sich damit nicht. Den Frauen, mit denen er ins Bett ging war es egal, ob er einen trug oder nicht, es blieb ohnehin nur bei einem Mal. Rami hielt eigentlich nichts von Sex mit wechselnden Frauen. Er hätte gern eine feste Freundin, aber die Aussichten standen nicht gut. Er glaubte, dass eine attraktive Frau keinen Mann mit solchen Narben wollte. Wohin also mit der aufgestauten Lust? In ein Bordell zu gehen, widerte ihn an. Mit Gewalt eine Frau zu nehmen, wie einige der Typen in Köln es scheinbar planten, niemals! Rami begnügte sich mit Selber-Handanlegen und One Night Stands mit den Frauen, die Hasan für ihn anschleppte. Selbst eine Frau anzusprechen, würde er niemals wagen. Er vertraute auf den guten Geschmack seines Freundes. Sie sollte nur einigermaßen hübsch und nicht dick sein. Wie Saskia am vergangenen Samstag, wieder nur für eine Nacht, sonst hätte sie ihm ihre Handynummer gegeben. Egal, es hatte Spaß gemacht. In dieser Nacht würde Ramis Bett kalt bleiben, in dem von Hasan lag Nasri und heulte.

NASRIS NACHT

Den Kopf in die Kissen vergraben überlegte Nasri, ob er seine Sachen ausziehen sollte. Er hatte keine Lust, aber die Gürtelschließe seiner Jeans drückte in den Bauch, nicht gerade angenehm. Er zog den Gürtel heraus und warf ihn zur Seite. Klappernd landete er auf dem Laminatfußboden. *Leck mich!* Er deckte sich zu und starrte in die Luft. Durch die Spalten in der nicht ganz geschlossenen Jalousie, drang der Lichtschein der Laterne vor dem Haus ins Zimmer. Als seine Augen sich an das Halbdunkel gewöhnt hatten, wurden sie zur Deckenleuchte gelenkt. Je länger er sie anstarrte, desto unheimlicher kam sie ihm vor. Die acht dünnen, gebogenen Edelstahlarme, schienen sich zu bewegen wie die Tentakel eines Kraken. Er schloss die Augen.

Doch der Krake verschwand nicht, er bekam Leonies Gesicht und die Tentakel, die nach ihm griffen, verwandelten sich zu ihren roten Locken. Mit beiden Händen versuchte er, das imaginäre Bild wegzuwischen. *Verschwinde, du Schlampe! Du bist wie alle anderen Weiber, die nur gefickt werden wollen, dann auch noch von einer Tussi! Jetzt weiß ich, warum sie sich nie an Jungs rangemacht hat. – Lesbische Weiber, widerlich! Sie machen das mit den Fingern oder 'nem Dildo oder mit was weiß ich. Leonie lässt es sich von diesem blonden Knochengestell besorgen. Hasan hatte Recht, vorne und hinten flach wie ein Brett, fast wie ein Kerl!*

Wieder schob sich das Bild aus dem XTreme vor seine Augen, er sah wie die Blonde Leonie die Zunge in den Hals schob und dabei ihren Po knetete. Nasri hörte das Klirren der auf dem Boden landenden Flaschen und spürte, wie das Blut in seinen Kopf schoss. *Leonie will auch nur Sex, ich habs doch gesehen!* Er stellte sie sich nackt vor, mit der Blondine im Bett wälzend und laut stöhnend. *Diese geile Schlampe, sie ist wie Franzi.*

Mit ihr hatte er auch schlechte Erfahrungen gemacht. Sie war hübsch, hatte eine tolle Figur und in dieselbe Klasse in der Realschule gegangen. Während einer Ausflugsfahrt nach Berlin waren sie sich nähergekommen, sein *Erstes Mal.* Beide hatten nicht genug voneinander kriegen können und Nasri sich endlich als richtiger Mann gefühlt. *Und dann macht sie nach zwei Monaten Schluss, einfach so, aus heiterem Himmel!* Einer seiner Mitschüler hatte ihn danach aufgeklärt. ›Mach dir nichts draus, die Bumsnuss treibt es mit keinem länger‹. *Sie hat nichts für mich empfunden, sie wollte nur gefickt werden, diese geile Schlampe! Sex ohne Liebe, ohne echte Gefühle, ist wie zu einer Nutte zu gehen.* Damals fühlte er sich benutzt und irgendwie beschmutzt, das wollte er nie wieder mit einer Frau erleben. *Warum immer ich? Sind alle rothaarigen Weiber so schlecht? – Scheiß auf Romeo und Julia!* Er zog die Decke über den Kopf und heulte sich in den Schlaf.

Er stand allein in einem verlassenen Vergnügungspark. Ein leichter Wind bewegte die Gondeln am Riesenrad und die Schaukeln des Kettenkarussells. Eine verrostete Reklametafel quietschte bei jeder Bewegung. Plötzlich vernahm er ein Lachen und entdeckte Leonie vor einem bunten Zelt. Er ging auf sie zu, doch sie verschwand darin. Er folgte ihr. Drinnen gab es Dutzende Spiegel mit ihrem Abbild. Er berührte einen davon und griff ins Leere. Die Spiegel begannen, sich langsam zu drehen und verschmolzen zu einem, der ihn verschluckte. Leonie stand jetzt auf der anderen Seite. Er streckte eine Hand nach ihr aus, konnte die Scheibe aber nicht durchdringen. Er war im Spiegel gefangen und Leonie unerreichbar für ihn. Verzweifelt trommelte er an die Scheiben. *Ich will raus hier!*

Er wachte auf. Das Licht wirkte diffuser, als er sich hingelegt hatte. *Ist es schon Morgen?* Er linste auf seine Armbanduhr, konnte aber nichts erkennen. *Wo ist mein Handy?* Auf dem Rücken liegend, tastete er mit beiden Händen die Matratze neben sich ab und fand es schließlich, eine Armlänge entfernt. Das Display zeigte 7:41. »Ist ja noch Nacht!«, stöhnte er und legte das Handy weg. Er gähnte und rieb sich die Augen. Das Erste was er danach erblickte, war der Krake an der Zimmerdecke. *Fick dich!*

ERLÖSUNG

Auf seinem Hocker hin- und herwippend, die Ellenbogen auf die Esstheke gestützt, starrte Hasan mit nachdenklich-besorgter Miene in den Kaffeebecher.

»Schläft Nasri noch?«, fragte Rami, der neben ihm lümmelte.

»Ich glaube schon.«

»Was tun wir, um ihn aufzumuntern, schon 'ne Idee?«

»Nö, ich krieg den Kopf nicht frei. Ich muss mich ablenken, lass uns was spielen.« Hasan stellte den Becher ab. »Need for Speed?«

»Yesssss!« Rami liebte dieses rasante Game.

Hasan rutschte vom Hocker und umrundete die Esstheke, die Küche und Wohnraum trennte. Er schaltete den 40-Zoll-Fernseher ein und machte Xbox und Controller startklar.

Einige Minuten später lag sein schwarzer GTO drei Wagenlängen vor Ramis gelbem Mustang. »Na, du lahme Ente! Was ist los heute?«

Mit vollem Körpereinsatz steuerten beide die PS-Boliden mit den röhrenden V8-Motoren durch die sechsspurigen Straßen des virtuellen Ventura Bay bei Nacht. Ihre Augen klebten förmlich am Bildschirm.

»Abwarten!«, drohte Rami grinsend und startete ein riskantes Überholmanöver. Der Mustang beschleunigte und scherte aus, er kam dem GTO bedrohlich nahe. Hasan steuerte nach links, um einen Crash abzuwenden.

Er schlitterte in den Gegenverkehr und musste Dutzenden Autos ausweichen. Plötzlich versagte ihm der Controller den Dienst, der GTO krachte an einen Brückenpfeiler und explodierte. »Fuck!«, fluchte Hasan. »Fuck! Fuck! Fuck!« Er stierte auf die animierten, lodernden Flammen und den dichten, schwarzen Rauch, bis das Bild vor seinen Augen verschwamm.

Er sah sich in Alis klapprigem Mercedes, in den Beifahrersitz gepresst. Mit irrem Tempo manövrierte ihn sein Retter durch die unbeleuchteten, von Schuttbergen, zerbombten Häusern und ausgebrannten Autos gesäumten Straßen von Damaskus in dieser heißen Augustnacht 2012. Zum Glück kannte Ali alle Straßensperren in der Gegend, egal ob von Rebellen oder Regierungssoldaten errichtet, und umfuhr sie. In den verwüsteten und ungeräumten Stadtteilen musste er oft Schlangenlinien fahren, um Hindernissen auszuweichen. Wenn er eins übersah, weil der aufgewirbelte Staub die Sicht vernebelte, fluchte er wie ein Berserker. Der Benz bockte wie ein Esel und setzte mit lautem Krachen wieder auf.

Hasan fuhr zusammen und ertappte sich dabei, wie er noch immer auf das eingefrorene Fernsehbild starrte, mit Flammen und dichtem, schwarzem Rauch. *Ich bin abgehauen wegen diesem Oberwichser Assad, ich bin so ein Feigling!*

»Yesss! Gewonnen!«, hörte er Rami neben sich triumphieren. »Spielen wir noch 'ne Runde?«

Hasan schüttelte den Kopf. »Nö, keinen Bock mehr.«

»'Morgen«, kam es aus Richtung Tür.

Ihre Köpfe wanderten zu einem ziemlich zerknautscht wirkenden Nasri. »Guten Morgen«, erwiderten sie unisono.

»Wie gehts dir?«, fragte Hasan.

»Passt schon, fährst du mich bitte heim.«

»Willst du nicht erst duschen und frühstücken?«

»Nö, mach ich zu Hause.«

Nasri schloss die Haustür leise hinter sich und zog Jacke und Schuhe an der Garderobe aus.

Rena Bauers Kopf tauchte in der offenstehenden Küchentür auf. »Hallo, Nasri.«

»Hallo.«

»Gutes Timing, Mittagessen ist gleich fertig.«

»Ich hab keinen Hunger, ich hab Kopfschmerzen. Ich leg mich ins Bett.«

»Du siehst auch nicht fit aus. Wenn ich es nicht besser wüsste, könnte man glauben du hast einen Kater.«

»Nein, nur Kopfschmerzen.«

»Ist es spät geworden letzte Nacht, deine SMS war von halb eins?«

»Halb eins?« Nasri überlegte. *Ach, das war die, die Hasan geschrieben hat.* »Nein, wir sind danach zu Bett gegangen. Aber ich hab schlecht geschlafen.«

»Vielleicht liegts am Wetter.«

»Kann sein.«

»Willst du eine Tablette?«

»Ich versuchs erstmal ohne.«

»Falls es nicht besser wird, Schmerztabletten sind im Arzneischrank im Bad.«

Nasri legte sich aufs Bett. *Ich brauche keine Tabletten.* Er hatte keine Kopfschmerzen, ihm tat etwas anderes weh: sein Herz, gebrochen von Leonie. Sie ging ihm nicht aus dem Kopf, sie und die Blonde, die sie küssen durfte und ihren Hintern lüstern betatschte. Alles wiederholte sich, die blöden Träume und Hasans und Ramis schlaue Sprüche, wie in einer Endlosschleife. *Hoffentlich rufen sie nicht an und belabern mich wieder.* Er schaltete sein Smartphone aus.

An der Tür klopfte es, Rena spitzte herein. »Nasri, bist du wach?«

Er öffnete die Augen, es war bereits dunkel geworden. »Wie spät ist es?«

»Gleich halb sieben. Was macht der Kopf?«

»Wird langsam besser.«

»Willst du mit uns zu Abend essen?«

»Nein, ich hab noch immer keinen Hunger.« *Ich will nur diese Schlampe aus meinem Kopf vertreiben.* Nachdem Rena gegangen war, beschloss er ein Bad zu nehmen.

Das warme Wasser zeigte bald seine ermüdende Wirkung, ein wohliges Gefühl breitete sich im ganzen Körper aus. Nasri nickte ein und ging unter. Er träumte von seinem ersten Urlaub als Junge am Roten Meer, in Sharm el Sheik. Es war wunderschön beim Schwimmen und Schnorcheln im klaren Wasser mit seinen Eltern, den großen Schwestern und den vielen, bunten Fischen zwischen den Korallen.

Er schluckte Wasser, fuhr hoch und spuckte es wieder aus. *Mist, jetzt wäre ich beinahe abgesoffen! Aber Leonie war weg.* Er sinnierte über seinen Sekundenschlaf. *Ist das die Lösung?* Er tauchte noch einmal unter und hielt die Luft an, aber sein Körper wehrte sich. Er kam wieder an die Oberfläche, holte tief Luft und musste husten. Um den seifigen Geschmack des Badezusatzes loszuwerden, drehte er den Wasserhahn auf und spülte den Mund aus. Danach ging er ins Bett, bald schlief er ein.

Der Traum vom Spiegelkabinett auf dem Rummelplatz verfolgte ihn erneut. Immer wenn er nach Leonie griff, wachte er auf. Die Schlafperioden verkürzten sich mit vorrückender Stunde. Dazwischen ließen ihn quälende Gedanken an Leonie hin- und herwälzen: Leonie im XTreme, Leonie mit der Blondine beim Sex, Leonie im Spiegel, Leonie tanzend in der bunten Spirale, Leonie in Trance, Leonie überall …

»Verschwinde!«, schrie er. Schwitzend schlug er die Bettdecke zurück, nach einer Weile fror er und zog sie wieder hoch. Ständig sah er zum Radiowecker, die Zeit schien nicht vergehen zu wollen.

Kurz vor fünf wachte er mit Hämmern im Schädel auf. *Scheiße, jetzt hab ich wirklich Kopfschmerzen!* Er erinnerte sich an Renas Worte: ›Schmerztabletten sind im Arzneischrank im Bad‹. Er schälte sich aus dem Bett und tappte in den Flur.

Er brauchte kein Licht einzuschalten, der Weg zum Badezimmer führte ihn über die Galerie, von der man in den Wohnraum hinuntersehen konnte. Das bläuliche Licht des großen Aquariums in der Mitte strahlte bis hierher. Nasri beschloss, erst einmal nach unten zu gehen, um sich aus der Küche etwas zu trinken zu holen. Er nahm die angebrochene Literflasche Cola aus dem Kühlschrank und setzte an, es prickelte angenehm in Mund und Hals. *Vielleicht hilft das gegen den Brummschädel,* dachte er. Dann fiel sein Blick auf das Weinregal.

Nasri umgab gleißendes Weiß. In den verschwommenen Konturen erkannte er ein Gebäude, halb Moschee, halb Kirche. Der Ruf des Muezzin drang surreal durch das Läuten der Glocken. Nasri hielt sich die Ohren zu und sah dabei auf den Boden. Er trug keine Schuhe zu seiner festlichen, weißen Djellaba.

Plötzlich: Totenstille.

Leonie, im bodenlangen, weißen Brautkleid, nahm seine Hand und lächelte ihn an. Ihre leuchtend roten Locken fielen weich auf ihre Schultern. Er erwiderte das Lächeln. Gemeinsam gingen sie auf dem, mit weißen Blüten bedeckten, Weg weiter – feierlich, einen Schritt vor den anderen setzend. Das Tor der Kirchen-Moschee öffnete sich langsam und mit brüllend lautem Knarren.

»Hab keine Angst.« Nasri drückte Leonies Hand fester. »Ich beschütze dich.«

Voller Zuversicht machte er den nächsten Schritt. Ein stechender Schmerz durchfuhr ihn. Er blickte zum Boden und erschrak. Statt auf dem Blütenteppich stand er jetzt auf scharfen Glassplittern, unter seinen Fußsohlen bildete sich eine Blutlache. Leonie riss sich los.

»Bleib bei mir!«, flehte Nasri.

Leonie schüttelte den Kopf. Bei jeder Bewegung wurde ihr Haar länger, einem blutroten Wasserfall gleich rann es an ihr herab. Am Boden vermischte es sich mit der Blutspur, angewidert erstarrte Nasri. Der Wasserfall wurde zum Sturzbach und riss ihn in die Tiefe, wo ein gewaltiger Strudel ihn erfasste. Beide Hände nach Leonie ausgestreckt, wollte er nach Hilfe rufen, doch seine Kehle war wie zugeschnürt.

Sein Magen zog sich zusammen, im Mund sammelten sich Unmengen von Speichel, er musste würgen. Panisch fuhr er im Bett hoch, strampelte die Bettdecke zur Seite und taumelte ins Bad. Dort warf er sich über die Kloschüssel und übergab sich. In unregelmäßigen Intervallen und von heftigen Krämpfen geschüttelt, ergossen sich Fluten von Rotwein. In der Brühe schwammen kleine, weiße Brocken. Der saure Geruch und der widerliche Geschmack im Mund machten ihn benommen. Er versuchte, mit einer Hand die Spültaste zu erreichen, dann wurde ihm schwarz vor Augen.

Als er sie wieder aufschlug sah er alles in Hellblau. Seine Lider wogen schwer, als lägen Steine auf ihnen. *Das ist nicht mein Zimmer, das ist der Himmel! Ich bin im Paradies!* Ihn umgab nur endlose, hellblaue Weite. *Ich muss im Paradies sein, endlich ist es vorbei!* Er lächelte. Ein lauer Wind wehte und spielte ihm ein Blatt Papier zu, ebenfalls in Hellblau, der Brief für Leonie. Er fing ihn mit beiden Händen und fixierte die Zeilen. ›Ich habe gelernt, dass ein Tag 24 Stunden, eine Stunde 60 Minuten und ...‹. Plötzlich verschwammen die Buchstaben vor seinen Augen. Sie sammelten sich an der unteren, rechten Ecke und flossen in einem dünnen Strahl auf den Boden. Dieser färbte sich dunkelrot und erhitzte sich zu glühender Lava, die Nasris Füße verbrannte.

Er schrie, fuhr hoch und hyperventilierte.

»Ruhig«, sagte die Krankenschwester in der hellblauen Kluft. »Ganz ruhig, keine Panik.«

Nasri erkannte nur Umrisse. »Leonie?«

»Ich heiße Meike.« Sie schmunzelte. »Legen Sie sich zurück und atmen ruhig, Ihr Kreislauf ist noch nicht stabil.«

»Wo bin ich?«

»Im Krankenhaus«, sagte Rena, die mit sorgenvoller Miene auf dem Stuhl neben dem Bett saß.

Nasri blinzelte sie an. Erst jetzt registrierte er den Puls-Clip am linken Zeigefinger und den Infusionsschlauch, der im IV-Zugang auf dem Handrücken endete. Seine Sinne wurden klarer, er vernahm sonores Piepsen. »Im Krankenhaus, wie lange?«

»Seit heute Morgen, erinnerst du dich?«

»Ich ... ich ...«, krächzte er und musste husten.

»Du bist heiser vom Schlauch, den sie dir eingeführt hatten«, erklärte Rena. »Du hast zwar 'ne Menge von selbst ausgespuckt, trotzdem hat man dir den Magen ausgepumpt.« Sie goss Wasser in ein Glas. »Trink.«

Er wandte sich ab.

»Los, trink!«, drängte Jonas, der neben seinem Vater Rena gegenübersaß. »Dann wirds besser.«

Er ist auch hier und Michael. »Lasst mich in Ruhe!«, erwiderte Nasri kalt.

Jonas rollte mit den Augen. »Weißt du überhaupt noch was passiert ist?«

Nasri starrte an die Zimmerdecke. In der verspiegelten Leuchte sah er sich zu Hause auf dem Bett sitzen, die Rotweinflasche mit der rechten Hand umklammert, die linke zur Faust geschlossen und den ersten Schluck Wein seines Lebens trinken. Er spürte den Shiraz die Kehle hinunterrinnen – ein weicher, angenehmer Geschmack, würzig, fruchtig und nicht zu süß – und er betrachtete die weißen Pillen in seiner Hand. *Danach wollte ich schlafen, für immer.*

»Weißt du's noch oder nicht?«, bohrte Jonas.

»Ja, ich weiß es noch«, sagte Nasri leise.

»Willst du drüber reden?«

»Nein, keinen Bock. Lass mich in Ruhe!«

»Hey, ich hab dir die Kotze aus dem Mund gepult, sonst wärst du erstickt!«

»Hättest es ja nicht tun müssen.«

Jonas fuhr hoch. »Undankbares Arschloch!«

»Schluss damit!«, ging Michael dazwischen. »Das führt doch zu nichts!«

Jonas setzte sich mit vor der Brust verschränkten Armen wieder hin.

»Mensch Junge, was ist nur in dich gefahren?«, sagte Michael. »Wegen einem Mädchen?«

Wegen einer Lesbenfotze! Nasri hätte losheulen können. *Verdammt, sie wissen es schon!* »Wer hat mich verpetzt?«

»Ist doch egal«, sagte Michael.

Nasri sah ihn zornig an. »Wer?«

»Hasan.«

»Dieser Verräter!«

»Nein, das ist er nicht!«

»Er und Rami machen sich Sorgen«, sagte Rena. »Genau wie wir.«

Nasri starrte zur Decke. *Hasan interessiert sich doch nur für die Weiber, die er als nächstes ins Bett kriegen will und Rami nimmt eine von denen, die übrig bleiben.*

»Ich habe dich bei Audi krank gemeldet.«

»Was wissen die dort?«

»Du bist wegen einer schweren Magen-Darm-Infektion im Krankenhaus.«

Nasri verdrehte die Augen. »Passende Umschreibung.«

»Keine Sorge, Rami hält dicht, Leonie erfährt nichts.«

»Ist doch auch schon egal.«

Jonas musste sich beherrschen, nicht laut loszubrüllen. Rena bemerkte es und hob beschwichtigend die Hand.

»Rami und Hasan kommen dich dann besuchen.«

»Ich will sie nicht sehen!«, schrie Nasri.

»Hey Junge, ruhig bleiben!«, mahnte Michael.

»Lasst *mich* endlich in Ruhe!«, krächzte Nasri. »Ich will weg hier!« Ihm wurde heiß und er musste wieder husten, seine Stimme spielte nicht mehr mit. Tränen stiegen in seine Augen, er riss sich Puls-Clip und Infusionsschlauch ab. Ungeachtet der auf der Haut klebenden Elektroden, versuchte er aus dem Bett zu klettern.

Michael und Jonas sprangen auf und versuchten, ihn festzuhalten. Er wehrte sich und schlug mit den Fäusten wild um sich. Schließlich bekamen sie ihn in Griff, drückten ihn in die Matratze und hielten ihn fest.

Nasri versuchte, sich mit aller Kraft aus der Umklammerung zu befreien. »Lasst mich los!« Plötzlich verließen ihn seine Kräfte. Er sackte matt auf dem Bett zusammen und weinte. »Ich will sterben, lasst mich sterben.«

Nasri bekam noch mit, wie Schwester Meike ins Zimmer gehetzt kam, wieder Kehrt machte und binnen weniger Minuten mit einem Pfleger als Verstärkung zurückkehrte. Der Zweimetermann fixierte ihn ans Bett. Nasri spürte einen Pieks, er wurde müde und seine Sinne schwanden.

DR. ZIYAD

Zentrum für psychische Gesundheit
Dr. Badru Ziyad, ein attraktiver Mann Ende dreißig, mit gebräuntem Teint, das Gesicht und den Kopf glattrasiert, trug keinen Arztkittel, sondern einen violetten Pullover über dem weißen Hemd und schwarze Jeans. Nur das Namensschild wies ihn als Arzt aus. Ihm gegenüber saßen Rena und Michael Bauer nebeneinander auf dem bequemen Ledersofa, ohne störenden Tisch dazwischen. Ziyad wusste, dass er so noch sympathischer auf Besucher und Patienten wirkte. Sein geschmackvoll eingerichtetes Büro mit den lichtgrauen Wänden, dem hellen Mobiliar und der indirekten Deckenbeleuchtung über farbenfrohen Aquarellbildern trug ebenfalls zu einer entspannten Atmosphäre bei.

Dr. Ziyad hatte Renas Schilderung über Nasris Ausraster aufmerksam zugehört und sich Notizen in einer DIN-A4-Kladde mit Spiralbindung gemacht. Den Satz ›Ich will sterben, lasst mich doch sterben‹ unterstrich er zweimal.

»Er wollte sich wegen diesem Mädchen umbringen!« Rena seufzte schwer. »Ich verstehs nicht, warum hat er sich uns nicht anvertraut? Ich mache mir solche Vorwürfe. Nasri hatte gestern Kopfschmerzen und ich riet ihm eine Tablette zu nehmen, falls es nicht besser wird. Im Arzneischrank lag auch eine Packung Schlaftabletten. Wir hätten das alte Zeug wegwerfen sollen!«

»Bitte gib dir keine Schuld«, beruhigte Michael sie. »Wer denkt denn an so was. Bei uns braucht keiner Schlaftabletten, Herr Doktor, sie waren übrig vom letzten Juni, von meiner Geschäftsreise nach China. Ich hatte sie gekauft, weil ich im Flieger sonst nicht schlafen kann.«

»Hat Nasri einen Abschiedsbrief geschrieben?«

»Ich habe noch nicht nachgesehen«, sagte Rena. »Auf dem Nachttisch lag nur die leere Tablettenpackung.«

»Und auf seinem Handy?«

»Geschickt hat er uns nichts.«

»Wer hat Nasri heute Morgen gefunden?«

»Jonas, unser Sohn«, antwortete Rena. »Ich habe ihn nach oben geschickt, weil ich mich wunderte, wo Nasri bleibt. Sonst ist er der Erste und hilft beim Decken des Frühstückstisches. Ein paar Minuten später hörte ich Jonas brüllen, Nasri sei bewusstlos. Als ich ins Badezimmer kam, lag er bereits in stabiler Seitenlage und Jonas holte gerade die Reste vom Erbrochenen aus dem Mund.«

»Respekt, das bringt nicht jeder fertig.«

»Jonas schon, er ist bei der Freiwilligen Feuerwehr.«

Ziyad nickte anerkennend und rollte seinen Kugelschreiber langsam zwischen den langen Fingern. »Nasri muss in den nächsten Wochen hier behandelt werden, das dient in erster Linie zum Schutz vor sich selbst.«

»Wird er unter Beobachtung gestellt, mit ans Bett fixieren und ...?« Dieses Bild vor Augen ließ Rena innehalten.

Ziyad schüttelte den Kopf. »Nein, bitte glauben Sie so etwas nicht! Das sind Ammenmärchen über geschlossene Abteilungen. Es gibt Ausnahmefälle, aber die hatten wir noch nie. Ich arbeite jetzt seit fast sechs Jahren hier. Natürlich beobachten wir Nasri, aber in der modernen Psychiatrie behandeln wir die Patienten hauptsächlich mit Gesprächen, einzeln und in der Gruppe. Wir zwingen sie zu nichts.«

»Aber er bekommt Medikamente«, meinte Michael.

»Die sind notwendig, Antidepressiva, Antipsychotika, Beruhigungsmittel.«

»Das klingt nach einem Psychopharmaka-Cocktail.«

»Wir haben langjährige und sehr gute Erfahrungen damit.«

»Ich hoffe, Nasri ist kein Versuchskaninchen.«

»Keine Sorge, aber wir müssen herausfinden, welche Dosis ihm gut tut, jeder Körper reagiert anders. Hat er Allergien oder andere Krankheiten?«

»Weder noch«, sagte Rena. »Was ich auch nicht verstehe ist, dass er seine besten Freunde nicht sehen will. Die drei sind eigentlich unzertrennlich.«

»Das ist eine typische Trotzphase«, erklärte Ziyad. »Das erlebe ich häufiger, das gibt sich wieder. Zu Beginn ist es wirklich besser, wenn Nasri die beiden nicht sieht. Er assoziiert mit ihnen die negative Erfahrung im Club. Er glaubt, ohne dieses Mädchen nicht leben zu können, keine Zukunft zu haben. Das schürt seine Ängste. Am Wichtigsten ist es, ihm diese zu nehmen. – Sind Ihnen in der letzten Zeit Veränderungen an ihm aufgefallen?«

»Nein, er war gut drauf, wie immer«, sagte Michael. »Er hat gelernt, Sport gemacht, ging mit seinen Freunden aus oder spielte was auf dem PC.«

Rena nickte. »Hasan erzählte uns, Nasri habe Leonie am Freitag zu einem romantischen Dinner einladen wollen.«

»Verstehe«, sagte Ziyad. »Womöglich deshalb diese Kurzschlusshandlung, in den meisten Fällen geht einem Suizid eine Depression voraus.«

»Die hatte er definitiv nicht«, betonte Rena. »Er ist schon sensibel, aber letztes Jahr hat er es auch weggesteckt, dass ein Mädchen mit ihm Schluss gemacht hat.«

»Was ist passiert?«

»Im Frühjahr war er zwei Monate mit einer von der Sorte zusammen, die jeden rumkriegt und es bei keinem lange aushält. Angeblich hatte sie was mit der halben Klasse. Sie war auch eine Rothaarige, wie Leonie.«

Ziyad sah auf. »Wie hat er es verarbeitet?«

»Er hat sich beim Motocross ziemlich verausgabt, wie ein Besessener für die Abschlussprüfung gebüffelt und mit 1,4 bestanden. Er hatte bereits die Zusage für den Ausbildungsplatz bei Audi, den wollte er nicht aufs Spiel setzen.«

»Sehr gut, so hat er bewiesen, dass er einen Rückschlag positiv verarbeiten kann.« Ziyad machte sich wieder Notizen. »Was lernt er?«

»KFZ-Mechatroniker bei Audi.«

»Macht ihm die Ausbildung Spaß?«

»Und wie, sein Meister ist begeistert! Nasri ist einer

der Besten, auch in der Berufsschule. Er liebt alles mit Motoren.«

»Kann es sein, dass das Erlebnis im Club bei Nasri eine schlimme Erinnerung an den Bürgerkrieg hervorgerufen hat, weil er so extrem reagiert?«, fragte Michael.

»Gut, dass Sie das ansprechen, Herr Bauer. Das ist durchaus möglich. Ich habe langjährige Erfahrung mit der Behandlung von Traumata dieser Art. Im letzten Herbst hatten wir nach der großen Flüchtlingswelle einige Patienten aus Syrien hier auf der Station. Ich arbeite ehrenamtlich als Dolmetscher für das Netzwerk Asyl. In den Gesprächen erfahre ich die Leidensgeschichte der Menschen. Ich kann mich gut in deren Lage hineinversetzen, obwohl ich nur indirekt betroffen bin. Meine Eltern flohen 1977 aus Beirut nach Deutschland und leben seitdem hier. Ich bin in Bremen geboren und in der Nähe von Hannover aufgewachsen.« Ziyad überlegte kurz. »Ich werde mich Nasri langsam nähern, um die Ursache herauszufinden. Nach der Statistik gilt Liebeskummer als einer der häufigsten Gründe für einen Suizid, dennoch könnte ein früheres Erlebnis dabei mitwirken. Hat er jemals über den Krieg mit Ihnen gesprochen?«

»Wenig«, sagte Rena. »Wir wissen nur wie seine Familie ums Leben kam und kennen seine Fluchtgeschichte. Wollen Sie sie hören?«

»Natürlich, erzählen Sie.«

»Nasris Vater war Redakteur bei einer Zeitung und Mitglied der Oppositionspartei. Im Spätsommer 2012 verhaftete man ihn unter einem Vorwand, folterte ihn und richtete ihn ohne Prozess hin. Bevor man die Familie unter Hausarrest stellte, wurde Nasri von seiner Mutter nach Tartus geschickt, an die Küste. Später starben sie und die beiden Schwestern bei einem Bombenangriff auf das Haus. Weil Nasri keinen Verwandten mehr in Homs erreichte, beschloss er nach München zu fliehen, zu seinem Onkel. Ein LKW-Fahrer nahm ihn mit nach Latakia. Von dort kam er auf einem Frachter nach Zypern, auf die griechische Seite. Das Aufnahmelager bei Kofinou war hoffnungslos überfüllt, also fuhr er per Anhalter nach Limassol, wo die Kreuzfahrtschiffe an- und ablegten. Aber es schien unmöglich, heimlich an Bord zu gelangen. Vor einer Imbissbude sprach ihn ein älteres Paar auf Englisch an. Zum Glück verstand er sie, Englisch war Pflichtfach auf dem Gymnasium. Die Salzburger waren mit dem Wohnmobil unterwegs gewesen und wollten mit der Fähre weiter nach Piräus. Nasri fasste Vertrauen und erzählte seine Geschichte. Sie waren angetan von seinem Schicksal und entschieden, ihn mitzunehmen. Sie schmuggelten ihn unter dem Klappbett an Bord und während der langen Fahrt nach Salzburg lernte er bereits Deutsch. Nasris Fassung klingt natürlich noch malerischer, aber das würde den Rahmen hier sprengen.«

Ziyad überlegte. »Vielleicht kann ich ihn dazu bewegen, mir alles zu erzählen. Es war etwas Positives, ein Neuanfang. Da kann ich ansetzen. – Und wie kam er zu Ihnen?«

»Über einen Umweg. Nasris Onkel arbeitete nicht mehr in dem Restaurant, wo er ihn wähnte. Keiner dort kannte seinen neuen Aufenthaltsort.«

»Hatte er vorher nicht angerufen?«

»Er war nie durchgekommen.«

»Mutig von ihm, diese lange Reise trotzdem auf sich zu nehmen.«

»Nichts hätte ihn davon abgehalten, sagte er. – Der Besitzer des Restaurants schickte ihn mit dem Taxi in die ehemalige Bayernkaserne nach Freimann. Mitarbeiter des bayerischen Flüchtlingsrates und Amnesty waren zufällig dort. Sie kannten das Schicksal von Nasris Vater. Weil der Junge damals erst sechzehn war, galten für ihn die Richtlinien für unbegleitete, minderjährige Flüchtlinge. Man musste einen Platz in einer betreuten Wohngemeinschaft oder Pflegeeltern für ihn finden, im Raum München unmöglich im Dezember 2012. Sie können sich bestimmt noch daran erinnern.«

Ziyad nickte mit ausdrucksloser Miene. »Das werde ich nie vergessen, auch die Protestaktionen und die Hungerstreiks nicht. Das reiche München war damals unfähig, Flüchtlinge angemessen unterzubringen. In der Kaserne waren viele wie Vieh eingepfercht, eine Schande!«

»Ja, das war furchtbar«, stimmte Rena zu. »Im letzten Jahr hat es besser geklappt, obwohl am zweiten Septemberwochenende fast 20.000 in München landeten.«

»Da zeigte man nur die positiven Beispiele in den Medien. In Wahrheit lief nicht alles so perfekt, viele Ehrenamtliche arbeiteten bis an ihre Belastungsgrenze, manche

14 bis 16 Stunden am Tag. Ich weiß wovon ich rede.« Ziyad spannte seine linke Hand an und formte die Finger zu einer Kralle. Nach einigen Sekunden lockerte er sie wieder. »Bitte verzeihen Sie, Frau Bauer, ich bin vom Thema abgeschweift. Es geht hier um Nasri.«

Sie nickte. »Zwei Tage vor Weihnachten wurde er dann mit vier anderen Jugendlichen in ein Wohnheim hierher verfrachtet. Nach den Feiertagen hat er gleich seinen Asylantrag gestellt. Weil Nasri als politisch verfolgt galt, wurde er bereits im März darauf genehmigt. Kurz darauf zog er zu uns. Wir waren schon länger als Pflegeeltern registriert.«

»Dann hat er also keine Verwandten in Syrien.«

»Wir wissen es nicht genau«, sagte Michael. »Alle ihm bekannten Anschlüsse sind tot, auch die E-Mails kamen zurück. Amnesty vermutet, seine Angehörigen könnten verschleppt oder ebenfalls ermordet worden sein.«

»Und hier in Deutschland?«

»Auch nicht, sein Onkel ist nie wieder aufgetaucht.«

Ziyad schlug eine neue Seite in der Kladde auf.

»Könnte Nasri Schuldgefühle wegen seiner Mutter und den Schwestern haben?«, fiel es Rena plötzlich ein.

»Das kann man nicht ausschließen. Ich hoffe, es herauszufinden, auch um einen Rückfall zu vermeiden.«

»Ein Rückfall? O Gott!«

»Das kommt vor, ich wollte nur offen sein. Aber keine Sorge, wir werden das schaffen, gemeinsam.«

»Wie lange schätzen Sie, muss er hier bleiben?«

»Hier auf meiner Station, zwei bis drei Wochen. Es hängt davon ab, wie schnell er die akute Lage überwindet. Danach noch einmal mindestens vier Wochen auf der offenen Station.«

»Stellen Sie die AUB aus, Dr. Ziyad?«

»Sicher, ich schreibe Nasri bis auf Weiteres krank.«

»Was können *wir* für ihn tun?«

»Geben Sie ihm Zeit, er muss das Ganze verarbeiten. Ich denke, regelmäßige Besuche von Ihnen beiden oder Ihrem Sohn schaden nicht. Bitte nicht enttäuscht sein, wenn er Ihnen anfangs mit Ablehnung begegnet oder nicht mit Ihnen spricht, das kommt vor. Viele Patienten errichten eine Art Schutzwall um sich.«

»Wie wird er untergebracht?«, fragte Michael.

»Ich halte zu Beginn ein Einzelzimmer für das Beste«, antwortete Ziyad. »Es ist gerade eins frei.«

»Nasri ist bei der Audi-BKK versichert, die bezahlt das nicht. Den Zuschlag übernehmen wir.«

Rena lächelte ihren Mann liebevoll an, worauf er ihre Hand nahm und fest drückte.

»Das ist sehr großzügig von Ihnen«, sagte Ziyad.

»Nasri ist für uns wie ein eigener Sohn. Alles, was wir für ihn getan haben, hat er uns immer gedankt.«

»Ich werde die Verlegung gleich veranlassen.« Ziyad ging hinüber zu seinem Schreibtisch und wählte im Stehen eine Nummer. »Hallo, Schwester Beate, Ziyad hier. Wir haben einen Neuzugang. Wie war die Nummer des freien Einzelzimmers? ... 2-301, gut. Der Name des Patienten lautet Nasri Masoud, er kommt von der Med

Zwo ... Richtig, die Akte bitte auf meinen Tisch ... Ja, vielen Dank. Wiederhören.«

»2-301«, wiederholte Rena. »Ich bringe ihm morgen vor der Arbeit etwas anderes zum Anziehen und sein Waschzeug.«

»Das Zimmer ist hier, im zweiten Stock. Bitte nicht wundern, Sie müssen läuten und sich beim Pflegepersonal anmelden. Ich lasse Ihre Namen und den Ihres Sohnes auf die Liste setzen, so gehen wir sicher, dass keiner Nasri besucht, den er nicht sehen will.«

»Gut, danke.«

Ziyad klappte das Notizbuch zu. »Ich denke, das ist genug für heute.«

»Falls sie noch Fragen, bitte melden Sie sich bei uns«, sagte Rena.

»Das werde ich, Ihre Nummer habe ich.«

»Vielen Dank für alles, Herr Doktor.«

»Nicht dafür, zu helfen ist meine Berufung.«

VORWÜRFE

Michael seufzte. »Tut mir leid, Jungs«, sagte er zu Hasan und Rami, die mit Jonas im Foyer der Medizinischen Klinik II auf Neuigkeiten warteten. »Ihr seid umsonst hier, Nasri will euch nicht sehen.«

Hasans erwartungsvoller Blick änderte sich zu einer Mischung aus überrascht und enttäuscht. »Warum?«

»Dr. Ziyad sagte, er würde mit euch die negative Erfahrung im Club assoziieren.«

»Aber wir können nichts dafür!«, wehrte sich Rami.

»Macht euch bitte keine Vorwürfe«, sagte Rena. »Und nehmt es ihm nicht übel. Dr. Ziyad meint, viele Patienten reagieren in solchen Situationen so.«

»Wir haben ein Problem«, sagte Rami. »Leonie hat sich heute nach Nasri erkundigt, sie wird es morgen wieder tun. Was soll ich sagen?«

»Lass es bei der Magen-Darm-Geschichte«, riet Rena.

»Und wenn sie fragt, ob sie ihn besuchen kann?«

»Dann hat er eben einen ansteckenden Infekt«, meinte Jonas lapidar. »Es schwirrt doch immer irgendein Virus herum, jedenfalls werde ich das sagen.«

Rami nickte. »Okay Mann, dann sage ich das auch.«

Hasans tiefe Falte zwischen den Augen zeigte, dass er damit nicht einverstanden war. »Wir sollen lügen?«

»Versetz dich mal in Nasris Lage«, sagte Rena.

Er ächzte. »Okay.«

»Wir gehen jetzt nochmal zu ihm, später wird er in die psychiatrische Klinik verlegt.«

»Fahrt nach Hause«, riet Michael. »Wir melden uns morgen bei dir, Hasan.«

»Okay.«

»Wie lange muss Nasri hierbleiben?«, fragte Rami.

»Dr. Ziyad sagte was von sieben Wochen, erstmal zwei bis drei auf der geschlossenen Station. – Bevor ichs vergesse.« Rena holte den gelben Zettel aus ihrer Handtasche. »Gibst du die AUB bitte morgen eurem Ausbilder.«

»Mache ich.«

»Ich rufe ihn auf jeden Fall an, sag ihm das.«

»Sie können sich auf mich verlassen.«

Hasan ließ den Kia langsam vom Parkplatz der Klinik rollen. An der Ausfahrt wäre er am liebsten in die Eisen gestiegen und abgedüst. *Jetzt durch die Stadt rasen, wie in Need for Speed mit dem GTO, das wärs.* Der Sportage, ›Schwarzer Prinz‹ nannte er ihn, war acht Jahre alt und hatte über 100.000 Kilometer auf dem Buckel, aber mit 140 PS ordentlich Power. Die Fahrt musste ja nicht an einem Brückenpfeiler enden. Er besann sich wieder. *Am Ende krieg ich noch nen Strafzettel, lieber nicht.* Er machte sich Vorwürfe und war wütend auf sich, weil er den Bauers nicht schon gestern Abend am Telefon vom Vorfall im XTreme erzählt hatte, als er sich nach Nasri erkundigte. *Da lag er mit Kopfschmerzen im Bett, wer weiß ob das stimmte. Wenn ich das mit Leonie nicht verschwiegen hätte, wäre vielleicht gar nichts passiert.*

Rami sah ihn von der Seite an. »Du bist so still.«

»Ich habe ein blödes Gefühl wegen Nasri.«

»Weil er uns nicht sehen will?«

»Ich verstehs einfach nicht.«

»Du hast doch gehört, was Herr Bauer sagte.«

»Er assoziiert mit euch die negative Erfahrung im Club«, wiederholte Hasan gereizt dessen Worte und kräuselte die Nase. »Sorry, das ist Psycho-Kacke!«

»Für mich ist Leonie schuld.«

»Warum sie? Sie kann doch nichts dafür, dass sie anders gepolt ist!«

»Mann! Ich meine doch, weil sie nicht offen mit Nasri umgegangen ist, als Arbeitskollegin, Kumpel und von Biker zu Biker. Ich dachte immer, die wären ein eingeschworenes Team.«

NEBEL

An der Tür klopfte es. Nasri sah von seinem Bett aus kurz hin und dann wieder aus dem Fenster, vor dem sich der Nebel lichtete. Die dunklen, blattlosen Äste und Zweige der hohen Bäume krochen, dürren Armen und Fingern gleich, aus der grauen Suppe – wie die eines Dämons auf der Suche nach einer verlorenen Seele. Nasri bibberte, nicht wegen dieses Anblicks, das dünne, kurzärmelige Patientenhemd wärmte nicht. Er zog die Decke bis zum Hals. Unter dem Pflaster auf seinem linken Handrücken, an der Stelle, wo bis vorhin der IV-Zugang steckte, brannte es wieder. Er fühlte sich matt und niedergeschlagen, außerdem tat sein Hals weh. Er schluckte, sein Mund fühlte sich pelzig an, obwohl er vorhin ein Glas Wasser getrunken hatte.

»Sabāhu alchayr, Nasri«, begrüßte Dr. Ziyad ihn freundlich. »As-salāmu ʿalaikum.«

Nasri drehte sich zu ihm. »Wa-ʿsalaikum us-salām«, erwiderte er instinktiv, obwohl er nur noch gelegentlich Arabisch sprach.

»ʿAna tabib Ziyad«, stellte er sich vor.

Nasri musterte den schlanken Mann in Jeans und blauem Hemd, der an sein Bett trat. »Sie wollen ein Arzt sein? Wo ist Ihr weißer Kittel?«

»Ich trage ihn nicht ständig, wenn du willst, hole ich ihn und ziehe ihn an.«

»Lassen Sie's.«

»Wollen wir uns weiter auf Deutsch unterhalten?« Dr. Ziyad setzte sich auf den Stuhl neben dem Bett und legte die blaue Patientenmappe auf seine Oberschenkel.

»Mir egal«, sagte Nasri gelangweilt. »Sie beherrschen es ja perfekt.«

»Danke, deins ist aber auch gut.«

Schleimer, dachte Nasri. »Muss ich mit Ihnen reden?«

»Nur, wenn du willst, ich bin Psychologe und dein behandelnder Arzt.«

»Bin ich in der Klapse?«

»Du bist im Zentrum für psychische Gesundheit.«

»So nennt man das jetzt«, meinte Nasri zynisch.

»Du wirst sehen, es ist ein gewaltiger Unterschied.« Ziyad entdeckte das unberührte Tablett mit Brötchen, Butter und Marmelade, das auf dem herausklappbaren Tisch am Bett stand. »Willst du etwas anderes zum Frühstück?«

»Ich hab keinen Hunger«, sagte Nasri und räusperte sich, der Hustenreiz plagte ihn erneut.

»Aber du solltest etwas trinken, am besten etwas Warmes. Ich lasse dir einen Pfefferminztee machen. Der ist gut für deinen Hals *und* den Magen. Pfefferminz magst du doch, oder?«

»Wollen Sie sich bei mir einschleimen?«

»Nein, ich will dir helfen. Ich bin dein Arzt.«

»Also müssen Sie es, ob Sie wollen oder nicht.«

»Ich *will* dir helfen, das meine ich ernst!«

»Okay, dann geben Sie mir was, damit ich nie mehr aufwache.«

»Das darf ich nicht.«

»Dann können Sie mir nicht helfen.«

»Es gibt eine andere Lösung, eine bessere.«

»Und die wäre?«

»Wir wollen nichts übereilen.« Dr. Ziyad drückte den grünen Knopf.

Kurz darauf erschien eine junge Krankenschwester. »Guten Morgen, Dr. Ziyad.«

»Hallo, Schwester Hanna. Würden Sie Nasri bitte einen Pfefferminztee und einen kleinen Krug Wasser bringen.«

Sie nickte. »Gern, still oder mit Kohlensäure?«

»Mit«, sagte Nasri.

»Kann ich das Tablett mitnehmen?«, fragte Hanna.

»O ja, das wäre nett.« Ziyad stand sogar auf, um ihr die Tür zu öffnen.

Nasri schlug die Decke zurück und schälte sich aus dem Bett. Beim Aufstehen wurde ihm schwindlig.

»Nicht so hastig!«, mahnte Ziyad, der mit einem Satz wieder bei ihm war und ihn stützte. »Dein Kreislauf muss sich erst wieder daran gewöhnen.«

»Ich muss auf die Toilette.« Nasri ließ sich bis vor die Tür des Badezimmers führen. »Jetzt kann ich allein weiter.«

Ziyad ließ ihn los.

Der Anblick der weißen Kloschüssel katapultierte Nasri für einige Sekunden nach Hause, ins dortige Badezimmer. Er blickte in ein brodelndes, dunkelrotes Meer mit darin schwimmenden, weißen Brocken. Um nicht umzukippen, stützte er sich mit einer Hand an der gefliesten Wand ab und schloss die Augen, bis das Trugbild verschwand.

Beim Händewaschen sah er in den Spiegel und erschrak über die dunklen Augenringe und die fahle Gesichtsfarbe. *Ya salâm! Ich sehe echt scheiße aus!* Nachdem er sich mit ein paar kräftigen Spritzern Wasser erfrischt hatte, hielt er den Kopf unter den Hahn und trank, um den faden Geschmack in seinem Mund loszuwerden. Es half nicht. Auf der Ablage neben dem Waschbecken entdeckte er seine Kulturtasche. *Rena muss hier gewesen sein, hab ich gar nicht mitbekommen.* Er kramte Zahnbürste und -creme heraus und putzte sich die Zähne.

Zurück im Zimmer setzte er sich an die Bettkante. Mittlerweile standen Wasser und dampfender Pfefferminztee auf dem Klapptisch. Er sog den angenehmen, frischen Geruch tief ein.

»Wie fühlst du dich jetzt?«, fragte Ziyad, wieder neben dem Bett sitzend.

»Immer noch beschissen.«

»Damit wird es dir bald besser gehen, öffne deine Hand.« Er gab Nasri drei Tabletten aus einem Tagesdispenser mit Einteilungen für morgens, mittags, abends und die Nacht und steckte ihn wieder in die Mappe. Er wollte ihn nicht hier lassen weil er befürchtete, Nasri könnte die gesamte Dosis auf einmal nehmen.

Er beäugte sie argwöhnisch. »Was sind das für Pillen?«

»Sie helfen gegen deine schlechten Gedanken.« Ziyad achtete darauf, dass Nasri alle drei wirklich hinunterschluckte und reichte ihm das Wasserglas.

Er trank es leer, legte sich wieder hin und deckte sich zu. »Woher wissen Sie was ich denke?«

»Ich weiß es nicht, erzähl es mir. Willst du?«

Nasri schüttelte den Kopf.

Ziyad hatte diese Reaktion erwartet. »Na, dann eben später. Reden hilft, aber ich will dich weder drängen noch zwingen. Ich sehe mittags wieder nach dir. Vielleicht magst du dann etwas essen, am besten eine Suppe.«

»Suppe?«

»Wenn du etwas anderes willst, sag es Schwester Hanna. Aber heute nur etwas Leichtes, wegen dem Magen. Sie weiß Bescheid. Später bringt sie dir den Speiseplan für die nächsten Tage. Die Küche hier ist wirklich gut.« Ziyad drückte den Teebeutel aus. »Genug gezogen, Zucker?«

»Ja, zwei.«

Ziyad riss die Tütchen auf, streute den Inhalt in die Tasse und rührte um. »Deine Pflegemutter hat dir etwas zum Anziehen gebracht und in den Schrank geräumt, dann kommst du aus dem dünnen Hemd raus. Außerdem solltest du duschen.«

»Mache ich später.«

»Wie du willst. – Sie sagte, du isst gern Putengeschnetzeltes mit Reis. Das gibt es morgen. Ich weiß es genau, ich mag das nämlich auch gern.«

»Was hat sie sonst gesagt?«

»Alles was passiert ist und warum.«

»Sie weiß doch nur das, was Hasan erzählt hat.«

»Die Details würde ich gerne von dir hören.«

Nasri wandte sich ab und starrte zum Fenster hinaus. Der Nebel war fast verschwunden, der wolkenverhangene Himmel riss auf und vereinzelt zeigten sich blaue Stellen. Die Äste und Zweige wirkten nicht mehr ganz so unheimlich.

»Ich gehe jetzt«, sagte Ziyad. »Wenn du etwas brauchst, einfach läuten, bis später.«

Nasri antwortete nicht, abgelenkt durch eine große, vom Wind zerrissene Wolke, die über den Himmel gejagt wurde. Er glaubte, darin ein Kamel mit vier Höckern zu erkennen. *Ya salâm! Jetzt sehe ich schon doppelt!* Er zog die Decke über den Kopf. Unangenehmer Schweißgeruch stieg ihm in die Nase. *Igitt, ich bin das Kamel! Stinken tu ich jedenfalls so.* Er schlug die Decke wieder ein Stück zurück. *Ich sollte wirklich duschen.* Er gähnte. *Später vielleicht.*

AUSFLÜCHTE

Rami stand in der Schlange an der Essensausgabe in der Kantine und überlegte, wie er einem Gespräch mit Leonie aus dem Weg gehen könnte. In der Frühstückspause hatte es geklappt, weil sie chattete. *Wahrscheinlich mit ihrer Lesbentussi,* war sein erster Gedanke gewesen. *Gleich kreuzt sie hier auf, nach der kannst du die Uhr stellen.* Es war kurz nach zwölf, sie ging immer zu dieser Zeit zum Mittagessen.

»Was darf ich Ihnen geben, junger Mann?«, fragte die rundliche Frau hinter der Glastheke freundlich.

Rami, gedankenverloren, erschrak. *Oh, ich bin schon dran!* Er warf schnell einen Blick zur Tafel mit dem Tagesangeboten. »Die Spätzle mit Pilzen, bitte.«

Sie nickte und machte den Teller zum Bersten voll, ganz nach dem Motto ›Du hast so wenig auf den Rippen, du kannst das vertragen‹. »Guten Appetit.«

»Danke.«

Als Nachspeise nahm er nur eine Orange. Sonst aß er am liebsten Vanille- oder Schokoladenpudding mit Sahne, angesichts der riesigen Nudelportion verzichtete er heute darauf.

Nachdem er an der Kasse bezahlt hatte, sah er sich um. Er entdeckte einen freien Platz an einem Vierertisch, an dem seine Azubikollegen Martin, Tom und Pascal saßen. Sie winkten ihn zu sich.

»Hey Rami, setz dich zu uns«, sagte Pascal.

»Mahlzeit«, sagte er und begann zu essen.

»Mahlzeit«, erwiderten die anderen.

»Gibts was Neues von Nasri?«, fragte Tom.

»Nein, noch nicht.«

»Halt uns auf dem Laufenden.«

»Geht klar.«

Dabei beließen es die Jungs, Rami war froh darüber.

Er schälte gerade die Orange, als Leonie mit ihrem Tablett am Tisch auftauchte. Der Teller war leergegessen.

»Hi, zusammen.«

»Hi«, kam es aus allen vier Mündern unisono.

»Was ist denn jetzt genau mit Nasri?«, fragte sie.

»Mann, wie oft denn noch!«, murrte Rami. »Er hat eine Magen-Darm-Infektion, so einen ansteckenden Virus, deshalb darf ihn keiner besuchen. Mehr weiß ich nicht.«

»Sein Handy ist auch aus.«

»Hab ich schon bemerkt, er wird es nicht benutzen können.« *Wie werde ich die jetzt am schnellsten los?* »Ich rufe Hasan später an und frage ihn, vielleicht weiß er was von den Bauers.«

»Okay, bis später.« Leonie verließ das Quartett in Richtung Geschirrwagen.

»Manche Weiber können echt nerven«, sagte Tom.

»Ich kenne *keine*, die das nicht tut«, setzte Pascal grinsend noch drauf.

Nach dem Essen gingen sie gemeinsam in den Herren-Umkleideraum, um die Handys wieder in ihren Spinden einzuschließen. In der Lehrwerkstatt erlaubte ihr Ausbilder sie nicht.

»Ich muss noch schnell Hasan und Jonas anrufen«, sagte Rami.

»Dann gehen wir inzwischen eine rauchen.« Tom machte mit Pascal Kehrt.

»Ok, bis gleich.«

Rami erwischte sowohl bei Hasan, als auch bei Jonas nur die Mailbox. Er schrieb jedem über Whatsapp: ›Muss jetzt weiterarbeiten, melde mich später, Rami‹.

Als er seinen Spind abschloss, stand plötzlich Leonie vor ihm. »Was willst *du* hier?«, pflaumte er sie an. »Für Mädchen ist eine Tür weiter.«

»Ich weiß.«

»Und was stehst du da noch rum?«

Sie verschränkte die Arme vor dem Oberkörper und fixierte Rami. »Irgendwas stimmt nicht.«

»Was soll nicht stimmen?«

»Das mit Nasris Magen-Darm-Virus.«

»Lass mich in Ruhe!«

»Du sagst jetzt was los ist!«, herrschte sie ihn an.

»Mann! Spinnst du!«

»Ich bin kein Mann, verstanden! – Ich will endlich wissen was los ist! Sonst ...«

»Sonst was?«, pampte Rami sie an. *Ich wusste es, die blöde Kuh gibt nicht auf!* »Wie oft soll ich es noch sagen, Nasri hat einen Vir...«

»Du lügst!«, schnitt sie ihm das Wort ab. »Das sehe ich dir an!«

»Lass mich in Ruhe!«

»Nein, ich will die Wahrheit wissen!«

»Die Wahrheit kannst du doch gar nicht vertragen!«

»Das sagt der Richtige! Musst wohl erst Hasan fragen? Du plapperst ihm auch sonst alles nach und dackelst ihm hinterher!« Dabei wackelte sie mit dem Kopf. »Kannst *du* die Wahrheit vertragen?«

»Du blöde, hochnäsige Ziege!«, platzte es aus Rami heraus. »Wer ist denn an allem schuld, du!«

»Was? Ich? Wieso?«

Shit, jetzt hab ich mich hineingeritten! Was mache ich bloß? Rami malträtierte seine grauen Zellen und suchte nach einer Ausrede, er fand keine. *Jetzt ist es auch schon egal, sie solls ruhig wissen!* Er sah sich nach allen Seiten um, es war sonst niemand hier. Mit in die Seite gestützten Armen baute er sich vor Leonie auf. »Damit du's endlich checkst, Nasri war total in dich verknallt! Er wollte dich für Freitag zum Essen einladen und dir einen Antrag machen. Am Montagabend hat er dich im XTreme mit der blonden Schlampe rumknutschen sehen. Er hat versucht, sich umzubringen, mit Schlaftabletten und Rotwein! Jetzt ist er in der Psychiatrie und will uns nicht mehr sehen! Du hast alles kaputtgemacht! Alles! Sprich mich nie wieder an!«

»Ab-aber, ich-ich«, stammelte sie. »Ich wusste doch nicht, dass ...«

»Wehe, du erzählst es hier herum, dann weiß in einer Stunde jeder, dass du 'ne Lesbe bist! Dann kannst du dich auf was gefasst machen!« Rami knallte den Spind zu, schloss ihn ab und ließ Leonie einfach stehen.

Später, in der Werkstatt ließ er sich vor den Jungs nichts anmerken, als sie dort erschien. Zum Glück stand heute Gruppenarbeit auf dem Ausbildungsplan, er mit Tom und Pascal in Team Eins, Leonie bei Martin und Cay in Team vier, drei Werktische weiter. Trotzdem ertappte Rami sich immer wieder dabei, wie er zu Leonie hinüberschielte. Ihr ging es nicht anders, aber sie wich seinem strafenden Blick aus. Rami wertete das als kleinen Sieg.

✦

Hasan legte eine CD ein, ließ sich auf die Couch fallen und streckte die Beine von sich. Er hörte immer Musik nach Feierabend, außer nach der Spätschicht. Die drei Schichten waren der einzige Nachteil an seinem Chemikanten-Job, aber gut bezahlt und noch verkraftete er den wöchentlichen Wechsel. In dieser Woche arbeitete er in der Frühschicht, von sechs bis vierzehn Uhr.

Jetzt hieß es erst einmal runterkommen und relaxen bei Musik von ›Salam‹, Alis Band – Ali, sein Retter, der ihn damals in Damaskus aufgelesen und mit nach Beirut genommen hatte. Letzten Herbst waren sie mit ›Under a New Moon‹ bei einem deutschen Indie-Label untergekommen, der Durchbruch für das Quartett. Diesen

Sommer würde ihre erste Europatournee starten, bei der sie auch auf einigen Open-Air-Konzerten in Deutschland spielten. Ihre Musik, eine Fusion aus Rock und orientalischen Sounds, kam gut an. Die englischen und arabischen Texte handelten meistens von Liebe, in einigen ging es um sensible Themen wie Krieg und Homosexualität. ›Das ist ein Riesending für uns‹, hatte Ali bei ihrem letzten Telefonat gesagt. ›Im Libanon könnten wir nie von der Musik leben, aber mit einem Markt wie in Europa haben wir eine Chance. Wir werden zwar keine Millionen verdienen, aber unser Auskommen haben‹.

Hasan freute sich für Ali und seine Jungs, aber noch mehr, ihn wiederzusehen. Das Chiemsee-Open-Air Ende August war rot im Kalender angestrichen und drei Tickets reserviert, Nasri und Rami wollten natürlich mitkommen. Außer zu Ali hatte Hasan keinen Kontakt mehr in den Nahen Osten. Alle Leitungen zu den Verwandten in Syrien waren seit langem tot und die Ungewissheit ihres Schicksals tat weh. Vor zwei Jahren hatte er sich überlegt, nach Damaskus zu fliegen und nach ihnen zu suchen. Aber die Angst, verhaftet zu werden und nie mehr nach Deutschland zurückkehren zu können, hielt ihn davon ab. Mittlerweile war der Bürgerkrieg eskaliert und die Russen unterstützten Assad bei dessen Säuberungsaktion, etwas anderes war es nicht. Er wollte alle tot sehen, die nicht auf seiner Seite standen. Nur Lebensmüde reisten noch freiwillig nach Syrien. Hasans Herz blutete jedesmal, wenn er im Fernsehen die schrecklichen Bilder aus Damaskus, Aleppo, Homs und Idlib sah. *Assad, du verdammter Hurensohn!*

Hasans Handy läutete, Rami war dran.

»Hi, Kleiner.«

»Hi, ich – ähm, ich muss mit dir reden.«

»Schieß los.«

»Ich hab Mist gebaut. Leonie hat mich heute Mittag tierisch genervt, da ist mir das von Nasri rausgerutscht.«

»Fuck! Und was genau?«

»Alles.«

»Doppel-Fuck!«

»Mann, ich weiß nicht, was ich tun soll!« Rami klang ziemlich verzweifelt.

»Wir sagen es den Bauers«, entschied Hasan blitzschnell. »Ich hole dich dann von der Arbeit ab.«

LEONIE

Kim glotzte Leonie fassungslos an. »Er wollte sich umbringen? So ein Luschi!«

»Das ist er nicht!«

»Naja, ganz sauber kann er nicht sein!«

»Ich hatte keine Ahnung, dass Nasri in mich verliebt war. Ich hab ihn immer nur als Kollegen und Biker-Kumpel gesehen, er hat sich nie was anmerken lassen.«

»Bestimmt weil andere dabei waren.«

»Kann sein.«

»Typisch Weichei«, sagte Kim abfällig.

»Er ist eben sensibel.«

»Jetzt nimmst du ihn auch noch in Schutz! Außerdem, dir die Schuld zu geben, finde ich total fies von Rami.«

»Ich weiß nicht, was ich tun soll, Kim. Er hat mir gedroht! Er will allen sagen, dass ich lesbisch bin, wenn ich was von Nasris Selbstmordversuch erzähle.«

»Dann halt einfach die Klappe!«

»Das ist verdammt schwer, ich fühle mich verantwortlich.«

»Blödsinn! – Außerdem ist es egal, sollen sie's ruhig wissen.«

»Egal? Die Jungs verstehen das nicht! Ich habe Angst, dass sie mich mobben!«

»Die blöden Schwänze sollen es nur versuchen, dann kriegen sie es mit mir zu tun!«

»Das ist alles so ...« Leonie seufzte.

»Komm her, meine Süße.« Kim nahm sie in den Arm und küsste sie. »Ich bin doch für dich da. Und Rami, diesem Arsch, gehst du am besten aus dem Weg.«

»Ist nicht so leicht in der Arbeit.«

»Du schaffst das. Und wegen Nasri, rede mal mit seiner Pflegemutter, vielleicht weiß sie Rat.«

»Hm, ich überlegs mir.«

Mit zwiespältigen Gefühlen läutete Leonie am nächsten Tag bei den Bauers. Von Vorwürfen geplagt, hatte sie in der letzten Nacht nicht gut geschlafen.

Rena öffnete und staunte. »Hallo, Leonie!«

»Guten Abend, Frau Bauer, kann ich mit Ihnen reden?«

»Das trifft sich gut, ich auch. Ich wollte dich später noch anrufen. Komm rein, ich bin allein.«

Sie gingen in die Küche.

»Willst du was trinken?«, fragte Rena.

»Danke, im Moment nicht.«

»Okay, sag Bescheid.«

Leonie nickte. »Hier riechts aber gut.«

»Ich bin gerade beim Kuchenbacken.«

»Oh! Ich wollte nicht stören, ich hätte vorher anrufen sollen.«

»Quatsch! Der ist noch eine halbe Stunde im Rohr, dann muss er auskühlen. Morgen mache ich ihn fertig, es werden Donauwellen.«

»Nasris Lieblingskuchen.«

Rena nickte. »Wir bringen ihm morgen Nachmittag ein paar Stückchen.«

Sie setzten sich an den Küchentisch.

»Wie gehts Nasri denn?«, fragte Leonie.

»Körperlich hat er es gut verkraftet und sein Arzt sagt, die Medikamente schlagen bereits an. Aber er will Rami und Hasan nicht sehen.«

»Ich weiß.« Leonie seufzte. »Rami gibt mir die Schuld für alles, aber ich hatte doch keine Ahnung!«

Rena legte ihre Hand auf die von Leonie. »Glaub mir, Rami meint es nicht so. Er wusste sich nicht anders zu helfen. Ich bin sicher, er hat es längst bereut.«

»Sie wissen es schon?«

»Er war gestern Abend mit Hasan hier. Gib ihm Zeit und geh ihm vorerst aus dem Weg.«

»Ich versuchs.«

»Erwarte aber keine Entschuldigung von Rami, sein Stolz wird das nicht zulassen. – Warte mal.« Rena stand auf. Sie warf einen kurzen Blick durch die Glasscheibe in den Backofen, dann einen auf die integrierte Digital-uhr, 22 Minuten. Sie nickte zufrieden und verließ die Küche.

Nach wenigen Minuten kam sie zurück und gab Leonie den hellblauen Briefumschlag, den sie gestern beim Aufräumen auf Nasris Schreibtisch gefunden hatte.

»Der ist für dich.«

»Sogar in meiner Lieblingsfarbe.« Sie drehte ihn um. »Er ist ja noch zu.«

»Briefgeheimnis, dein Name steht drauf.«

»Sie geben ihn mir, nach allem was passiert ist?«

»Hat der Familienrat beschlossen.«

Leonie wog den Umschlag in ihrer Hand als wöge er schwer wie Blei. Zaghaft öffnete sie ihn und faltete den Brief auseinander. Sie las zunächst leise, dann halblaut, mit belegter Stimme: » ...doch erst jetzt weiß ich, dass eine Sekunde ohne dich die Ewigkeit bedeutet.« Tränen traten in ihre Augen, die sie sofort wegwischte. »Und in so schöner Schrift geschrieben.« Sie hielt Rena den Brief hin.

»Wirklich, sehr schön. Diese CD lag dabei.«

»John Legend, den mag ich total gern.«

»Das Lied ›All of me‹ ist dick angestrichen, das sollte der Kellner wohl im Giulietta einlegen.«

»Im Giulietta?«, japste Leonie. »Das ist mein Lieblingsitaliener! Nasri hat sich alles gemerkt, was ich mal gesagt habe!«

»Naja, wenn einer verliebt ist. Hasan hat erzählt, was Nasri plante, dir eine Rose mitbringen und während du den Spruch liest, sollte das Lied laufen.«

»Das ist so romantisch«, schluchzte Leonie und ließ den Tränen schließlich freien Lauf.

Rena reichte ihr ein Tempotaschentuch.

»Danke.« Leonie putzte sich die Nase. »Ich bin nun mal wie ich bin, ich stehe auf Frauen und ich liebe Kim. Aber ich will nicht, dass Nasri mir böse ist.«

»Lass etwas Gras über die Sache wachsen. Dr. Ziyad glaubt, ein verdrängtes Erlebnis aus dem Bürgerkrieg könnte für diese Überreaktion mit eine Rolle spielen.«

Leonie nickte. »Verstehe.«

»Ich will nicht noch mehr Schuldgefühle bei dir hervorrufen, aber ich dachte, ihr jungen Leute wärt offener zueinander.«

»Soll ich mich vor alle Welt hinstellen und sagen, dass ich lesbisch bin?«

»Wer redet von der ganzen Welt, seinen Freunden sollte man es sagen, um Missverständnissen vorzubeugen.«

»Die Jungs in der Arbeit würden das nie verstehen.«

»Woher weißt du das?«

»Es sind Männer!«

»Du kannst doch nicht alle über einen Kamm scheren, zeig ein bisschen mehr Toleranz.«

Mehr Toleranz? Pah! Die würde ich mir wünschen. Manchmal hatte sie es so satt, sich verstellen zu müssen. Als sie sich im November outete, hatte ihr Vater vorgeschoben, es läge an ihrem Job und ihrem Hobby. ›Mechatroniker und Motocross, das ist doch nichts für Frauen!‹ *Blödes, altmodisches Schubladendenken!* Mittlerweile akzeptierte er es, dank Kims Eltern und deren Motto: ›Hauptsache, die Kinder sind glücklich‹.

Glücklich fühlte sich Leonie im Moment nicht. »Ich könnte mir nie verzeihen, wenn Nasri gestorben wäre.«

DIE SAAT

Immer dieselben, düsteren Träume, Tag für Tag. Immer dieselben Qualen. Wann hört das endlich auf? Nasri stand, beide Hände an der gefliesten Wand abgestützt, unter der Dusche und ließ das warme Wasser übers Gesicht laufen. Mit geschlossenen Augen dachte er an den Traum, aus dem er schweißnass aufgewacht war.

Er hatte seine Mutter Aisha und deren Reisegruppe in den Krak des Chevaliers begleitet, wie früher in den Schulferien. Er kannte fast jeden Stein in der Kreuzritterfestung und durfte auch in Ecken, die für Touristen nicht zugänglich waren, ein herrlicher Spielplatz für einen Jungen. Aisha erklärte gerade die Geschichte des Löwentors, als sich plötzlich lautes Dröhnen näherte: vier Kampfjets! Mehrere Raketen trafen die Mauern, die mächtigen Steine zerbarsten und regneten wie glühende Meteoriten auf die Menschen herab.

»Flieh, mein Junge«, rief Aisha. »Flieh!« Dann wurde sie von einem Stein getroffen. Sie strauchelte und fiel. Im Nu versank sie in einem Berg von Geröll.

»Mama, neeeiiin!«, schrie Nasri verzweifelt und versuchte, sie mit bloßen Händen wieder auszugraben.

»Flieh, mein lieber Junge«, hörte er sie weiter rufen, »flieh, rette dich!«

Die Kampfjets kehrten zurück. Nasri rannte und rannte, bis er mitten in einer Wüste stand. Die Sonne stach vom Himmel, die gleißenden Strahlen taten in den Augen weh. Tränen flossen, sie waren wie Säure, brannten sich in die Wangen und hinterließen tiefe Narben. Er schrie vor Schmerzen, dann hörte er Donnergrollen und sah zu den dunklen, bedrohlichen Wolkenbergen am Himmel. Es blitzte mehrere Male, dann goss es wie aus Eimern. Der Regen benetzte sein Gesicht und spülte die Schmerzen fort.

Nasri drehte das Wasser ab und starrte noch eine ganze Weile auf die weißen Fließen, dann fror ihn. Er trocknete sich ab und zog sich an.

»Ich bin schuld an ihrem Tod«, klagte Nasri, nachdem er Ziyad den Traum geschildert hatte. »Warum bin ich nicht zurückgegangen?«

»Es war nicht deine Schuld.«

»Doch, es war meine Schuld! Ich hätte ihnen helfen müssen. Ich war der einzige Mann im Haus. Mein Vater war tot.«

Ziyad nickte. *Er vermischt seine Erinnerungen an den Krieg mit dem Traum.* »Deine Mutter wollte, dass du fliehst. Sie hat es gut gemeint.«

»Sie war krank, Fatma und Zahra wollten bei ihr bleiben, nachdem die Wachen abgezogen wurden.«

»Wachen?«

»Die vor unserem Haus. Wir waren unter Arrest gestellt, plötzlich zog man sie ab. Mama hat gesagt: Geh mein lieber Junge, bring dich in Sicherheit!« Er seufzte. »Ich hätte bleiben und sie beschützen müssen.«

»Du hättest nichts tun können.«

»Ich habe versprochen zurückzukommen, aber ich war zu feige. Ich dachte, dann töten sie mich. Jetzt sind sie tot und alles ist zerstört.« Tränen traten in seine Augen.

»Du hast auf deine Mutter gehört, das war richtig.«

Nasri schluchzte. »Ich hätte damals sterben sollen«, er hämmerte mit beiden Fäusten auf seine Brust. »Ich! Dann müsste ich jetzt diese Qualen nicht ertragen!«

»Es war Allahs Wille, dass du am Leben bleibst«, beruhigte ihn Ziyad. »Er hat etwas anderes für dich bestimmt.«

»Ist es Allahs Wille, dass ich leide? Ich hab nie was Böses getan!«

»Es ist eine Prüfung, wenn du sie bestehst, gehst du gestärkt daraus hervor. – Du willst dich doch an Leonie rächen?«

»Ja, ich will diese Schlampe bestrafen, ich weiß nur nicht wie.«

»Ich werde dir einen Weg zeigen.«

»Ich hab Angst davor.«

»Die Angst ist dein einziger Feind. Ich zeige dir wie du sie beherrschen und überwinden kannst und so dazu beitragen, die Welt zu ändern.«

»Wird sie dadurch besser?«

»Wenn wir alle zusammenstehen, ja. Gemeinsam sind wir stark und unschlagbar. Inschallah!«

DÜNGER

Am Bettrand sitzend, spülte Nasri die drei Tabletten vor Ziyads Augen mit einem großem Schluck Wasser hinunter – seit zwei Wochen dieselbe Prozedur nach dem Frühstück. Mittags, abends und für die Nacht bekam er jeweils nur zwei. Sie wirkten schnell. In einer halben Stunde würde es ihm besser gehen, er sich leicht wie eine Feder fühlen und seine Sorgen vergessen haben. Er legte sich zurück ins Kissen und deckte sich zu. Jetzt musste er nur noch den Traum der vergangenen Nacht loswerden, der in seinem Schädel hämmerte.

Ziyad erkannte es an seinem angespannten Blick. »Erzähl ihn mir.«

»Ich war in der Wüste, stand mitten auf einer Straße, die ins Nichts führte. Leonie kam auf mich zu, zuerst langsam, dann schneller. Sie verbrannte vor meinen Augen. Das Feuer breitete sich aus. Ich bekam es mit der Angst zu tun und floh. Ich war barfuß, der heiße Asphalt brannte unter meinen Fußsohlen. Ich rannte schneller, aber mit jedem Schritt wurde er weicher und veränderte seine Farbe, glutrot, wie flüssige Lava. Ich kam nicht mehr weiter, zuerst klebten meine Füße nur daran, dann drohte ich darin zu versinken. Flammen züngelten an mir hoch, bis zum Hals, aber ich verbrannte nicht. Ich hab gefroren, von innen heraus. Mein Körper schien sich gegen das Feuer zu wehren. Bald konnte ich mich nicht mehr bewegen. Ich war zu einem Eisblock erstarrt. Aber die Flammen erloschen nicht, sie schmolzen das Eis. Als das Wasser auf die flüssige Lava tropfte, dampfte und zischte es. Ich konnte nichts mehr sehen und mein Körper schmolz dahin.«

»Wie hast du dich dabei gefühlt?«, fragte Ziyad.

»Ich hatte keine Schmerzen, ich fror nur. Aber das ließ nach, als mein Körper zerrann.«

»Was glaubst du, bedeutet dieser Traum?«

Nasris Blick wurde eiskalt. »Ich muss jedes Gefühl für Leonie abtöten und mich von ihr befreien.«

»Sehr gut«, lobte Ziyad. »Sag dich los von ihr, sag dich los von allen, die nicht zu dir stehen.«

»Von Hasan und Rami hab ich es schon.«

»Und jetzt der nächste Schritt, dann wird deine Seele Frieden finden. Du brauchst die rote Hexe nicht.«

»Hexe?«

»Rothaarige Frauen sind Hexen. Sie üben auf manche Männer eine seltsame Anziehungskraft aus. Sie sind verflucht, deshalb leben sie meist nur in Europa und im Norden. Es ist der Wille Allahs, uns hat er die reinen, dunkelhaarigen Frauen gegeben«, predigte Ziyad und dachte: *Das ist zwar absoluter Bullshit, aber darauf springt er garantiert an.*

Nasri furchte ungläubig die Augenbrauen. »Aber vor Gott sind doch alle gleich.«

»Wer sagt das?«

»Rena.«

»Die Christen legen sich alles so zurecht, wie sie es gerade brauchen. In ihrer Bibel heißt es ja auch ›Liebet eure Feinde‹. Warum soll ich den Feind lieben, der Meinesgleichen dahinmeuchelt?«

Nasri nickte. *Der Doc hat Recht. Ich könnte die Leute nie lieben, die meinen Vater folterten und ermordeten oder die Soldaten, die Mama, Fatma und Zahra auf dem Gewissen haben. Ich hasse sie und hoffe, sie sind inzwischen qualvoll krepiert und Geier haben sich an ihren Kadavern ergötzt!*

»Christen, diese Kreuzanbeter!«, spottete Ziyad. »Was wissen die von Allah, nichts! Sie lehnen den wahren Glauben ab. Allah hat seinen Blick von ihnen abgewandt. Er zürnt ihnen, ihre Dekadenz verbreitet sich auf der ganzen Welt, sie ist die Wurzel allen Übels!« *So, jetzt werde ich ein bisschen übertreiben, damit kriege ich ihn rum.* »Es ist wie in Sodom und Gomorra, von denen die Bibel berichtet. Die Christen wollen nicht aus dieser Geschichte lernen, aber allen ihren Schmutz aufzwingen. Ihre Moral sinkt immer tiefer. Sieh dir dieses dreckige Schwulen- und Lesbenpack an, das ist wider die Natur!« Ziyad erhob seine Stimme. »Lesben, die muss man nur einmal richtig durchficken, dann wissen sie einen Mann zu schätzen! Zeig ihnen, wer der Herr ist, dann gehorchen sie!« Seine Stimmlage änderte sich wieder zu einer sanfteren. »Könntest du das tun, Nasri? Könntest du Leonie zeigen, dass du ein richtiger Mann bist?«

»Ich will sie nicht ficken, sie widert mich an!« Nasri verzog das Gesicht. »Ich will sie nicht mal mehr anfassen, ich spucke auf sie!«

»Aber ohne Frauen kann ein Mann nicht leben, nicht hier und nicht im Paradies.«

»Im Paradies, Sie meinen nach dem Tod?«

»Ja, Allah verspricht sie jedem Seligen.«

»Wo steht das?«

»Im Buch der Bücher.«

»Im Koran, echt?«

»Wo sonst? – Noch der Letzte im Paradies wird 80.000 Sklaven haben«, begann er salbungsvoll zu zitieren, »und 72 Frauen, unbefleckt, schwarzäugig, von blendender Schönheit, wohlverwahrten Perlen gleich. Der Selige wird ein seidenes Zelt besitzen, mit Perlen, Rubinen und Smaragden besetzt. Wer auf Erden jung oder alt gestorben ist, wird dreißig Jahre alt sein und nicht älter, wenn er das Paradies betritt.«

»Ich bin erst neunzehn.«

»Dreißig ist das beste Alter für einen Mann, so steht es geschrieben.«

»Aber 72 Jungfrauen? Hasan sagt, das ist Quatsch.«

Verflucht! Er plappert ihm nach wie ein Papagei, das hätte ich mir denken können! »Hasan ist ein Dummschwätzer!«, zischte Ziyad, seine Augen wurden stechend. »Dieser Hurenbock hat doch keine Ahnung! Er ist wie die Ungläubigen. Nein, schlimmer! Er ist ein Teufel, er nimmt alle Frauen, die er will. Er nimmt sich Rechte heraus, die nur einem Märtyrer zustehen!«

»Sie kennen Hasan?«

»Ich beobachte ihn, schon lange. Er wird für seine Taten büßen. – Willst du so sein wie er?«

»Nein, will ich nicht!«

»Wen Allah auf den rechten Pfad leitet, der kann von niemandem missgeleitet werden und wen Allah als missgeleitet erklärt, kann von niemandem rechtgeleitet werden. – Auch das steht geschrieben.«

»Das kenne ich.«

»Und so frage ich dich: Kann etwas falsch sein, wenn es im Buch der Bücher steht?«

»Nein.« Nasri überlegte. »Wie wird man ein Seliger?«

»Selig im Sinne des Koran ist jeder Gläubige, der gute Taten in seinem Leben vorweisen kann. – Ist es nicht eine gute Tat, die christliche Dekadenz zu bekämpfen? Sie ist schuld, dass du leiden musst. Es gibt keinen Ausweg, die Ungläubigen müssen bestraft werden.«

»Dann ist es eine gute Tat, wenn ich Leonie bestrafe.«

»Nur so wirst du Frieden finden. – Höre die Worte des Propheten: Gehorche nicht den Ungläubigen und mühe dich damit gegen sie ab mit großem Einsatz. Rücke aus auf Allahs Weg und kämpfe gegen diejenigen, die gegen dich kämpfen. Lass sie brennen und kämpfe gegen sie, bis es keine Verfolgung mehr gibt und die Religion allein Allahs ist. *So* steht es geschrieben!« Das stimmte nur zum Teil. So lautete Ziyads eigene Version der Verse, die er benutzte, um Krieger für seinen ›Kreuzzug‹ einzuschwören. »Der wahre Glaube wird dich erlösen, Allah ist groß!«

»Was ist die beste Lösung?«

»Was glaubst du?«

»Für den wahren Glauben zu sterben.«

»Richtig, Märtyrer sind die Lieblinge Allahs.«

Wenn ich Leonie nicht haben kann, soll dieses blonde Biest sie auch nicht haben, keiner soll sie haben! Wieder geisterte sie durch Nasris Kopf. Sie lachte und schüttelte dabei ihre roten Locken, die sich zu einem Spinnennetz verwandelten. Er verfing sich mit den Füßen darin. Leonie griff nach seinem Arm, ihre Hand wurde zu einer Klaue und Leonie zu einer Spinne. Doch Nasri konnte sich befreien. Mit triumphierendem Blick zog er den Sicherungsstift von der Eierhandgranate, die er hinter seinem Rücken verborgen hielt, den Hebel ließ er noch gedrückt. *Du wirst keinem mehr wehtun! Mir ist egal ob 72 Jungfrauen im Paradies warten oder nicht, wenn ich mich in die Luft jage, haben diese unerträglichen Qualen endlich ein Ende!* Er ließ den Hebel los.

»Nasri?«, hörte er Ziyads Stimme aus weiter Ferne.

Er wandte sich ihm zu. »Was ist?«

»Alles in Ordnung?«

»Ja. – Wann ist es soweit?«

»Bald.«

»Gut.«

Zufrieden beobachtete Ziyad Nasris Mimik und wie sich sein Gesicht entspannte. *Er ist bereit, wenn ich ihm jetzt eine Waffe in die Hand drücke, würde er auf jeden schießen, dem ich ihm zeige.* »Wollen wir zusammen beten, Nasri? Heute ist Freitag.«

»Ja, natürlich.«

»Bist du rein?«

»Ja, ich hab vorhin geduscht.«

Ziyad holte den Gebetsteppich vom Schrank, den er dort deponiert hatte, und rollte ihn auf dem Fußboden aus. Nasri kniete sich darauf. Ziyad blieb stehen, schlug ein kleines, weinrotes Buch auf und las vor, wie der Imam in der Moschee: »Bismillāh ir-ra<u>h</u>mān ir-rahīm! Ich bezeuge, dass niemand anbetungswürdig ist außer Allah, dem Einzigartigen. Und ich bezeuge, dass Mohammed sein Diener und sein Gesandter ist. Ich suche Zuflucht vor Satan, dem Verworfenen, und ich beginne im Namen Allahs, des Gnädigen, des immer Barmherzigen: Aller Preis gebührt Allah. Wir preisen ihn, wir flehen ihn an um Hilfe und bitten ihn um Verzeihung. Wir glauben an ihn und vertrauen auf ihn. Wir erbitten seinen Schutz gegen das Böse und den Schaden an unseren Seelen und gegen die schlechten Folgen unserer Taten. Und wir bezeugen, dass es keinen Gott gibt, außer Allah.«

Zurück in seinem Büro, die Ellenbogen am Schreibtisch aufgestützt und beide Zeigefinger an den Mund gelegt, überlegte Ziyad, ob er Nasri bereits kommenden Montag auf die Normalstation verlegen sollte. Dank der Medikamente war er stabil und aß regelmäßig. In der Ergotherapie hatte er sich für das Ausmalen von Mandalas entschieden. Während der Gruppentreffen verhielt er sich meistens passiv, auch sonst redete er kaum mit anderen Patienten. Vom Inhalt der Gespräche mit seinen Pflegeeltern bekam Ziyad nur das mit, was sie ihm erzählten, bisher nichts Negatives. Die Bauers standen

100 Prozent hinter seiner Behandlungsmethode. Er hatte sie geschickt um den Finger gewickelt. In den täglichen, 45-minütigen Einzelsitzungen ging Nasri immer mehr aus sich heraus und sprach offen über seine von Wut, Hass und Rache geleiteten Gefühle und über seine Ängste, wie vorhin. Mental hatte er ihn genau da, wo er ihn haben wollte, wo er ihn brauchte. Die Worte, die er ihm eingeimpft hatte, zeigten Wirkung, die Fantasie tat das Übrige.

Sensibel, leichtgläubig und manipulierbar, Nasri war der perfekte Kandidat für eine Gehirnwäsche, jetzt kann ich ihn steuern. Allerdings hatte es in seiner Psychologenlaufbahn immer wieder Ausnahmen bei Patienten gegeben, die sich mit Ausrastern und mentalen Aussetzern zeigten. *Die Zeit ist reif für Sodom, ich habe lang genug gewartet. Nasri kommt auf die normale Station, ich muss nur verhindern, dass er mir entgleitet.*

Als Patient der geschlossenen Station durfte Nasri nur in Begleitung Spaziergänge draußen machen. Auf der offenen Station musste er nur Bescheid sagen, wie lange er wegbleiben wollte, nichts wurde protokolliert. *Aber jeder kann ihn besuchen und seine Freunde werden es garantiert tun. Das Pflegepersonal kann nicht ständig darauf achten, wer zu ihm ins Zimmer geht. Rami ist keine Gefahr, er kennt mich nicht. Aber ich muss verhindern, dass Hasan hier auftaucht. Er könnte meine Pläne durchkreuzen.*

ERNTE

Ziyad sah auf seine Armbanduhr, als sich Professor Dr. Thaler, Leiter des Zentrums für psychische Gesundheit, an den Besprechungstisch im Ärztezimmer setzte. *Fünfzehn Minuten zu spät,* dachte er amüsiert. *Es sei ihm vergönnt für Montagvormittag.*

Thaler wirkte ein wenig abgehetzt. »Sorry, für die Verspätung, Leute. Ich musste noch ein wichtiges Telefonat mit der Uni führen.«

Ziyad hatte die Zeit genutzt, um sich mit seinen Stationsarztkolleginnen und -kollegen Lüders, Rosenheimer und Borowski über das vergangene Wochenende zu unterhalten, über das Wetter und die neuesten Ergebnisse vom Wintersport. Eine nette Abwechslung nach der Morgenvisite.

»Erstmal Kaffee«, sagte Thaler. Er goss sich ein, drückte zwei Süßstofftabletten in die Tasse und rührte um. »Wer beginnt?«

»Ich«, meldete sich Ziyad ohne Umschweife, »mit Nasri Masoud.«

»Ah, der Suizidversuch aus Liebeskummer.« Thaler trank den ersten Schluck, den er sichtlich genoss.

»Nasri macht erstaunliche Fortschritte, er spricht sehr gut auf die Kombinationstherapie mit Venlafaxin, Mirtazapin und Risperidon an. Seit er hier ist, hat er sich nicht mehr suizidal geäußert. Er isst regelmäßig und nimmt an den Aktivitäten teil. In den Gruppengesprächen verhält er sich eher passiv, aber seine Pflegeeltern sagten mir, dass er ohnehin ein ruhiger Typ ist.«

Thaler nickte zufrieden. »Dann kann er auf die normale Station und wird Ihr Patient, Dr. Lüders.«

»Nur zum Teil«, sagte sie zögernd. »Dr. Ziyad und ich sind der Meinung, Nasri sollte dort weiter von ihm behandelt werden.«

»Mit welcher Begründung?«, fragte Thaler.

»Nasri hat großes Vertrauen zu mir aufgebaut«, erklärte Ziyad. »In seiner Muttersprache fällt es ihm leichter, über seine Ängste zu sprechen.«

»Das ist ein Argument.«

»Ich sehe weiterhin Bedarf bei der Behandlung seiner Flucht- und Kriegstraumata.«

»Dr. Ziyad hat auf diesem Gebiet die meiste Erfahrung von uns«, sagte Lüders.

»Haben Sie die Zeit dafür, Dr. Ziyad?«, fragte Thaler.

»Die nehme ich mir, es ist alles geklärt.«

Lüders nickte. »Ich übernehme seine Gruppentermine in den nächsten drei Wochen.«

Nach dem Meeting suchte Ziyad Nasri auf. »Gute Nachrichten, morgen wirst du auf die offene Station verlegt.«

»Gut, und wo ist die?«

»Hier im Gebäude, einen Stock höher.«

»Okay.«

»Dann hast du Ausgang.«

»Wie Sie es mir versprochen haben.«

»Ich habe meine Versprechen immer gehalten.«

94

»Ja, das haben Sie.«

Ziyads Lippen umspielte ein zufriedenes Lächeln, Operation Sodom würde funktionieren: Der Anschlag auf Audi. Standen dort die Bänder still, träfe es auch die Zulieferer, Publicity garantiert. Eigentlich hatte er Rami im Fokus gehabt, den labilen, unsicheren Mitläufer, der unter seinen Brandnarben litt. *Dieser Clown!* Ziyads Mundwinkel zuckten amüsiert. *Hasan muss Frauen für ihn aufreißen, damit er mal zum Zug kommt!* – Als Nasri eingeliefert wurde, war ihm ein weiterer Insider auf dem Silbertablett serviert worden. *Dann mit dieser Vorgeschichte, besser hätte es nicht laufen können: sensibel und suizidgefährdet. Und ich dachte, dieser Träumer wäre nie fähig, einen Anschlag zu verüben. So kann man sich irren. Jetzt hat er die nötige Wut, eigentlich muss ich dieser Lesbe dankbar sein.*

Schon seit längerer Zeit beobachtete Ziyad Flüchtlinge, die in größeren Unternehmen arbeiteten. Und er kannte Nasris Geschichte nicht erst seit Rena Bauers Bericht. Die Frage danach hatte nur ihr Vertrauen wecken sollen. Er wusste auch über Rami und Hasan Bescheid. Aufgrund seiner ehrenamtlichen Tätigkeit als Dolmetscher für das Netzwerk Asyl hatte er Zugang zu den Akten der Flüchtlinge und stapelweise Fluchtberichte gehört oder gelesen. Er könnte dicke Bücher über Elend, Leid und Grausamkeiten schreiben, Dramen von Vätern, die Frau und Kinder zurücklassen mussten, weil sie ihnen die beschwerliche Flucht nicht zumuten wollten oder die von Frauen mit Kindern, die allein geflohen und als schwächste Flüchtlingsgruppe brutaler Gewalt oder Vergewaltigung ausgesetzt waren. Zorn stieg ihn ihm hoch. *Alles wiederholt sich, immer wieder, die Menschen lernen nicht dazu!*

Auch seine Eltern waren vor fast 40 Jahren vor einem Krieg geflohen. Seine Mutter, während dieser Zeit schwanger mit ihm, hatte die Geschichte jahrelang wie ein Tabuthema behandelt. Mittlerweile verstand er sie, Kriegs- und Fluchttraumata gehören zu den schlimmsten Leiden, die Menschen widerfahren konnten – neben dem Verlust der Heimat und der Hoffnung. Deshalb war er Psychologe geworden, er wollte helfen. In den letzten Jahren hatte die Brutalität deutlich zugenommen. Je länger ein Krieg dauerte, desto mehr Menschen mutierten zu Bestien und der Flüchtlingsstrom wurde immer länger. Im Spätsommer 2015 war dieser wie eine Springflut ins Land geschwappt, der man nicht Herr geworden war.

Mit einem Buch über Gräueltaten würde sich nichts ändern, Papier ist geduldig. Man musste das System ändern, damit sich kein Politiker wieder hinstellt und ›Wir schaffen das‹ trällert. Als er diesen Satz zum ersten Mal hörte, hätte er die Wand hochgehen können. *Nichts werden sie schaffen, weil sie die Wurzel des Übels nicht bekämpfen, den Krieg! Anstatt die Waffenlieferungen zu stoppen, werfen sie mit Phrasen wie Transitzonen für Flüchtlinge, Kontingentierung oder Schutz der EU-Außengrenzen um sich. Man muss das System ändern, ein Krieg gegen den Krieg ist die einzige Lösung!*

Ihm schwebte eine Apokalypse biblischen Ausmaßes vor, wie es die Offenbarung verheißt: ›Er tat den Brunnen des Abgrunds auf und es ging auf ein Rauch aus dem Brunnen, wie Rauch eines großen Ofens und es ward verfinstert die Sonne und die Luft von dem Rauch des Brunnens‹ – kurz: Sodom und Gomorra. Damit hatte er bisher seine Gefolgsleute erfolgreich auf seinen ›Kreuzzug‹ eingeschworen und den Gott-will-es-Ausruf Papst Urbans II. aus dem Jahr 1095 umgemünzt in ›Allah will es!‹. Er hatte kein Problem, den Kampf für den wahren Glauben vorzuschieben, anders funktionierte es nicht. Er war nicht der Erste, der sich ideologischer Betrachtungsweisen des islamistischen Fanatismus bediente, um Gefolgsleute zu gewinnen. Mit den 72 Jungfrauen im Paradies hatten sich schon viele locken lassen. *Diese geilen Idioten!*

Er brauchte längst keine potentiellen Kämpfer mehr aus dem Nahen Osten zu holen, die verschärften Grenzkontrollen machten es schwierig und riskant. An Nachschub mangelte es dennoch nicht. Sie saßen, eingeschleust mit dem großen Flüchtlingsstrom im Sommer 2015, in den Unterkünften dezentral und engmaschig über das ganze Land verteilt. Die deutschen Sicherheitsorgane an der Grenze waren damals hoffnungslos überfordert gewesen und hatten auch Einreisende ohne Pass durchgewunken. Daneben gab es Dutzende junger, unzufriedener Männer, die sich das Leben in Deutschland anders vorgestellt hatten. Sie konnte man leicht manipulieren und als Soldaten rekrutieren. Vorurteile, Ausgrenzung, die Ghettoisierung in den Wohnheimen, schleppende Asylverfahren und eine drohende Abschiebung schürten Wut und Hass. Die Rekrutierung übernahm er, die Ausbildung seine Stellvertreter vor Ort. Neben Arabisch und akzentfreiem Hochdeutsch sprach er Farsi und Paschtu und setzte sein Charisma erfolgreich als Türöffner ein. Bald würde eine ganze Märtyrer-Armee hinter ihm und seinem ISSD stehen, der süddeutschen Sektion des IS. Gegründet mit Hilfe finanzstarker Salafisten, zu denen er geheime Kontakte pflegte. Mittlerweile saß man in jeder größeren Stadt in Bayern und Baden-Württemberg, gut getarnt in Kulturvereinen, die unter anderem Deutsch- und Integrationskurse anboten.

Für seine Pläne, Sprengstoffanschläge und Computermanipulationen, brauchte er aber auch willige Insider, die in der Chemie- oder Rohstoffindustrie, bei Energieversorgern oder Autoproduzenten arbeiteten. Nahrungsmittel und Trinkwasser zu vergiften oder tödliche Viren zu verbreiten, stand ihm nicht im Sinn. Der Schuss könnte nach hinten losgehen und die eigene Familie treffen. Niemals würde er sie gefährden, seine Frau und die Zwillinge. *Amir und Selim, meine süßen Jungs, Annette, meine große Liebe – mein Leben! Ich mache das für euch, für eine bessere Welt. Sie dürfen nie erfahren wer dahintersteckt, sie würden mich hassen bis aufs Blut!*

Attentate auf Hotels, Konzerte, Märkte oder Einkaufszentren waren in seinen Augen etwas für Anfänger. Die Opfer, normale Leute, Security oder Polizisten, betrauerte man eine gewisse Zeit, für die Politiker und beson-

ders für die Wirtschaftsbosse stellten sie nur Kollateral-
schäden dar. Die CEOs würden erst aufwachen und
reagieren, wenn ein Attentat Produktionsausfälle und
sinkende Aktienkurse zur Folge hätte. Er wollte die
deutsche Wirtschaft an ihrem empfindlichsten Nerv
treffen. *Nimm den Lobbyisten das Geld, geh ans Einge-
machte, dann werden sie zuhören und die Politiker
zwingen, etwas am System zu ändern.*

Um genügend Sprengstoff zu den Zielen zu transportieren, waren die handelsüblichen Quadrocopter unge-
eignet und größere, leistungsfähigere Drohnen zu be-
schaffen, schwierig und auffällig. Bei Chemiefirmen
und Raffinerien herrschten ausnahmslos Überflugverbo-
te. In anderen Unternehmen, zu Betriebsschutzzwecken
und der Spionageabwehr mit Kameras überwacht, würde die Security sofort Alarm schlagen. Es gab nur eine
Lösung: Ein gut instruierter Mitarbeiter musste die
Bombe auf das Firmengelände schaffen und sich damit
in die Luft jagen. Man könnte sie dort auch deponieren
lassen und später ferngesteuert zünden, aber wenn einer
freiwillig in den Tod gehen will, um der ›Sache‹ zu dienen, warum ihn daran hindern.

Zufrieden sah Ziyad zu Nasri, dessen Augen zu einem
fixen Punkt an der Zimmerdecke gerichtet waren. *Er
macht sich bereit, die gesamte Last von seinen Schultern
abzuwerfen. Die Zeit ist gekommen, bald werden alle
brennen, wie in Sodom und Gomorra. Allahu Akbar!*

RACHE

Hasan fand einen Parkplatz direkt vor dem Fitness-Studio. Jetzt, kurz nach halb sechs, war noch nicht viel los, wie immer am Montag. In dieser Woche arbeitete er eigentlich in der Frühschicht, aber heute hatte von neun bis fünf ein Seminar zum Thema Umweltschutz und Sicherheit stattgefunden und er gleich danach Rami bei Audi abgeholt. Morgen wollten sie Nasri besuchen. Rena hatte angerufen und Bescheid gegeben, dass er auf die normale Station verlegt werden würde und es mit ihm bergauf ging. Vielleicht klappte es mit dem Besuch, wenn nicht, dann eben in den nächsten Tagen. Abweisen würde Hasan sich nicht mehr lassen.

Sie stiegen gleichzeitig aus, die Türen fielen mit leisem Schmatzen zu.

»Jetzt habe ich ihn schon wieder dran gelassen!« Kopfschüttelnd nahm Hasan seinen Mitarbeiterausweis ab, den er an einem Band um den Hals trug, und steckte ihn in die Innentasche seines Parkas.

»Solange du damit nicht in die Moschee gehst.«

Hasan grinste. »Ist mir auch schon passiert.« Er öffnete die Heckklappe, um die Sporttaschen herauszuholen. Plötzlich verspürte er einen schmerzhaften Biss, hinten, am linken Oberschenkel, instinktiv fasste er hin. Es fühlte sich warm und feucht an. Dann starrte er auf seine Hand. »Fuck! Ich blute!«, rief er und brach zusammen.

Rami erschrak. »Was, du blu...?« Den Rest des Wortes schnitt ein haarscharf an ihm vorbeizischendes Ding ab, welches die Heckscheibe durchschlug. Das Glas zerbarst und die Splitter flogen in alle Richtungen. Die Arme zum Schutz über den Kopf haltend, warf Rami sich auf den Boden. »Scheiße, was war das?« Er drehte den Kopf zu seinem Freund. »Hasan?«

Keine Reaktion.

Rami robbte auf allen Vieren zu ihm und rüttelte an dessen Schulter. »Mann! Hasan, was ist los mit dir?« Er kniete sich hin und entdeckte, dass er bewusstlos war. Der Stoff der Jeans am Oberschenkel war blutdurchtränkt, aus Ein- und Austrittsloch blutete es stark. *Verdammte Scheiße! Er wurde angeschossen!*

»Hilfe!«, brüllte er mit beiden Armen winkend und rutschte auf den Knien zur Ladefläche, aufzustehen wagte er nicht. »Hilfe! Ich brauche Hilfe! Hier am schwarzen Kia!« Ungeachtet der Glassplitter, riss er seine Sporttasche auf. Er holte das Handtuch heraus, wickelte es um Hasans Oberschenkel und presste mit beiden Händen drauf, eine oben, eine unten.

Eine junge Frau im grauen Trainingsanzug mit gelbem McFIT-Logo kam angerannt. »Hat da jemand geschossen?«

»Ja, meinen Freund hat es erwischt!«

»O Gott!« Reflexartig ging sie in die Knie. »Hast du schon die 110 gerufen!«

»Nein, ich muss die Blutung stillen.«

»Ich ruf an!« Sie zog ihr Smartphone aus der Hosentasche und wählte die Notrufnummer. »Hallo, hier ist Mia Baldauf vom McFIT, Friedrichstraße eins. Auf dem Parkplatz wurde ein Mann angeschossen, in den Oberschenkel, er blutet stark und ist bewusstlos ... Okay, danke.« Sie legte auf. »Rettungswagen ist unterwegs.«

»Danke dir. Hilfst du mir bitte, das Bein abzubinden.«

Mias Hände wechselten sich mit Ramis ab und drückten das Handtuch weiter auf die Wunden. Rami zerrte den Gürtel aus Hasans Hosenbund und schlang ihn um den Oberschenkel. Eine Handbreit oberhalb der Verletzungen zog er ihn langsam fest. Anschließend holte er Hasans Sporttasche aus dem Auto und stellte sie unter das Bein, um es hochzulagern. Er überlegte, ob er den Verbandskasten holen sollte. *Wenn ich einen Druckverband anlege, muss ich das Handtuch wieder wegmachen, dann könnte es noch mehr bluten.* Er fühlte Hasans Puls und prüfte die Atmung. Er nickte einigermaßen zufrieden und entschied sich gegen den Verband.

»Du heißt Mia.«

»Ja.«

»Ich bin Rami.« Er reckte den Kopf in die Höhe und sah sich in alle Richtungen um. »Mann, wer hat da geballert?«

Die Aktion hatte inzwischen die Aufmerksamkeit einiger anderer Kunden des Fitness-Studios erregt. Sie kamen näher.

»Was ist passiert?«, fragte ein muskelbepackter Hüne.

»Mein Freund wurde angeschossen«, sagte Rami.

»Scheiße!«

Eine Frau und ein Mann wollten die Szenerie mit dem Smartphone filmen. Der Hüne baute sich vor ihnen auf.

»Steckt die Dinger weg, aber pronto!«, warnte er. »Stellt euch vor, ihr würdet da liegen!«

Angesichts seiner Größe und Muskelmasse wagten sie nicht, zu widersprechen.

Rami prüfte die Spannung des Gürtels. Sie war nicht zu fest und aus den Wunden sickerte kaum noch Blut.

Sirenengeheul näherte sich.

»Al-ḥamdu li-llah!«, schickte er in den Himmel. »Das ging wirklich schnell!«

»Zum Glück liegt das Krankenhaus so nah«, sagte Mia.

Mit Blaulicht fuhren Notarzt- und Rettungswagen vor, das ohrenbetäubende Wiiiuuu-Wiiiuuu! endete abrupt. Rami und Mia standen auf und machten Platz, damit Arzt und Sanitäter Hasan versorgen konnten.

»Glatter Durchschuss«, sagte Dr. Meinhardt, nachdem er Hasan untersucht hatte. »Wer hat das abgebunden?«

Rami meldete sich. »Ich war das, es ging schneller als ein Druckverband.«

»Passt schon, gute Arbeit.«

»Danke.«

Der Arzt legte bei Hasan einen intravenösen Zugang und spritzte etwas hinein. Danach steckte er einen Clip an Hasans Zeigefinger und kontrollierte die Werte. »Was ist mit Ihnen?«, fragte er Rami, angesichts dessen blutiger Hände. »Sind Sie auch verletzt?«

»Nein, das ist Hasans Blut«, antwortete er, abgelenkt durch den Streifenwagen, der gerade auf den Parkplatz fuhr.

Zwei Polizisten stiegen aus und checkten die Lage. Einer nahm Ramis Personalien auf und ließ sich von ihm die Details berichten.

»Aber ich konnte nicht sehen, wer geschossen hat«, sagte Rami zum Schluss. »Auch nicht von wo.«

»Darum wird sich die Kripo kümmern, die meldet sich später noch bei Ihnen.«

Während die Polizisten absperrten, legten die Sanitäter Hasan auf die Rollbahre und schoben ihn in den Rettungswagen.

»Willst du mit reinkommen, Rami«, bot Mia an, »dich kurz hinsetzen?«

»Nein, ich muss ...« Die Türen des Rettungswagens wurden geschlossen. »Halt! Stopp!«, rief Rami. »Ich will mitfahren!« Mit einem Satz war er dort.

»Sind Sie verwandt mit ihm?«, fragte Dr. Meinhardt.

»Nein, ich bin sein bester Freund. Er hat keine Verwandten mehr!«

»Okay, ausnahmsweise.«

Rami durfte auf der Beifahrerseite einsteigen. Der Fahrer schaltete Blaulicht und Martinshorn ein: Wi-Wiiiuuu! – Rami hielt sich die Ohren zu. *Mann, ist das laut.* Er schloss die Augen. Er war schon einmal in so einer Situation gewesen, mit dem Unterschied, dass er hinten auf der Bahre lag. Damals in Aleppo nach dem

Brand im Bazar, als ihn die Ambulanz ins Krankenhaus fuhr, hatte er trotz einer Spritze höllische Schmerzen durchlitten. Bei jedem unachtsamen Manöver des Fahrers waren sie unerträglich geworden. Unter der Sauerstoffmaske hatte er nach Luft gerungen, jeder Atemzug in seine Lungen gestochen – so, als würden tausend Nadeln in den Brustkorb eindringen. Noch lange Zeit danach hatte er den Geschmack des Rauchs im Mund und die Gluthitze des Feuers gespürt, das den Laden seiner Eltern zerstörte und ihr Leben auslöschte.

✦

Klinikum Ingolstadt

Rami setzte sich auf die Polsterbank im Wartebereich der Notaufnahme. Er hatte sich die blutverklebten Hände gewaschen und war kurz zum Telefonieren draußen gewesen, um seinen Pflegeeltern Bescheid zu geben, wo er wartete. Peter Pertinger hatte versprochen, so schnell wie möglich in die Klinik zu kommen.

Rami lehnte sich zurück und atmete einmal tief durch. Er versuchte zu realisieren, was vorhin geschehen war: Hasan auf dem Boden, das Blut, das Zischen, die Glassplitter überall. *Mann, es ging alles so verdammt schnell!* Zum ersten Mal im Leben hatte er Erste Hilfe leisten müssen, obwohl er nur aus TV-Serien wusste, was zu tun war. *Der Arzt hat mich gelobt, dann hab ich alles richtig gemacht. Hasan wird es schaffen.* Er seufzte schwer. *Aber wer hat auf ihn geschossen? Wer könnte so was tun?* Dann fiel es ihm ein. *Scheiße! Khan! Nur er kann es gewesen sein! Hasan hatte Angst vor ihm, obwohl er sich nie etwas anmerken ließ. Er hat uns gewarnt: Nehmt euch in Acht vor diesem Wichser! – Und jetzt hat es ihn selbst erwischt!*

»Hallo«, hörte Rami eine weibliche Stimme sagen, die sein Grübeln beendete. »Ich bin Schwester Susanne«, stellte sich die junge Frau vor. Über ihrem Arm lag Hasans Parka, sie hatte außerdem eine blaue Mappe und einen großen Plastikbeutel dabei.

Er stand auf und nickte höflich. »Hallo, ich heiße Rami Haddad. Wie geht es Hasan?«

»Er ist auf dem Weg in den OP.« Sie reichte ihm Parka und Beutel. »Da sind alle anderen Sachen drin, die Jeans mussten wir leider zerschneiden.«

»Okay.« Rami legte den Parka hinter sich auf die Bank und stellte die Tasche daneben.

»Dr. Meinhardt sagte, Herr Tantawi hat keine Angehörigen hier.«

»Ja, das stimmt. Ich bin sein bester Freund.«

»Würden Sie mit mir bitte das Aufnahmeformular ausfüllen?«

»Gern, ich helfe wo ich kann.«

Sie setzten sich. Susanne öffnete die Mappe. »Ist Hasan Tantawi sein vollständiger Name?«

»Ja.«

»Geburtsdatum und -ort?«

»2. September 1991 in Damaskus.«

»Wie lautet seine Adresse?«

»Breslauer Straße 19, hier in Ingolstadt.«

»Staatsangehörigkeit?«

»Syrisch, er hat politisches Asyl seit 2013, wie ich.«

Ein Bürgerkriegsflüchtling, dachte Susanne, *daher die Narben am Hals. Er ist trotzdem ein hübscher Kerl, ein wenig mager, aber hübsch. Und einen süßen Akzent hat er auch.* Sie nickte anerkennend. »Wo ist er krankenversichert?«

»Bei der AOK.«

»Ich brauche seine Versichertenkarte.«

»Moment«, Rami nahm Hasans Parka, »die müsste in der Geldbörse sein. Er steckt sie beim Autofahren immer da rein, weil sie ihn in der Hosentasche stört.« Er suchte zuerst in der linken Innentasche, dort steckten Handy, Haus- und Wohnungsschlüssel. In der rechten wurde er fündig. Er fischte die Karte aus der Börse und reichte sie Susanne.

»Danke.« Sie klemmte sie ans Formular. »Wenn ich sie eingelesen habe, bekommen Sie sie wieder zurück.«

»Ist gut.«

»Hat er Krankheiten oder Allergien?«

»Krank ist er nicht, aber er verträgt nicht jedes Antibiotikum.«

Sie notierte es. »Okay. Und wie lautet der Name seines Hausarztes?«

»Tut mir leid, das weiß ich nicht.«

»Nicht so schlimm, das kriegen wir raus.« Sie überflog die Daten. »Das wärs fürs Erste, danke.«

Die automatische Eingangstür ging auf, zwei Männer im Einheitslook, in schwarzen, mit Lammfell gefütterten Lederjacken und Blue Jeans, traten ein und peilten Rami an. Der ältere, Ende vierzig, mit graumeliertem Haar und Kinnbart, blickte grimmig drein und hatte seine Hände in den Jackentaschen verborgen. Der andere, etwa zehn Jahre jüngere, zog den dunkelblonden Pferdeschwanz fester und bog seinen Rücken durch, als wappnete er sich für eine Schlacht.

Wer sind die denn? Rami erhob sich langsam.

»Guten Abend, Gruber, Kripo Ingolstadt«, stellte sich der Ältere vor. »Das ist mein Kollege Huppmann.«

»Guten Abend«, sagte Rami zögerlich, so früh hatte er nicht mit ihnen gerechnet. Er fühlte sich nicht wohl in seiner Haut, schließlich hatte er noch nie mit der Kripo zu tun. *Hoffentlich ist Baba bald da.*

Beide zeigten ihre Dienstausweise, die er kritisch beäugte. Susanne ließ die drei allein.

»Sind Sie Rami Haddad?«, fragte Gruber.

»Äh, ja, der bin ich.«

»Setzen wir uns.«

Rami nahm wieder Platz und legte Hasans Parka auf seinen Schoß, die Plastiktasche schob er unter die Bank. Die Kommissare machten es sich links und rechts von Rami bequem, dadurch fühlte er sich ein wenig eingekesselt.

»Wie geht es Ihrem Freund?«, fragte Gruber.

»Er ist schon im OP, glaube ich.«

»Sie verstehen, dass wir Sie befragen müssen.«

»Klar.«

»Wir brauchen zuerst Ihre Personalien.«

»Die hat der Polizist am McFIT schon aufgenommen.«

»Die hab ich aber nicht hier drin!« Gereizt wedelte Gruber mit seinem roten Notizbuch vor Ramis Nase.

Dann eben nochmal, dachte er genervt. »Rami Haddad, geboren 2. Juli 1996 in Aleppo. Ich wohne hier in Ingolstadt, Lukasstraße zwei bei Pertinger, das sind meine Pflegeeltern. Und ich genieße politisches Asyl.«

Gruber schrieb augenrollend mit. *Schmiers uns nur recht dick aufs Brot!* »Und wie lief das mit den Schüssen genau ab?«

Rami ließ kein Detail aus, er erzählte absichtlich langsam, damit der Kommissar beim Schreiben auch wirklich mitkam. *Sonst fragt er mich noch dreimal!*

»Sie sahen niemanden weglaufen oder wegfahren?« Gruber klopfte mit dem Kugelschreiber auf die aufgeschlagene Seite seines Büchleins.

»Nein, ich lag ja auf dem Boden und dann haben wir Hasans Bein abgebunden.«

»Wer ist wir?«

»Mia, sie arbeitet im McFIT. Sie sagte, sie hätte die Schüsse gehört. Sehen konnte sie nichts, weil sie da noch drinnen war. Hasan und ich waren allein auf dem Parkplatz. – Glauben Sie mir nicht?«

Ich weiß nicht, was ich glauben soll. Gruber klappte sein Notizbuch zu und rieb sich die Schläfen. Das war nicht sein Tag heute. Seit Mittag plagte ihn seine Migräne. Das unbeständige Wetter mit Regen, Sonne und schwankenden Temperaturen hatte wieder einmal brutal zugeschlagen, ein Auf und Ab schlimmer als im April. Seine Tabletten hatten bisher kaum geholfen. Eigentlich wollte er früher Feierabend machen und sich ins Bett legen, dann kam der Anruf wegen der Schießerei. *Scheißjob!* – Er seufzte. »Warum sollte jemand auf Ihren Freund schießen, hatte er Feinde?«

»Ja, ich glaube, es gibt einen. Der Mann heißt Khan, letztes Jahr wollte er Hasan für ein Sprengstoff-Attentat auf PetroTec anwerben.«

»Moment mal, das war doch die Sache im Oktober!«, erinnerte sich Huppmann.

»Richtig, damals ist nichts rausgekommen. Die Ermittlungen wurden eingestellt.« Gruber beäugte Rami argwöhnisch. »Vielleicht war es ja erfunden.«

»War es nicht!«, protestierte Rami laut. »Und heute ist es auch nicht erfunden! Es ist die Wahrheit, Hasan hatte Angst, Khan könnte sich an ihm rächen, zeigte es aber nicht. Er ist sehr stolz. Auch Nasri wusste es.«

»Und wer ist das nun wieder?«

»Nasri Masoud, mein Freund und Arbeitskollege.«

»Dann werden wir ihn befragen. Wo wohnt er?«

»Goerdelerstraße zwei, bei Bauer. Aber den Weg können Sie sich sparen. Er ist auch hier, schon seit siebten Januar.«

»Und was fehlt ihm?«

Rami überlegte. *Soll ich es sagen? Egal, die Bullen erfahren es so oder so.* »Er ist in der Psychiatrie.«

»Psychiatrie?«, wiederholte Gruber stirnrunzelnd.

»Er wollte sich umbringen.«

»Jetzt reichts!« Erbost stand Gruber auf. *Nur Verrückte heute!*, dachte er verärgert. *Ich hab die Schnauze so voll von diesem Asylantenpack, sind sich untereinander nicht grün, verlagern ihren Krieg hierher und erschießen sich gegenseitig!* »Weißt du was ich glaube, du reimst dir das alles zusammen, genau wie dein Kumpel damals. Er wird sich mit irgendwelchem Gesindel angelegt haben, das ihn aus dem Weg räumen wollte!«

Herrgott!, fluchte Huppmann innerlich. *Jetzt duzt er ihn auch noch! Was ist denn heute wieder mit ihm los? Liegts dran, weil der ERC gestern haushoch verloren hat oder an seiner Migräne oder an beidem? Wenn er so weiter macht, hat er bald ein Diszi am Hals!*

»Ich sage die Wahrheit!«, wehrte sich Rami und umklammerte Hasans Parka fester, Pufferzone. »Nasri kommt morgen auf die normale Station. Ich weiß es von seiner Pflegemutter, Sie können sie ja fragen.«

Gruber hatte nur mit halbem Ohr zugehört. »Ich bin von Verrückten umgeben!«

»Max, bitte!«, mahnte Huppmann.

»Nein, Felix, mir reichts! Der verarscht uns doch!«

Wieder öffnete sich die Eingangstür, Rami entdeckte ein vertrautes Gesicht. »Endlich!« Erleichtert stand er auf. »Hallo, Baba.«

»Hallo, Rami«, sagte Peter Pertinger, ebenso erleichtert. »Ich bin gerade zweimal im Kreis gelaufen, dieses Krankenhaus ist ein Irrgarten!«

111

»Ein Irrgarten mit Verrückten«, knurrte Gruber.

»Wie meinen Sie?«, fragte Peter.

»Der Herr Kommissar glaubt mir nicht!«, klärte Rami ihn auf. »Ich hab ihm erzählt, dass dieser Khan auf Hasan geschossen haben könnte.«

»Ich kenne die Geschichte«, sagte Peter. »Was ist daran so schwer zu glauben?«

»Und Sie sind?«

»Peter Pertinger, ich bin Ramis Pflegevater, von Beruf Lehrer für Deutsch und Geschichte und ganz normal.«

Gruber machte Anstalten etwas zu sagen, Huppmann hielt ihn am Arm zurück.

»Nichts für ungut, Herr Pertinger«, sagte er. »Aber die Story hörte sich an wie aus einen Kinofilm.«

»Vielleicht sehen *Sie* zu viele! Rami lebt seit über drei Jahren bei uns, er hat nie gelogen. Oder glauben Sie ausländischen Mitbürgern grundsätzlich nicht? Haben Sie Vorurteile, Herr Kommissar?« Das Wort Rassist schluckte Peter hinunter. »Rami hat im Bürgerkrieg viel Schlimmes durchgemacht, seine Freunde auch. Nach einem Vorfall wie heute, sollten Sie lieber dafür sorgen, dass sich ein Seelsorger um ihn kümmert.«

»Danke Baba, den brauche ich nicht, du bist doch da.«

Ein schöneres Kompliment hätte Rami nicht machen können, Peter umarmte ihn spontan und drückte ihn. Außerdem liebte er den Kosenamen, der denselben Stellenwert hatte wie das ›Paps‹ seiner längst flügge gewordenen, 27-jährigen Zwillingstöchter.

Huppmanns Handy läutete. »'Tschuldigung.«Er nahm

112

den Anruf entgegen und wandte sich von den anderen ab. »Grüß dich, Stefan ... Ja, noch im Krankenhaus, was gibts? ... Ist nicht dein Ernst! ... Scheiße!« Während er stumm zuhörte, wurden seine Augen immer größer.

Gruber versuchte Wortfetzen zu erhaschen. Peter beobachtete ihn, der Kommissar war die Ungeduld in Person.

»Okay, ich sags ihm, Servus.« Huppmann legte auf und zog Gruber ein Stück zur Seite.

»Was ist denn jetzt schon wieder?«

»Das war die Spusi«, sagte Huppmann leise und mit leicht angesäuertem Blick. »Sie haben die Projektile gefunden: Eins steckte im Auto neben dem Kia, mit Blutspuren. Das muss Tantawis Oberschenkel durchschlagen haben. Das zweite, in der Rücksitzlehne des Kia, hat die Heckscheibe zertrümmert. Beide sind Kaliber 300 Winchester Magnum, 7,62 mal 67 Millimeter, Vollmantel-Hartkern. Die Waffe muss ein Scharfschützengewehr gewesen sein.«

Grubers Züge entgleisten. »Scheiße!«

»Stefan glaubt, er hat vom Gerüst am leerstehenden Möbelhaus gegenüber geschossen. Es ist netzverhüllt, da kann einer leicht und unerkannt rauf- und runterklettern. Es ist zirka 90 Meter vom McFIT entfernt, entweder der Typ ist ein dilettantischer Schütze oder er wurde abgelenkt. Patronenhülsen wurden keine gefunden, sie suchen jetzt dort alles auf Spuren ab.«

Gruber rieb sich den Nacken. »Dann sagt der Junge die Wahrheit.«

Huppmann nickte bedeutungsvoll.

Gruber wandte sich Rami zu. »Können Sie diesen Khan beschreiben?«

Aha, jetzt wieder »Sie«*!, dachte Huppmann.* Geht doch!

Rami legte die Stirn in Falten. *Glaubt er mir jetzt doch? Der weiß auch nicht was er will.* »Ich hab ihn nie getroffen. Hasan sagte, er war attraktiv, normal groß, schlank, Ende Dreißig, hatte schwarzes Haar, Vollbart und hatte schöne Hände.«

»Schöne Hände?«

»Ja, sehr gepflegt, mit langen Fingern wie ein Pianist. Das ist ihm aufgefallen. Es müsste in Hasans Aussage vom letzten Jahr stehen.«

»Okay, wir geben die Fahndung so raus. Wenn Ihnen noch was einfällt, rufen Sie bitte an. Hier, meine Karte.«

»Okay.« Rami steckte sie ein. »Wo ist Hasans Auto?«

»Bei der Spurensicherung, es ist ein Beweismittel. Warum fragen Sie?«

»Meine Sachen sind noch drin.«

»Wertsachen?«

»Nein, nur unsere Sporttaschen, nicht so wichtig.«

»Wer hat den Wagenschlüssel?«, fragte Peter.

»Den hat auch die Spusi. Sollen wir Ihnen Bescheid geben, wenn sie das Auto freigeben?«

»Das wäre nett. Entweder meine Frau oder ich werden es abholen, Rami hat keinen Führerschein.«

Kurz nachdem die Kommissare gegangen waren, erschien ein Arzt in OP-Kleidung mit Haube, der Mundschutz hing locker um seinen Hals. Er steuerte Rami

114

und Peter, als einzige Wartende, direkt an. Die beiden erhoben sich.

»Neuhaus«, stellte er sich knapp vor. »Sind Sie die Freunde von Herrn Tantawi?«

»Ja, ich bin Rami Haddad.«

»Peter Pertinger, ich bin Ramis Pflegevater.«

»Wie geht es Hasan?«, fragte Rami zappelnd.

»Während der OP gab es Komplikationen«, antwortete Neuhaus sehr ernst dreinblickend.

Rami riss die Augen auf. »Komplikationen?«

»Eine anaphylaktische Reaktion, sein Kreislauf kollabierte.«

»Eine anaphy... was?«

»Eine Allergie auf das verabreichte Antibiotikum.«

»Mann!« Rami stampfte zornig mit dem Fuß auf. »Ich hab doch der Schwester gesagt, dass er nicht jedes verträgt!«

»Wir hatten es ihm schon verabreicht«, gab Neuhaus zerknirscht zu. »Es musste schnell gehen.«

»Und was nun?«

»Er bekommt ein anderes. Jetzt ist er wieder stabil, aber wir legen ihn 24 Stunden zur Überwachung auf die Intensivstation, bis alle Vitaldaten wieder auf normalem Level sind. – Ich hörte, er hat keine Verwandten.«

»Richtig«, sagte Peter. »Wir kümmern uns um alles.«

»Okay, bitte hinterlassen Sie eine Telefonnummer, unter der wir Sie erreichen können.«

»Die hat die Schwester schon«, sagte Rami.

»Gut.«

»Darf ich zu Hasan?«

Neuhaus schüttelte den Kopf. »Dafür ist es zu früh.«

»Und wann ist es nicht mehr zu früh?«

»Das kann ich Ihnen nicht sagen.«

»Dann warte ich hier, bis Sie es können«, sagte Rami trotzig. Er setzte sich und schlug die Beine übereinander.

»Die ganze Nacht?«, fragte Neuhaus und schüttelte den Kopf. »Fahren Sie nach Hause, wir rufen an wenn es Neuigkeiten gibt. Ich muss mich jetzt von Ihnen verabschieden, Sie verstehen.«

»Natürlich«, sagte Peter.

»Auf Wiedersehen«, sagte Neuhaus und verschwand um die Ecke.

Ramis und Peters Abschiedsgrüße verhallten.

»Er hat Recht«, sagte Peter. »Es ist gleich halb zehn, hier können wir eh nichts machen.«

»Janina!« Rami sprang auf.

»Wer ist Janina?«

»Hasans E...« Das *Ex* verkniff er sich. »Eine Bekannte, sie ist Ärztin in der Unfallchirurgie. Vielleicht ist sie da und kann arrangieren, dass wir zu ihm dürfen.«

»Dann mach schnell, ich warte hier.«

Rami drückte Peter Hasans Parka in die Hand und rannte in den Flur, in den Neuhaus verschwunden war.

Sein Weg endete an einer Tür aus sandgestrahltem Drahtglas mit der Aufschrift ›OP-Bereich‹, darunter prangte ›Kein Zutritt‹. »Mist!« Er rannte ein Stück zurück, dann in den Querflur. Er hoffte jemanden zu finden, den er nach dem Weg fragen konnte. Aber dort war

116

niemand, auch in der anderen Richtung: keine Menschenseele. »Verdammt, wo sind die alle?«

Verzweifelt irrte er durch zwei weitere Flure und musste jedes Mal nervtötend lang warten, bis sich die automatischen Türen öffneten. Endlich erreichte er das Treppenhaus, wo ein Lageplan hing. Mit dem Zeigefinger suchte er ihn ab. »Ha! Hier, Unfallchirurgie, Station 64. Ich muss nur einen Stock höher!«

Er hetzte die Treppe hoch, nahm zwei Stufen auf einmal. Die breite Glastür glitt zur Seite, für sein Empfinden wieder viel zu langsam. Er wartete, bis der Spalt breit genug für ihn war und schlüpfte hinein.

Schwester Elisabeth, eine resolute Mittfünfzigerin, stand augenblicklich hinter dem Empfangstresen auf. »Junger Mann, die Besuchszeit ist nur bis halb acht!«

»Entschuldigung«, keuchte Rami. »Ich muss dringend zu Dr. Moghaddam. Es ist ein Notfall!«

»Die Notaufnahme liegt einen Stock tiefer.«

»Mir fehlt nichts, es geht um einen gemeinsamen Freund. Er wurde angeschossen und operiert, aber er hat eine Allergie und es gab Komplikationen.«

»Angeschossen?« Elisabeth griff zum Telefonhörer, legte aber wieder auf. Eine junge Frau im Arztkittel, groß, hager, mit kurzem, schwarzem Haar und dunklen Ringen unter den Augen, kam um die Ecke.

»Dr. Moghaddam!«, rief Elisabeth. »Ich wollte Sie gerade anrufen, der junge Mann will zu Ihnen.«

Ya salâm! Die ist ja total dünn geworden!, waren Ramis erste Gedanken. *Und die Haare, so kurz!*

117

Auch Janina traute ihren Augen nicht. »Rami, was tust du denn hier?«

»Bitte, Janina, ich brauche deine Hilfe, Hasan wurde angeschossen!«

Sie riss die Augen auf. »Angeschossen?«

»Heute Abend, vor dem Fitness-Studio. Im OP hat sein Kreislauf wegen des Antibiotikums verrückt gespielt.«

»Verdammt, seine Allergie!«

»Jetzt ist er auf der Intensivstation und sie lassen mich nicht zu ihm.«

»Dieses Krankenhaus ist definitiv ein Irrgarten.« Peter atmete tief durch, als er endlich den Wartebereich der Intensivstation fand, wo Rami neben Janina saß.

»Hab ich auch schon bemerkt«, sagte Rami. »Baba, das ist Janina.«

»Peter Pertinger.« Er stellte die Plastiktüte ab und gab ihr die Hand.

»Janina Moghaddam.«

»Wie geht es Hasan?«

»Er schläft, seine Werte sahen vorhin ganz gut aus.«

Rami seufzte. »Ich hab das mit dem Antibiotikum der Schwester in der Notaufnahme gesagt, sie hat es sogar aufgeschrieben!«

»Mach dir keine Vorwürfe«, beruhigte Janina ihn. »Dr. Neuhaus übernimmt die Verantwortung. – Ich hörte, du hast die Wunde abgebunden wie aus dem Lehrbuch.«

»Hm, der Notarzt hat mich gelobt.« Rami dachte einen Moment schweigend nach. »Warum gibts keine

Notfallarmbänder für Leute wie Hasan? Andere Allergiker tragen das auch.«

»Das ist freiwillig«, sagte Janina.

»Was geschieht jetzt weiter?«, fragte Peter.

»Ich denke, er kann morgen auf die normale Station.«

»Zu dir?«, fragte Rami.

»Mal sehen, ob ein Bett frei ist.«

»Dann komme ich morgen nach Feierabend her.«

»Du, das wird spät werden, Hasan muss 24 Stunden hierbleiben. Komm am besten Mittwochabend. Ich sag dir Bescheid wegen der Zimmernummer und auch sonst, wenn was ist.« Janina zeigte auf die Plastiktüte. »Sind da Hasans Sachen drin?«

»Ja.« Peter hob den Arm. »Das ist seine Jacke.«

»Nehmt das Zeug am besten mit nach Hause, dann kommt nichts weg. Hasan hat hier alles, was er braucht.«

Peter nickte. »Die Schwester hat vorhin seine Versicherungskarte gebracht, ich habe sie in die Innentasche des Parkas gesteckt.«

»Den Wohnungsschlüssel hab ich rausgenommen«, sagte Rami. »Er braucht ja sein Waschzeug und frische Klamotten.«

Peter legte eine Hand fest auf Ramis Schulter. »Du bist ein echter Freund.«

Er lächelte.

»Apropos Freund«, meinte Janina. »Weiß Nasri schon, was passiert ist?«

»Nein, er war heute nicht bei uns. Er ist auch hier.«

Sie staunte. »Was fehlt ihm denn?«

»O nein! Ihn muss es mit dieser Leonie ganz schön erwischt haben!«, sagte sie nach Ramis Schilderung sichtlich betroffen. »Deshalb die Kurzschlusshandlung!«

»Aber warum will er uns nicht sehen, wir sind seine besten Freunde?«

»Es kann wirklich mit der Sache im Club zusammenhängen. Ihr dürft es ihm nicht übel nehmen, die Medikamente, die er bekommt, unterdrücken einerseits Emotionen, andererseits verstärken sie sie. Aber nur, wie der Patient es will. Ich glaube, Nasri kann im Moment nicht unterscheiden, was und wer gut oder schlecht für ihn ist. Er hat eine Mauer um sich errichtet und lässt nur das durch, was er für richtig hält. Damit brüskiert er andere, wie dich und Hasan. Mit euch verbindet er gerade alles Negative.«

»Das sagte sein Arzt auch zu den Bauers.«

»Wer behandelt ihn?«

»Dr. Ziyad.«

»Der Name sagt mir nichts.«

»Nasri kommt morgen auf die offene Station.«

»Das ist doch eine gute Nachricht! Weißt du was, Rami, ich mache mich mal schlau und fühle vor.«

»Du willst ihn besuchen?«

»Ja, aber er soll sich erstmal eingewöhnen, ich probiers in den nächsten Tagen. Mehr als hinauswerfen kann er mich nicht.«

TÄUSCHUNG

Rena sah sich in Nasris neuem Zimmer um, eingerichtet mit hellem Mobiliar, Bettwäsche und Vorhänge in Vanillegelb, an der Wand hing ein großer Kunstdruck mit einem Strandmotiv. »Es ist schön hier.«

Nasri nickte. »Ja, ist ganz okay.«

»Hattest du heute schon ein Behandlungsprogramm?«

»Ja, nach dem Mittagessen war ich in der Entspannungstherapie, PMR heißt die. Danach beim täglichen Gespräch mit Dr. Ziyad und vorhin gab es eine kurze Vorstellungsrunde aller neuen Patienten.«

»Ich habe dir was zum Naschen mitgebracht«, sagte Rena, als sie je eine Großpackung Schokoriegel und vegane Gummibärchen in den Schrank legte. »Du verschlingst das süße Zeug förmlich.«

»Es schmeckt mir eben«, sagte Nasri.

»Das ist die Hauptsache. Dr. Ziyad sagte, dein Yeeper auf Süßes kommt von den Medikamenten.«

»Wenn er das sagt, wird es stimmen.« Nasri zupfte gelangweilt an seinem Fusselbart.

Rena legte den Kopf schief. »Seit du im Krankenhaus bist, hast du dich kein einziges Mal rasiert.«

»Ich mag nicht, manchmal zittere ich, dann hab ich Angst, mich zu schneiden.«

»Und elektrisch?«

»Das kratzt und ich kriege Pickel! Ich lasse es so.« *Warum interessiert sie sich plötzlich für meinen Bart?*

Wo ich morgen hingehe, interessiert kein Schwein wie ich aussehe.

»Okay, du musst dich wohlfühlen. Hier, dein Handy und deine Geldbörse, dann kannst du dir kalte Cola aus dem Automaten rauslassen. Die trinkst du ja gern.«

»Danke.« Er legte beides in die Nachttischschublade.

»Du hast inzwischen sicher eine Menge Nachrichten bekommen.«

»Von wem?«

»Von deinen Freunden und Kollegen zum Beispiel.«

»Ich schau später nach.« *Ist mir scheißegal, was die schreiben.*

Renas Blick wurde ernst.

Was hat sie denn plötzlich? Merkt sie was? Traut sie mir nicht? »Was ist?«

»Hasan kann dir zurzeit nicht schreiben.«

Das weckte jetzt doch seine Neugier. »Warum?«

»Er ist auch hier, auf der Intensivstation.«

Nasri starrte sie an. »Was ist passiert?«

»Gestern Abend hat jemand auf ihn geschossen, vor dem Fitness-Studio.«

»Auf ihn geschossen?« Nasris anfängliches Erstaunen wandelte sich plötzlich zu einem abfälligen Grinsen. »Hat ihn eine seiner abgelegten Tussis aus Rache abgeknallt?«

»Nasri!«

»So wie er es getrieben hat!«

»Das ist seine Sache.«

»Du verurteilst Hasan nicht?«

»Nein, warum sollte ich? Er ist alt genug und zu einer Bettgeschichte gehören immer zwei.«

»Diese Frauen sind schlecht.«

»So ein Unsinn!«, tadelte Rena. »Ich glaube, Hasan will sich nur die Hörner abstoßen.«

Hörner? Ja, wie ein Teufel, Hasan, der Teufel. Der Doc hatte Recht, er wird für seine Taten büßen und jetzt ist es passiert. Vielleicht war es ja dieser Khan, vor dem er Schiss hatte. »Hasan war nicht gut für mich.«

»Nasri, bitte! Hat er dir jemals was Böses getan?«

Er antwortete nicht.

»Hasan hat es ziemlich schlimm erwischt!«

»Mir doch egal.«

»Wie redest du plötzlich von ihm?«, rief Rena entsetzt. »Dr. Ziyad sagte gestern, du machst gute Fortschritte, aber das jetzt?«

»Er versteht mich eben.« *Er ist der Einzige der mich versteht.*

HASANS RENNEN

Er vernahm ein leises, sich allmählich entfernendes Zischen und das Piepsen der medizinischen Geräte über und neben dem Bett.

»Aufwachen, Herr Tantawi«, sagte der Krankenpfleger freundlich und nahm ihm die Sauerstoffmaske ab.

Er öffnete die Augen und erkannte eine in Blau gekleidete Gestalt. Angewidert durch den bitteren Geschmack im Mund verzog er das Gesicht. Er schluckte und fuhr mit der Zunge über die trockenen Lippen. Auch am Gaumen und im Hals fühlte sich alles trocken an. »Wasser«, krächzte er.

Der Pfleger stützte ihn, damit er aus dem Plastikbecher mit dem schnabelähnlichen Fortsatz besser trinken konnte. Er legte sich wieder zurück. »Wo bin ich?«

»Im Krankenhaus Ingolstadt, Intensivstation. Sie wurden am Montagabend mit einer Schussverletzung hier eingeliefert.«

»Angeschossen, ich? Wie?« Hasan schloss die Augen, sein Kopf fühlte sich wie Watte an. Die Erinnerung kam bruchstückhaft zurück. *Fuck, das war der Biss von hinten, dann das Blut!* Er sah seine blutverschmierte Hand, spürte, wie die Knie weich wie Pudding wurden und die Beine nachgaben. Der Autoschlüssel glitt aus seiner Hand, dann hörte er einen dumpfen Knall und das Splittern von Glas.

Hasan riss die Augen auf. Es schien, als würde sich die Decke über ihm bewegen. In den hellen Paneelen tauchten in regelmäßigen Abständen Neonröhren auf. *Nein, ich bewege mich, jemand schiebt mich durch den Flur!* Er streckte den Kopf nach hinten und entdeckte den Pfleger. Dann wurde ihm schwindlig, alles um ihn verschwamm. Ein Gedankengewitter jagte durch seinen Schädel: Blaulicht, Sirenen, ein lauter Knall, Mündungsfeuer ... Plötzlich sah er sich in Alis altem Mercedes sitzen, der durch die Straßen von Damaskus raste und Hindernissen im Zick-Zack auswich. Der aufgewirbelte Staub dieser Augustnacht vernebelte die Sicht und ihm war heiß.

✦

Nicht im Traum wäre Hasan früher in den Sinn gekommen, Damaskus einmal verlassen zu müssen – seine geliebte Heimat, die Stadt in der er geboren war, eine schöne Kindheit und eine unbeschwerte Jugend erleben durfte. Er hatte Chemie- und Biochemie studiert mit dem Ziel, später einmal in die pharmazeutische Forschung zu gehen. Bei schönem Wetter war er mit seinen Freunden nach der Uni gern den Tishreen-Park gegangen, die grüne Lunge der syrischen Hauptstadt – vor dem Krieg, als alles noch schön war: Im Schatten hoher Bäume sitzen, sich unterhalten, leise Musik hören und die Spaziergänger beobachten oder die, mit Dutzenden Beuteln pinkfarbener Zuckerwatte bepackten, Süßigkeitenverkäufer. Manchmal hatten sie nur auf dem Rücken im Gras gelegen und in den Himmel gestarrt, am liebsten aber mit den hübschen Mädchen geflirtet – allen Verhaltensregeln zum Trotz. Der Krieg machte alle Zukunftspläne zunichte.

Die Demonstrationen während des Arabischen Frühlings 2011 eskalierten ein Jahr später zum Bürgerkrieg. Im Mai wollte man Hasan zwingen, der Armee beizutreten. Mit achtzehn war er wegen seiner Penicillin-Allergie ausgemustert worden und hatte den zweijährigen Wehrdienst nicht leisten müssen, plötzlich hieß es, Assad brauche jeden Mann. ›Syrien befindet sich in einem echten Krieg und ich werde die Schlacht gegen die Terroristen fortsetzen!‹. Er meinte alle Oppositionellen, die sein Regime stürzen wollten. Hasan hatte keinen Bock aufs Soldatenleben, er musste untertauchen. Er wusste, sie würden ihn wie einen Deserteur behandeln, in einer dreckigen Gefängniszelle foltern und später töten. So, wie er von der Uni kam, mit seinem Rucksack, den Büchern und den Sachen die er am Leib trug, verließ er blutenden Herzens sein Elternhaus.

Er fand ein Versteck im Keller eines unbewohnten Hauses am Stadtrand. Seine Eltern wussten nicht wo er steckte, sie sahen sich Repressalien ausgesetzt. Die selbständigen Architekten bekamen kaum noch Aufträge. Seine zwei Jahre ältere Schwester, die Kunst studierte, wurde von regimetreuen Kommilitonen gemieden. Trotzdem verbot ihm seine Mutter während ihrer seltenen Telefonate, zurückzukommen. Das machte Hasans schlechtes Gewissen noch schlimmer, aber er verlor die

Hoffnung nicht. Nach dem 17. Juli erstarb auch diese. Nach Kämpfen im Regierungsviertel ließ Assad mehrere, angeblich von den Rebellen kontrollierte, Stadtteile in Damaskus angreifen. Darunter auch Qaboun, wo Hasans Familie lebte. Sie kam dabei ums Leben, wie er von einem Freund seines Vaters erfuhr. Dieser wusste allerdings nicht, wohin man ihre sterblichen Überreste gebracht hatte. Daneben quälte Hasan die Ungewissheit, wie seine Leute starben. Zum Trauern blieb nur kurze Zeit, das tägliche Überleben trat wieder an erste Stelle, wie in den Wochen zuvor. Wenn er kein Essen oder Wasser organisieren musste, las er tagsüber, auf der obersten Stufe der Kellertreppe sitzend, in seinen Chemiebüchern. Er hatte Glück mit seinem Versteck, keiner scherte sich um das alte Haus. Leider gab es keinen Strom, um den Handy-Akku aufzuladen. Er benutzte es nur im Notfall, wie die Taschenlampe, auch mit seinem Geld ging er sparsam um. Manchmal wagte er sich in ein Internet-Café, um sich zu informieren oder mit treuen Freunden und Verwandten zu chatten.

In der zweiten Augustwoche lockerte man die Ausgangssperre. Noch am selben Tag, aber erst nach Sonnenuntergang, wagte Hasan sich nach Qaboun. Er erschrak, menschenleer und unbeleuchtet wirkte das Viertel wie eine Geisterstadt. Viele Häuser lagen in Schutt und Asche, die Mauerreste, aus denen die Armierungseisen wie Speere ragten, erinnerten ihn an die Bilder des eingestürzten World Trade Centers an 9/11 und die unzähligen Toten dort. Es stank nach Verwesung, verbrannten Rei-

127

fen und Öl, schier unerträglich bei der Hitze. Das Tuch vor Nase und Mund hielt nur den Staub ab.

Hasan weinte bitter, als er vor der Ruine seines Elternhauses stand. Nur das Büro im Erdgeschoss des einstigen Wohn- und Geschäftshauses existierte noch. Die großen Fenster waren zerborsten und von der Decke hingen aus ihren Verankerungen gerissene Leuchtstoffröhren. Auf den Schreibtischen, zwischen den zerstörten Computer-Bildschirmen, lagen Glassplitter und Mauerstücke. Noch nie fühlte Hasan sich so hilflos, er verspürte nur noch Hass und Wut, am meisten auf sich selbst. *Wäre ich nur bei ihnen geblieben.* Er legte seine Hände aufs Gesicht und breitete sie dann zum Gebet aus.

Nach einigen Minuten innehalten, bahnte er sich einen Weg durch das Büro über den, mit zerfetztem Papier und Resten von Blaupausen übersäten, Boden. Es gelang ihm, in den Keller vorzudringen, wo ein kleiner Safe stand. Die Kombination stimmte zum Glück noch. Im Schein der Taschenlampe holte er die Geldtasche mit 2.500 US-Dollar heraus, die Notreserve seiner Eltern. 100 steckte er in die Hosentasche zum Handy und jeweils 200 in seine Socken. Den Rest ließ er in der Tasche und klebte sie mit Autoreparaturband an den Oberkörper. Damit sie nicht auffiel, zog er trotz der Hitze die Lederjacke übers T-Shirt. Band und Tapetenmesser kamen zu seinen Habseligkeiten in den Rucksack. Pass und Studentenausweis verwahrte er in der Unterhose.

In gebückter Haltung und wie ein Dieb an Hauswände gedrückt, floh er in die Dunkelheit. Plötzlich blendeten ihn Scheinwerfer, reflexartig warf er sich zu Boden und lauschte. Das tuckernde Geräusch eines Dieselfahrzeugs näherte sich.

Scheiße, eine patrouillierende Miliz!, schoss es ihm durch den Kopf.

Mit laufendem Motor blieb der Wagen stehen. »Hey!«, hörte Hasan einen Mann rufen. »Was machst du da?«

Fuck, sie haben mich gesehen! Soll ich aufstehen? ... Schlimmstenfalls knallen sie mich ab! ... Vielleicht hab ich ja Glück. Hasan rappelte sich hoch und sah einen alten, schilfgrünen Mercedes.

»Ich bin Ali und Musiker«, sagte der bärtige Mann am Steuer, den Hasan auf Anfang dreißig schätzte. Er war allein. »Ich will nach Beirut, kommst du mit?«

»Ja«, sagte Hasan ohne zu zögern, so eine Chance bekäme er nie wieder. »Ich heiße Hasan und bin Student.«

Unbehelligt erreichten sie den Stadtrand. Bis Beirut lagen 150 Kilometer vor ihnen. Am Grenzposten Jdeidat Yabous, nach einer Stunde Fahrt, hielten sie und zeigten ihre Pässe. In Hasan stieg Angst hoch, er stand garantiert noch auf der Suchliste von Assads Geheimdienst.

Ali übernahm das Reden. »Wir sind Musiker«, er deutete zu Oud und Gitarre auf dem Rücksitz, »und geben übermorgen ein Konzert in Beirut.«

»Was spielt ihr so?«, wollten die Soldaten wissen.

»Pop, Rock, Klassisches.« Ali sang ein paar Strophen einer Eigenkomposition, dann durften sie weiterfahren.

Das Glück blieb ihr Begleiter in dieser Nacht. In Masnaa, auf libanesischer Seite, hatten die Soldaten kurz vor elf, weder Lust zu reden, noch den Wagen genauer zu kontrollieren. Hasans und Alis Papiere schienen ihnen in Ordnung zu sein, kein Grund Fragen zu stellen. Sie bekamen den Einreisestempel und durften passieren. Die zweite Hürde war geschafft. Nach einem Tankstopp am Ortsrand ging es auf dem fast leeren Highway nach Beirut. Während der Fahrt redeten sie über Musik und Ali über seine Zukunftspläne, er wollte eine Band gründen. Hasan hatte keine Pläne mehr, er wollte nur weg von Krieg und Tod.

Gegen halb zwei kamen sie an. Alis Freund Cem begrüßte sie sehr herzlich. Er wohnte in einem Haus in der Nähe der Amerikanischen Universität. Zum ersten Mal seit Monaten fühlte Hasan sich wieder sicher. Er bekam etwas Richtiges zu essen, nicht nur auf dem Campingkocher erhitzte Konserven oder nur trockenes Brot und Wasser. Er konnte duschen und ruhig schlafen, ohne Dauerbeschallung von Sirenen, MP-Salven und Explosionen. In Beirut war nur das Rauschen des Windes vom Meer zu hören, der durch die Straßen wehte.

Hasan hätte länger bleiben können, aber 150 Kilometer schienen ihm nicht weit genug entfernt von Gewalt und Leid. Er wollte nach Deutschland, England oder weiter in den Norden – allein, weil die Schlepper 8000 Dollar verlangten. Er kaufte neue Kleidung, einen Schlafsack, bequeme Trekkingstiefel und ein Erste-Hilfe-Set. Nach drei

Tagen verabschiedete er sich in Richtung Zypern, er erwischte eine der unregelmäßig verkehrenden Fähren. Seine Chemiebücher warf er nur widerwillig ins Meer, er befürchtete für einen Bombenbauer gehalten zu werden, falls man ihn durchsuchen sollte.

Sein Weg führte ihn weiter über die Türkei, Griechenland, Mazedonien, Serbien, Ungarn und Österreich. Er versteckte sich in Güterwagons, manchmal fuhr er mit Bussen, kauerte zwischen der Fracht in Trucks, lag eingezwängt in PKW-Kofferräumen oder ging zu Fuß, hunderte Kilometer. Er überquerte illegal Grenzen und wurde zum Glück nicht entdeckt. Er schlief in Höhlen oder Scheunen, wenn er eine fand, bei schönem Wetter auch im Freien oder im Wald. Mehrmals überraschte ihn Regen in der Nacht. Er erkältete sich und hoffte, keine Lungenentzündung zu bekommen, die oder eine andere Infektion durch eine Verletzung hätten ihn in Lebensgefahr bringen können. Wegen der Allergie vertrug Hasan nur bestimmte Antibiotika. Seinen kleinen Vorrat hütete er wie einen Schatz.

Am 5. Oktober 2012 stieg er am Münchener Hauptbahnhof aus dem Zug. Sein Geld war fast alle und er am Ende seiner Kräfte. Er schaffte es gerade noch zur Bahnpolizei. Dort wurde er, wider Erwarten, freundlich empfangen und bekam in der Bahnhofsmission etwas zu essen. Man brachte ihn in die chronisch überfüllte Bayernkaserne zur Registrierung. Zwei Tage darauf schickte man ihn nach Ingolstadt. Er musste seinen Pass bei der Ausländerbehörde abgeben und erhielt eine Aufenthaltsgestattung. Er stellte sofort einen Asylantrag, der im März 2013 genehmigt wurde.

Hasan sprach fließend Englisch und etwas Französisch, auch Deutsch lernte er sehr schnell. Aufgrund seiner guten Chemiekenntnisse konnte ihm das ›Netzwerk Asyl‹ im Juli darauf die Stelle als Chemikant bei PetroTec vermitteln. Nach einem Probehalbjahr bekam er eine Festanstellung. Manchmal dachte er daran, das Studium wieder aufzunehmen und es abzuschließen, vielleicht eine Doktorarbeit zu schreiben. Dann schob er es wieder beiseite. Er fand sein Leben in Ordnung, er verdiente gut und konnte sich ein Auto und eine eigene Wohnung leisten. ›Deutsch lernen, arbeiten und sich für das Land und die Kultur interessieren‹, lautete Hasans Motto. ›Dann steht euch alles offen. Und lasst euch von keinem dieser radikalen IS-Wichser beschwatzen! Fuck the IS!‹. Hasan hatte es am eigenen Leib erfahren, wie einer ihrer Anführer versuchte, ihn für ein Attentat anzuwerben.

✦

23. Oktober 2015

Hasan war allein ins Cinnamon gegangen, seine Stamm-Shisha-Lounge in der Innenstadt. Nasri und Rami wollten für eine am Montag anstehende Prüfung lernen. Zu Hause wäre ihm die Decke auf den Kopf fallen, ihm machte Janinas eine Woche alte Abfuhr noch zu schaffen. Außerdem musste er endlich etwas essen. Wegen des Aschura-Fests hatte er den ganzen Tag gefastet.

Hier gab es zwar nur Snacks, wie Teigtaschen, Salat und Suppe, aber das war völlig okay, lieber nicht zu viel auf einmal. Beim Fastenbrechen am Ende des Ramadan machte er es genauso. Meistens achtete er auf die Vorschriften seines Glaubens. Mit dem Beten hielt er es lockerer, statt fünf- nur einmal am Tag und am Freitag ging er in die Moschee. Das genügte seiner Meinung nach. Kritiken ließ er nicht zu, das machte er mit Allah selbst aus. Er rauchte keine Zigaretten und trank keinen Alkohol, aber eine Shisha nach dem Abendessen musste sein.

Er hatte es sich gerade auf einem der bequemen Diwane in einer Loge im hinteren Bereich des Cinnamon gemütlich gemacht. In diesen Kabinetten für bis zu sechs Personen, einem Pavillon ähnlich, konnte man in aller Ruhe seine Shisha rauchen und sich ungestört unterhalten. Relaxt, die Augen geschlossen, sog Hasan den aromatischen, süßen Rauch seiner Lieblingssorte Mango Tango Ice genüsslich ein und lauschte dem leisen RAI-Musik-Mix im Hintergrund. Da spürte er jemanden näherkommen. Er sah auf, ein schlanker, attraktiver, schwarzhaariger Mann Ende Dreißig, mit gepflegtem Vollbart und im perfekt sitzendem Anzug, seinen Mantel lässig über den Schultern hängend, stand vor ihm. Hasan hatte ihn hier noch nie gesehen. Er stellte sich als Khan vor und fragte mit tiefer, angenehmer Stimme in akzentfreiem Deutsch, ob er ihm Gesellschaft leisten dürfte. Hasan nickte. Als Khan ihm gegenüber Platz nahm, fielen ihm als Erstes dessen gepflegte Hände auf, mit langen Fingern, wie die eines Pianisten.

Shisha rauchend und Backgammon spielend, plauderten sie über alles Mögliche, meist banale Dinge. Sie kamen auch auf das Thema ›Frauen‹. Darauf hatte Hasan keinen Bock, er winkte ab.

Khan bemerkte, dass es ihn beschäftigte. »Es scheint, als ob du etwas loswerden willst.«

Hasan stöhnte: »Weiber bedeuten nur Stress!« und erzählte schließlich doch von Janina.

»Die gute Partie, wie üblich«, meinte Khan am Ende.

»Ich dachte, eine selbstbewusste Frau wie sie würde sich nichts vorschreiben lassen.«

»Vergiss sie, du kannst andere haben, viele andere.«

»Ich weiß«, meinte Hasan süffisant.

»72 Jungfrauen, blendend schön, leuchtend wie Rubine, wohlverwahrten Perlen gleich und mit schwellenden Brüsten, in den ewigen Gärten.«

»Schwellende Brüste?« Hasan lachte. »Wo hast du denn den Spruch geklaut?«

»Das steht im Koran.«

Hasan hob einen Zeigefinger und bewegte ihn hin und her, wie ein Lehrer vor unartigen Schülern. »So nicht!«

»Auslegungssache«, konterte Khan.

»Diese verfickten Märtyrer, die sich in die Luft jagen, legen den Koran auch aus wie es ihnen passt, weil sie von den 72 Jungfrauen träumen!«

»Die Jungfrauen erwarten jeden Seligen im Paradies.«

»Paradies? Noch bin ich am Leben! Außerdem, was bedeutet schon *selig*?«

»Selig ist jeder Gläubige, der gute Taten im Leben vorweisen kann.«

»Dann habe ich richtig gute Chancen.« Hasan lächelte schmallippig und brüstete sich. »Bisher hat jeder Frau gefallen, was ich mit ihr gemacht habe. – Ohne mich selbst zu sehr zu loben, das waren wirklich gute Taten!«

Ein Pokerface aufgesetzt, nahm Khan einen langen Zug aus der Shisha und blies ihn zur Seite aus.

Hasan beobachtete ihn unauffällig. Er fand seine Gesellschaft angenehm, das Gespräch interessant und abwechslungsreich – über die bizarre Auslegung des Koran sah er großzügig hinweg. Er hätte gern mehr über ihn erfahren, wollte aber nicht unhöflich sein und ihn ausfragen. Er hoffte, im Verlauf der Unterhaltung würde es sich ergeben. Das tat es nicht. Plötzlich kippte die Stimmung, Khan begann, sich über die deutsche Innen- und Außenpolitik auszulassen.

»Bist du nicht auch der Meinung, dass das ganze System hier faul ist?«

Hasan legte den Kopf schief. »Faules System?«

»Oberfaul! In deiner syrischen Heimat sterben unsere Glaubensbrüder und -schwestern durch deutsche Waffen! Deutschland ist mitverantwortlich für Zehntausende tote Zivilisten. Die Flüchtlinge betrachtet man als Kollateralschaden in diesem Rohstoffkrieg um Gas, Öl und andere Ressourcen. Die Waffenlieferungen laufen munter weiter und die Bundesregierung schaut teilnahmslos zu. Ist ja kein Wunder, man verdient Steuern und nicht zu wenig. Die Politiker behaupten frech, es gäbe keinen anderen Weg, um die syrische Opposition mit Waffen zu versorgen. Andererseits bedauert man die Flüchtlinge oder schiebt sie ab.«

Muss das jetzt sein? Hasan verdrehte genervt die Augen. Darauf hatte er absolut keinen Bock. Er scheute keine politischen Diskussionen, auch wenn sie meist kontrovers endeten, manchmal sogar in Streit. *Ich bin zum Relaxen hier und um mich zu unterhalten, aber nicht über Politik!*

Khan sprach weiter, ruhig, sachlich und überlegt, aber seine dunklen, stechenden Augen wirkten unheimlich. »Und die Kanzlerin stellt sich hin und trällert ›Wir schaffen das‹. Diese Heuchlerin, an ihren Händen klebt Blut! Sie ist keine Spur besser als die Rassisten, die Flüchtlingsheime anzünden.«

Wenn er damit nicht aufhört, stehe ich auf und gehe! Unruhig rutschte Hasan auf dem Polster hin und her.

Khan zog weiter vom Leder. »Viele Deutsche hassen Muslime und jeder Vierte ist ein Rassist, das gibt natürlich keiner zu. Am liebsten würden sie eine Mauer ums ganze Land ziehen. Hör dir doch an was die Schwarzen sagen, sie nennen es Transitzonen und meinen Ghettos, wie unter Hitler und am Ende bauen sie KZs. Denen wäre es am liebsten, wenn die Flüchtlinge im Meer ersaufen oder an der Grenze verrecken. Wir dürfen uns das von den Ungläubigen nicht länger gefallen lassen!«

Hasan erschrak. *Ungläubige? Der tickt doch nicht richtig!* Er fühlte sich nicht mehr wohl in seiner Haut.

»Sie müssen bestraft werden, du könntest mir helfen.«

»Ich? Helfen?«

»Du arbeitest in einer Raffinerie. Zwei, drei Sprengsätze an den richtigen Stellen platziert, zum Beispiel an den großen Tanks, hätten den gewünschten Effekt: medienträchtig und nachhaltig. Du kannst das Ganze von der Ferne aus zünden und überlebst. Du tust es für den wahren Glauben, es lebe der Dschihad!«

Hasan fühlte sich überrumpelt. Er wollte diesen Bullshit nicht mehr hören, wütend sprang er auf. »Das Tanklager in die Luft jagen? Bist du irre? Scher dich zu deinem rückständigen Islamistenhaufen, du Dattelscheißer! Ich habe die Schnauze voll von eurem verfickten Heiligen Krieg! Und deine 72 Jungfrauen kannst du auch selber ficken!« – *Bloß weg hier,* dachte er und flüchtete aus der Lounge.

An der Straßenecke blieb er stehen. *Du Idiot, du musst zurück, ihn festhalten und die Polizei informieren! Faris und seine Jungs helfen mir bestimmt.* Er rannte so schnell zurück ins Cinnamon, als würden ihn tausend Dämonen jagen.

»Er ist hinten raus und mit einem älteren, schwarzen Wrangler-Jeep weggefahren«, sagte Faris. »So einer mit Stoffdach. Das Kennzeichen konnte ich nicht erkennen.«

»Fuck!«

»Dann bin ich dir hinterher, du hast nicht bezahlt.«

»Sorry, ich war so wütend. Der Typ wollte mich überreden, ein Attentat auf die Raffinerie zu verüben!«

»Verdammte Scheiße!«

»Ich rufe die Polizei an!«

»Hast du ihn hier schon Mal gesehen?«, fragte Hasan nach dem Telefonat. »Er nannte sich Khan.«

»Nein, der war noch nie hier. So ein geschniegelter Typ wäre mir aufgefallen. – Warte mal, die Kameras!«

Sie gingen ins Büro, wo Monitor und Recorder standen. Faris spulte zurück, aber auf allen Bildern sah man Khan nur von hinten.

»Er wusste wo die Kameras sind! Dieser Wichser hat meinen Laden ausspioniert!«

Bereits nach einer Viertelstunde fuhr ein Streifenwagen vor. Faris lotste die beiden Polizisten in sein Büro. Hasan erzählte seine Story, Faris zeigte ihnen die Videoaufnahmen. Nachdem sie alle Personalien aufgenommen hatten, versprachen sie sich wieder zu melden.

Mit unguten Gefühlen und unsicheren Blicken in den Rückspiegel fuhr Hasan nach Hause. Ihm folgte niemand, aber die Wohnungstür schloss er zweimal ab und legte die Kette vor. *Der Typ weiß, wo ich arbeite, vielleicht auch welches Auto ich fahre und wo ich wohne. Fuck! Aber warum gerade ich, wie kam er auf mich?* Hasan marterte sein Hirn, sah sich schon unter dem Auto nach einer Bombe suchen und den Zündschlüssel mit mulmigem Gefühl umdrehen. In der alten Heimat hatte er mit eigenen Augen gesehen, was der Terror mit seinem blutigen Wesen anrichtete: zerfetzte und verstümmelte Körper, Splitter, Trümmer, Trauer, Tod. Bei jeder Erinnerung daran, jedes Mal aufs Neue, war er dankbar, hier leben zu dürfen, auf seiner sicheren Insel Ingolstadt. Woher nahm er die Gewissheit, hier für immer davor verschont zu bleiben?

Am Samstag, nach einer schlaflosen Nacht, informierte Hasan seinen Vorgesetzten bei PetroTec und traf sich danach mit Nasri und Rami, um sie zu warnen. Am Montag fand bei PetroTec eine Krisensitzung der Firmenleitung mit Kripo, LKA und Bundespolizei statt. Man nahm die Sache sehr ernst. Die einzigen Beweise waren Hasans Beschreibung und das Video aus dem Cinnamon. Den schwarzen Jeep fand man nicht. Die Ermittlungen verliefen im Sande. Die Angst, Khan könnte es weiter auf ihn abgesehen haben, ließ sich Hasan nicht anmerken. Manchmal trieb ihn das Grübeln halb in den Wahnsinn, dann setzte er sein breitestes Lächeln auf und versprühte gute Laune. Wenn er mit einer Frau flirtete und später mit ihr im Bett landete, verdrängte er Khan und Janina. Sex war kein Heilmittel, aber seine Ersatzdroge, die er legal konsumieren konnte.

Hasan vernahm Rosenduft, den er tief einsog. *Janina! Das ist ihr Parfum!* Ein wohliges Gefühl breitete sich in seinem Körper aus und er sah ihr schönes Gesicht, umgeben von herrlichen Damaszenerrosen. Sie lösten sich in Myriaden von Blütenblättern auf und stoben auseinander, als ein Windstoß sie erfasste. *Janina, meine Prinzessin, meine große Liebe!* Das wusste Hasan seit der ersten Nacht, in der sie wie ausgehungert übereinander hergefallen waren und am Tag danach und am nächsten und am übernächsten. *War es zu viel Sex? Quatsch, zu viel Sex kann es gar nicht geben und zu viel Liebe auch nicht!*

Der Duft wurde intensiver, als würde sie ganz nah bei ihm sein. *Hat es mich jetzt endgültig weggebeamt?*

»Hallo, Hasan«, hörte er eine, ihm sehr gut bekannte, weibliche Stimme sagen.

Sie katapultierte ihn in die Realität zurück. »Janina?«

»Ja, ich bin es.«

»Hallo.« Hasan starrte sie an. *Ya salâm! Ist die dünn geworden! Und die Haare, so kurz – viel zu kurz! Dann die Ringe unter den Augen! War sie krank?*

»Na, alles okay?«, fragte sie.

»Geht schon.« Er ließ den Blick im Zimmer schweifen: nüchtern, aber modern eingerichtet mit einem Tisch, zwei bequem aussehenden Polsterstühlen, einem Kleiderschrank und gegenüber vom Bett hing ein mittelgroßer LED-Fernseher an der Wand. »Wo bin ich jetzt?«

»Auf Station 64.«

»64, dann stehe ich unter deiner Fuchtel?«

»Bin ich so schlimm?«

»Nein, entschuldige.«

»Schon gut.«

»Aber ich war doch auf der Intensivstation oder hab ich das geträumt?«

»Nein, hast du nicht. Du standest dort 24 Stunden unter Beobachtung. Du wurdest Montagabend angeschossen, Rami war dabei. Erinnerst du dich?«

»Vage.« Wieder kramte Hasan in seinen grauen Zellen.

Wir waren auf dem McFIT-Parkplatz, ich wollte die Sporttaschen rausholen, dann hat mich was gebissen und meine Hand war voller Blut und dann ... alles Schwarz ... Fuck! – »Was für ein Tag ist heute?«

»Mittwoch.«

»Schon Mittwoch? Hat es mich schlimm erwischt? Ich meine wegen der Intensivstation.«

»Du hast einen glatten Oberschenkeldurchschuss. Das Projektil war ziemlich groß, sagt die Kripo, vermutlich aus einem Scharfschützengewehr.«

»Fuck! Und dieses *eine* Ding hat mich außer Gefecht gesetzt, bin ich so ein Weichei geworden?«

»Das lag auch am Schock.«

»Ach deswegen Intensivstation.«

»Nein, während der OP hat dein Kreislauf verrückt gespielt, weil du das Antibiotikum nicht vertragen hast.«

»Fuck! Meine Allergie!«

»Rami hat es der Schwester gesagt, aber da lagst du schon unterm Messer. Die Spritze war schneller als der Stift, sozusagen. Der Anästhesist hat es am Ausschlag erkannt, dann rauschte dein Blutdruck runter und deine Herzfrequenz nach oben. Du bekommst jetzt ein anderes Antibiotikum, alle zwölf Stunden, drei bis vier Tage lang.«

»Hat Rami erzählt, wie es genau passiert ist?«

»Du bist plötzlich umgekippt und als die Heckscheibe getroffen wurde, hat er sich auf den Boden geworfen. Frag ihn am besten selbst.«

Hasan seufzte. »In Damaskus hat es mich nie erwischt, ausgerechnet hier fange ich mir 'ne Kugel ein!«

»Die Kripo hat Rami am Montag vernommen. Er glaubt, ein Mann namens Khan habe dich umlegen wollen.«

»Khan?« Hasan erstarrte und sah ihn vor sich im Cinnamon sitzen und wie er ihn mit seiner radikalen Scheiße um den Finger wickeln wollte. »Fuck, er könnte Recht haben! – Wurde sonst jemand verletzt?«

»Nein, zum Glück nicht.«

»Al-ħamdu li-llah!«

»Rami hat der Kripo alles zu ihm erzählt – das, was er eben von dir weiß.«

»Aber die haben doch meine Aussage vom Oktober!«

»Sie wollen dich trotzdem befragen.«

»Okay, wann?«

»Das sagten sie nicht, sie wollten sich melden. – Rami hat erwähnt, dass Khan dich im Oktober zu einem Anschlag auf die Raffinerie überreden wollte. Warum hast du mir nichts davon gesagt?«

»Es war *nach* dir, eine Woche.«

»Ach so«, meinte sie kleinlaut.

»Khan hat mir damals nicht gedroht, ich habe ihn ja im Cinnamon einfach sitzen lassen. Aber danach wurde ich das Gefühl nicht los, dass mich jemand beobachtet. Nicht ständig, aber da waren so Momente ...«

»Verstehe, du bist der Einzige, der ihn identifizieren kann. Zum Glück hast du einen Freund wie Rami, er hat dein Bein abgebunden, bevor der Sani kam.«

»Rami, mein Bein abgebunden?«

»Absolut fachmännisch steht im Bericht.«

»Woher kann er das?«

»Keine Ahnung, manche Leute wachsen durch gewisse Ereignisse über sich hinaus.«

Hasan nickte anerkennend. *Der Kleine wird groß.* Er entdeckte den Infusionsbeutel, der über ihm hing und den, im IV-Zugang auf seinem Handrücken endenden, Schlauch. »Was ist da für ein Zeug drin?«

»Eine Ringerlösung, Flüssigkeit für den Körper.«

»Und was tut ihr sonst noch rein?«

Janina pfiff leise und schielte an die Decke. »Das ist streng geheim.«

»Sicher das volle Dope«, meinte Hasan abfällig. »Habe ich deshalb so lang geschlafen?«

»Schlafen ist gesund.«

»Ja, Frau Doktor. Und was ist das für ein lästiges Ding an meinem Bein?«

»Eine Wunddrainage, damit Blut und Sekret abfließen können. Das unterstützt den Heilungsprozess. Hast du Schmerzen dort?«

»Nein, nein.«

»Hunger?«

»Ja, ein wenig.«

»Mittagessen gibt es erst um halb zwölf, da sind noch fast zwei Stunden hin«, sagte sie nach einem Blick auf ihre Armbanduhr. »Ich versuche einen Snack für dich aufzutreiben.«

»Danke, nett von dir.«

»So bin ich.«

»Natürlich bist du das. – Hast du mich eigentlich wieder zusammengeflickt?«

»Nein, Dr. Neuhaus. Er nimmt es auf seine Kappe, das mit dem Antibiotikum meine ich.«

Hasan winkte ab. »Ich werde ihn nicht verklagen, war schließlich eine Notsituation.«

»Nobel von dir. – Ein Glück, dass Beinschlagader und Knochen nichts abbekommen haben und du sonst fit bist.«

»Ich bin eben ein zäher Hund.« Er hob beide Hände und zeigte Janina die Innenflächen. »Du weißt doch, extra lange Lebenslinien.«

»Oder wie heißt es so schön: Unkraut vergeht nicht. Deine Weibergeschichten kannst du in der nächsten Zeit jedenfalls vergessen.«

»Aha, mein Ruf eilt mir voraus.«

»Tja, wie bei jedem berüchtigten Casanova.«

»Casanova, pfffffff! Es gibt Schlimmere als mich.«

»Naja ...« Janinas sarkastischer Blick sprach Bände.

»Nur weil ich nicht laufen kann, wird sich in Sachen Frauen nichts ändern.« Hasan verschränkte die Hände hinter dem Kopf. »Küssen kann ich auch im Liegen. Wie sind denn die Schwestern auf deiner Station, wäre eine für mich dabei, oder zwei? Du kennst ja meinen Geschmack.«

»Aha, schon wieder zu Späßen aufgelegt! Dir scheint es ja ganz gut zu gehen, geflucht wie früher hast du vorhin auch.«

Hasan rang sich ein Lächeln ab.

»Keine Weibergeschichten, das sollte nicht bedeuten, weil du nicht laufen kannst. Sorry, dass ich das so offen sage, Hasan, aber du siehst Scheiße aus.«

Er schnitt eine abfällige Grimasse. »Danke, du auch«, platzte es aus ihm heraus und er hätte sich am liebsten sofort auf die Zunge gebissen. *Fuck! Fuck! Fuck! Das war voll daneben! Wie konnte ich nur? Ich Idiot!*

Janina erschrak, so deutlich hatte ihr das bisher noch keiner gesagt. Hasan war schon immer sehr direkt, aber so schonungslos offen wie eben, das haute voll rein. *Ich muss ihn damals sehr verletzt haben, weil er so schroff reagiert. Was sag ich bloß? Ich will nicht drüber reden, das packe ich nicht!* Sie zupfte nervös am Ohrläppchen. »Ich hab zurzeit Stress.« Das war nur die halbe Wahrheit, mehr brauchte er nicht zu wissen.

Trotz seiner Verlegenheit musste Hasan Janina ansehen. *Wunderschön, aber so dünn! Und warum alles in der Welt hat sie sich die Haare abgeschnitten? Dazu sage ich lieber nichts, sonst jagt sie mir noch 'ne Spritze in den Hintern.* »Sorry, ich wollte dich nicht beleidigen.«

»Es ist viel passiert in den letzten Monaten.«

»Und ich wurde angeschossen, hatte einen allergischen Schock, lag auf der Intensivstation und habe mich seit Sonntag nicht rasiert. Du weißt ja, mein Bart sprießt wie ein englischer Rasen nach einem Sommerregen.«

Ich muss das Thema wechseln, bevor er tiefer bohrt, dachte Janina. »Rami hat mir das von Nasri erzählt, eine schlimme Sache. Ich hoffe er kommt drüber hinweg. Ich werde ihn morgen mal besuchen.«

»Naja, vielleicht hast du mehr Glück, uns will er nicht sehen.«

»Ich weiß, und auch warum.«

»Sein Arzt meint, er bringt mit uns die negative Erfahrung im Club in Verbindung.«

»Gib ihm Zeit.«

»Zeit, hm ...« Hasan kam ins Grübeln. »Wenn Khan mich ausschalten wollte, weil ich ihn kenne, frage ich mich, warum erst jetzt? Warum hat er so lange gewartet?« Er kratzte sich an den Bartstoppeln. »Irgendwas hat dieses irre Arschloch vor, das riech ich! Ich muss die Polizei anrufen. Wo ist mein Handy?«

»Bei deinen Sachen, Rami hat am Montag alles mit zu sich nach Hause genommen, nimm meins.«

»Danke.« Hasan wählte die zentrale Nummer der Ingolstädter Polizei. Nachdem er seinen Namen genannt und sein Anliegen kurz geschildert hatte, wurde er sofort zu Kommissar Gruber durchgestellt.

Keine halbe Stunde später stand dieser mit Huppmann an Hasans Bett. »Schön, dass es Ihnen wieder besser geht, Herr Tantawi.«, sagte er nach dem üblichen Vorstellungsprozedere.

»Danke, Unkraut vergeht nicht.«

»Sie scheinen das Ganze recht gut wegzustecken«, meinte Huppmann.

»Wenn man dauernd drüber nachdenkt, wird man irre. Von denen laufen draußen genug herum, siehe Khan.«

»Ihr Freund Rami hat Montagabend bereits den Verdacht geäußert, dass er der Täter gewesen sein könnte«, sagte Gruber. »Aufgrund dessen haben wir uns ihre Aussage vom letzten Oktober noch mal angesehen. Da könnte wirklich was dran sein.«

»Okay, und was geschieht jetzt?«

»PetroTec ist über diese abstrakte Terrorgefahr informiert. Die Fahndung nach Khan wurde wieder aufgenommen, anhand Ihrer Beschreibung vom letzten Jahr. Sie hat aber noch nichts ergeben. Wir setzen Ihnen eine Wache vor die Tür, sicher ist sicher. Er könnte es nochmal versuchen. Am besten, Sie bleiben in diesem Einzelzimmer. Wir klären das mit der Ärztin. An die Presse geben wir weiter, dass Sie noch auf der Intensivstation liegen. Wir stellen dort einen Kollegen in Zivil ab. Sollte Khan auftauchen, kriegen wir ihn.«

SODOM

Ziyad warf einen Blick ins Stationszimmer. »Ich gehe mit Nasri raus«, sagte er zu der Krankenschwester, die dort als Einzige am Tisch saß.

»Jetzt? In einer halben Stunde gibts Mittagessen.«

»Ich hab noch keinen Hunger«, sagte Nasri.

»Gut dann stellen wir es zur Seite. Sie können es ja später in der Mikrowelle aufwärmen.«

Während der Fahrt zu Audi sprachen sie wenig. Ziyad hielt vor Tor 9, in der Nähe der Bushaltestelle, an der Nasri auch sonst ausstieg.

»Bist du bereit, Nasri?«

»Ja, ich bin bereit.«

»Hast du deinen Firmenausweis?«

»Steckt in meiner Geldbörse, wie immer.« Ein Glück, sonst hätte er Rena extra bitten müssen, ihn in die Klinik zu bringen, das wäre aufgefallen.

»Du weißt, was du tun musst?«

»Ja, ich deponiere die Tasche in meinem Spind und gehe in die Halle, um nachzusehen ob die Luft rein ist. Dann hole ich sie.«

Sie stiegen aus. Ziyad holte die große, schwarze Sporttasche aus dem Kofferraum und gab sie Nasri.

»Ist schwerer als ich dachte.«

»Du schaffst das.« Ziyad nahm ihn fest an beiden Schultern. »Allahu Akbar!«

Die Pförtner hegten keinen Verdacht, als Nasri mit der Tasche die Schranke passierte. Das Gebäude, in dem sich die Ausbildungs-Werkstatt befand, erreichte er problemlos. Keiner schöpfte Verdacht, Sporttaschen oder Rucksäcke hatten viele Mitarbeiter dabei. Hin und wieder gab es Taschenkontrollen nach dem Zufallsprinzip. Heute nicht, Glück gehabt.

Beim Betreten der Herren-Umkleide versuchte er normal zu wirken, obwohl seine Nerven aufs Äußerste gespannt waren. *Keiner hier, die sind alle noch beim Essen, gut so.* Er ging zu seinem Spind, der sich in der Mitte des Raumes befand. Mit zitternden Fingern schloss Nasri ihn auf. Je näher der Zeitpunkt rückte, desto unruhiger wurde er. Seit Ziyad ihn abgeholt hatte, musste er ständig an Leonie denken. Die Bilder vom XTreme und die Albträume der letzten Wochen hämmerten alle zur selben Zeit in seinem Kopf: rote Wasserfälle, scharfe Glassplitter, Blutlachen, glühende Lava. Sein Herz pochte schnell, dumpf und laut, wie eine große Trommel. *Bald ist es vorbei, dann bin ich frei!*

Plötzlich drangen Geräusche von der Eingangstür zu ihm. *Scheiße, da kommt jemand!*

»Ich schließe nur schnell mein Handy ein«, hörte er Rami sagen. Die Tür fiel wieder zu.

Nasri zuckte zusammen. *Ausgerechnet er! Verdammte Scheiße!*

Nur einen Augenblick später kam Rami um die Ecke gebogen und blieb erstaunt stehen. »Mann, was tust du denn hier? Und seit wann hast du 'nen Bart? Sieht voll Scheiße aus!«

»Ni-nichts«, stammelte Nasri nervös und schob die Sporttasche mit dem Fuß langsam ein Stück zur Seite.

»Du bist doch krankgeschrieben? Deine Mutter sagte, du bist seit gestern auf der normalen Station. Ich wollte dich nach Feierabend mit Hasan besuchen.«

»Könnt ihr euch sparen.«

»Spinnst du immer noch rum? Warum wolltest du uns nicht sehen? Du kannst uns nicht die Schuld geben, was im XTreme passiert ist. Hasan hat gemeint, es liegt an den Tabletten, die sie dir geben.«

»Hasan kann mich mal!«, zischte Nasri.

»Idiot! Weißt du überhaupt was passiert ist? Er wurde niedergeschossen, wahrscheinlich von diesem Khan, der ihn letztes Jahr zu dem Anschlag auf die Raffinerie verleiten wollte!«

»Ja, das weiß ich, ist mir scheißegal! Und wenn er tot wäre, er hat es verdient!«

»Wie redest du über ihn? Hasan ist dein Freund!«

»Jetzt nicht mehr.«

»Ach ja, dann bin ich es wohl auch nicht mehr!«

»Leck mich!« Nasri sah nervös zur Sporttasche und dann wieder zu Rami, der ihn argwöhnisch beobachtete.

»Was haben wir dir getan?«

»Ich hasse euch!«

»Warum?«

Nasri wurde immer ungeduldiger. *Verdammt, der lässt nicht locker! Wie komme ich an ihm vorbei? Ich renne ihn einfach um, ich bin stärker als er.*

Plötzlich tauchte Pascal auf. »Du bist ja immer noch hier, Rami! Wir haben uns schon gefragt, wo du bleibst. – Hi, Nasri. Ich dachte du bist krank.«

Scheiße, kommen jetzt alle her? Was mach ich bloß? Nasri versuchte seine Gedanken zu ordnen. *Warum kann nicht einmal etwas klappen, so wie ich es will?*

»Irgendwas stimmt nicht mit ihm«, sagte Rami.

»Was soll nicht stimmen?«, fragte Pascal.

Nasri sah wieder zur Sporttasche und ließ dabei seine verschwitzte, rechte Hand in die Seitentasche des Parkas wandern, in der sich das Handy befand. *Ich schaffe es nicht mehr in die Halle. Dann eben hier, und euch nehme ich mit!* Verunsichert, aufgrund der Planänderung, fummelte er an der Tastatur herum. *Hab ich es vorhin eingeschaltet?*

»Was ist in der Sporttasche, Nasri?«

»Geht dich nichts an!«

Rami steckte sein Handy in die Brusttasche seiner Latzhose. »Los Pascal, sag Doll Bescheid!«

»Warum?«

»Mann, machs einfach!«

»Ist ja gut!«

»Und wenn du draußen jemanden siehst, die sollen alle abhauen«, schickte Rami hinterher.

»Warum, ist 'ne Bombe in der Tasche?«

»Mach endlich!«, raunzte Rami ihn an.

»Scheiße!« Pascal machte auf dem Absatz Kehrt. Er rannte zur Tür, schlug die Scheibe am Kästchen für den Feueralarm mit dem Ellenbogen ein und drückte den Knopf.

Der schrille, ohrenbetäubende Ton ließ Nasri und Rami gleichermaßen zusammenfahren. Plötzlich tauchte Leonie auf.

»Was willst du hier, du rote Hexe?« Nasris Stimme triefte vor Hass, sein Blick war kalt wie Eis.

Rami fuhr herum. »Verschwinde Leonie! Hat Pascal nichts gesagt?«

»Ich dachte, er macht 'nen Scherz!«

»Du blöde Kuh!«, giftete er sie an.

Verdammt, sie wissen was ich vorhabe! Ich muss es jetzt tun, hier! Nasris Gedanken rasten. *Ich muss, dann hab ich es endlich hinter mir.* Er holte das Handy hervor. *Es tut nicht weh, es tut nicht weh, es tut nicht weh!* Er drückte die Navigationstaste, aber das Display blieb dunkel. *Scheiße! Ich habs aus Versehen wieder ausgeschaltet! Wie war die PIN nochmal?*

»Was willst du mit dem alten Ding? Und sag endlich, was ist in der Tasche ist!«

Nasri versuchte das Handy einzuschalten, fand aber die richtige Taste nicht auf Anhieb. »Ihr habt den Tod verdient!«, geiferte er. »Alleeeeee!«

»Warum?«, fragte Rami. »Weil du dir etwas einbildest und es nicht bekommst? – Mann, leg das Ding weg!«

»Bitte Nasri, leg es weg!«, forderte Leonie mit Nachdruck. »Ich weiß, was passiert ist. Rami hat mir alles erzählt. Ich kanns nun mal nicht ändern, ich bin lesbisch, ich stehe auf Frauen. Punkt!«

Angespornt durch dieses Outing ging Rami einen Schritt auf Nasri zu. »Du willst, dass wir sterben?«

»Jaaaaaaa, ihr sollt in der Hölle schmoren!«, brüllte er, sich vor Rami aufbauend, bereit, auf ihn loszugehen. Doch irgendetwas hielt ihn zurück.

Rami konterte mit derselben Drohgebärde. »Wer hat dir diese Scheiße eingeimpft? Irgendeiner von diesen IS-Wichsern, die es bei Hasan letztes Jahr versucht haben? Willst du ihren verfickten Heiligen Krieg hier austragen?«

»Du hast doch keine Ahnung!«

»Du etwa?«

»Ich weiß was sich tue!«

»Nein, tust du eben nicht! Mann, wach auf! Das bist nicht du, Nasri!«, beschwor Rami ihn. »Du würdest uns nie etwas Böses antun, ich weiß das!«

»Bitte, Nasri!«, flehte Leonie. »Gib Rami das Handy!«

Sein wirrer Blick wanderte zwischen ihr und Rami hin und her. Schweiß stand auf seiner Stirn, er keuchte, seine Nasenflügel bebten, wie die Nüstern eines Kampfstiers, bereit auf den Torero loszugehen. Vor seinen Augen verschwamm alles, Leonie verwandelte sich wieder zu einer Spinne und anstatt des Handys hielt er die Granate in der Hand. »Du wirst mir nicht mehr wehtun, du nicht!«

»Nasri, neiiiiin!« Leonies Schrei ging im schrillen Feueralarm unter.

In Nasris Kopf dröhnte es unerträglich. Er hielt sich beide Ohren zu, in der linken Hand noch das Handy. »Ich will, dass das aufhört! Macht, dass das endlich aufhört! Für immeeeeeeer!« Sein Gesicht wurde zu einer hässlichen Fratze, die Augen zu Schlitzen.

»Gib mir das Handy, Mann!«, forderte Rami. »Du willst das nicht tun, du bist unser Freund, unser Bruder, wir lieben dich! Wir sind deine Familie! Wenn du uns tötest ist es so, als würdest du deine Eltern und Schwestern nochmal töten. Dann bist du nicht besser als diese IS-Wichser!«

Verwirrt starrte Nasri Rami an. *Freund, Bruder, Familie ...* Plötzlich liefen die Bilder der Vergangenheit vor seinem inneren Auge ab. *Mama, Fatma, Zahra ...* Er sah sie weinen, als man die Nachricht vom Tod seines Vaters brachte. Er spürte ihre Küsse zum Abschied, bevor sie ihn nach Tartus schickte, weich und warm und voller Liebe.

»Weißt du nicht mehr, was du mir erzählt hast, wie du nach Salzburg gekommen bist«, erinnerte Rami ihn. »Und wie schön das war. Auch das von den netten Leuten, ohne die du es nie geschafft hättest?«

Wieder machte es KLICK! bei Nasri. *Das war am 17. Dezember 2012 mit Brigitte und Elmar. Das war einer der schönsten Tage in meinem Leben. Keine Trümmer, keine Soldaten, freundliche Menschen und lachende Kinder, hektischer Verkehr. Man konnte das Haus verlassen, ohne angsterfüllte Blicke zum Himmel, ohne Ausschauhalten nach Kondensstreifen von Kampfjets, ohne Lauschen nach ihrem Dröhnen oder nach dem Knattern der Hubschrauber, mit Assads Blutfässern an Bord. Fassbomben, gefüllt mit Sprengstoff, Nägeln oder Öl, die sie auch über Wohnvierteln abwarfen, weil sich dort angeblich Rebellen versteckten. Es ging nur um Zerstörung und Tod. In Salzburg herrschte das Leben. Und es war weihnachtlich geschmückt, mit vielen Lichtern und Musik fast überall, wunderschön. Am nächsten Tag ging Rena mit mir warme Kleidung kaufen und hat mich eingeladen, bis nach Weihnachten zu bleiben. Aber ich wollte weiter nach München, zu Khaleed. Elmar hat mir das Zugticket gekauft, eine Prepaid-Karte fürs Handy und mir 100 Euro geschenkt. Brigitte hat fast geweint und mich gedrückt, als ich mich verabschiedete, wie Mama immer. Und sie haben sich so gefreut, als ich sie anrief, dass ich eine neue Familie und eine Lehrstelle habe. Letzten Sommer sind sie auf ihrem Weg zum Nordkap sogar auf einen Kurzbesuch vorbeigekommen. Rena und Michael haben diese tolle Grillparty geschmissen ...*

Rami wagte sich einen weiteren Schritt näher. »Seit du aus Homs weg bist, haben dir so viele Menschen geholfen.«

Nasri sah sich im LKW, der ihn von Tartus nach Latakia mitgenommen hatte. *Du musst nach Norden, hat der Mann damals gesagt, von dort gehen Schiffe nach Zypern. Der Kapitän des Frachters hat mich in seiner Kabine versteckt und der Besitzer des JazMaz hat mir die Taxifahrt nach Freimann bezahlt. Die Leute von*

Amnesty und der Flüchtlingshilfe haben ein neues Zuhause für mich gefunden ...

»Jeder hat es ehrlich gemeint!«, bekräftigte Rami. »Willst du es ihnen so danken? Die Wichser vom IS sind alle Lügner, sie benutzen die Leute. Sieh dich an, was aus dir geworden ist. Hasan hat uns immer vor ihnen gewarnt, erinnerst du dich nicht?«

Nasri starrte durch Rami hindurch, die Worte hallten in seinem Kopf. *Nehmt euch in Acht vor diesen Wichsern und lasst euch keine radikale Scheiße einimpfen! Sie wollen den Krieg, sie wollen den Tod. Ihre kranken Gehirne sind wie die Trümmerwüsten, die sie hinterlassen! Vergesst nie, wer euch eine neue Heimat gegeben hat und eine Ausbildung ermöglicht. Hier könnt ihr gut leben und habt eine Zukunft.*

»Willst du das kaputtmachen?«, hörte er Rami sagen.

Plötzlich: Stille. Der Alarm hatte aufgehört.

Durch Nasri ging ein Ruck. Schon spürte er Ramis harten Griff, als dieser ihm das Handy abnahm. Schreiend versuchte er, es ihm wieder zu entreißen. Rami warf Leonie das Handy zu, die es auf die kurze Distanz leicht auffangen konnte. Nasri wollte hinterherhechten, doch Ramis Faustschlag in die Magengrube stoppte ihn. Gekrümmt vor Schmerzen ging er zu Boden. Ehe er sich versah, drehte Rami ihn auf den Rücken und setzte sich auf seinen Brustkorb. Zu guter Letzt drückte er ihm mit den Knien die Arme nach unten.

»Hör auf dich zu wehren, Mann! Ich lass dich nicht mehr los!«

Rami lastete wie ein zentnerschwerer Sack auf ihm. Sein Schlag hatte ihn ausgeknockt und heftige Bauchschmerzen verursacht. Ihm fehlte sogar die Kraft, mit den Beinen zu strampeln, ihm war zum Heulen zumute. *Nicht vor Leonie, nicht vor ihr! Diese Blöße gibst du dir nicht! Rami muss mir helfen, nur er kann es!* »Tu-tut mir leid, Rami, ich-ich wo-wollte das nicht«, stammelte er. »Er wollte es, der Doc. Ziyad will, dass alle brennen! Ihr müsst die Polizei anrufen!«

»Was issn hier los?«, rief Pascal entsetzt, der gerade mit Ausbilder Doll und zwei Männern der Werkfeuerwehr erschien.

Rami sah auf. »Ruft die Polizei, schnell. Das Zeug ist in der Tasche!«

Einer der Feuerwehrmänner zog sie ein Stück heran und öffnete sie vorsichtig. »Scheiße, voller C4! Es war kein Scherz, alle raus hier!«

✦

Verdammt! Wieso melden die nichts! Ziyad sah auf seine Armbanduhr. *Gleich halb zwei, es müsste längst passiert sein!* Ungeduldig starrte er auf den kleinen Flachbildfernseher in seinem Büro. Er hatte durch alle Nachrichtenkanäle gezappt, die lokalen und die bundesweiten – Fehlanzeige, kein News-Ticker, kein Bericht, keine Sondersendung zum Anschlag, auch auf deren Internetseiten und bei Twitter fand er nichts.

Er schaltete das Radio ein. *Die sind meistens schneller*, dachte er. Auf Galaxy, einem Lokalsender, lief Rockmusik. Er suchte weiter, bei Bayern 3 stoppte er.

» ...unterbrechen wir unser aktuelles Programm für eine wichtige Meldung aus Ingolstadt«, sagte der Sprecher. »Im Audi-Werk wurde heute, dank der Wachsamkeit eines Auszubildenden, ein Terroranschlag vereitelt ...«

Ziyads Züge erstarrten, er drehte den Ton lauter.

»Der mutmaßliche Täter, nach unseren Informationen ebenfalls ein Azubi, wurde festgenommen. Das evakuierte Firmenareal bleibt vorerst gesperrt, Spezialeinheiten suchen nach weiteren, möglichen Sprengstoffverstecken. Alle Zufahrtsstraßen zum Werk sind ebenfalls gesperrt, der Verkehr wird weiträumig umgeleitet ...«

»Verdammt! Was ist da schief gelaufen?«, zischte Ziyad und fuhr hoch. Er schaltete das Radio aus und widmete sich wieder dem Fernsehgerät. Im Stehen, mit nervös klopfendem Fuß, suchte er nach den Bildern zum eben gehörten Newsflash. Auf *intv* wurde er fündig. Das Ingolstädter Lokalfernsehen zeigte live Tor 6 von Audi, davor mehrere Streifen- und Rettungswagen, Einsatzfahrzeuge von Bundespolizei und Werkfeuerwehr. Am unteren Bildrand lief ein Ticker: +++ Attentat auf Audi in Ingolstadt vereitelt +++ mutmaßlicher Täter gefasst +++

Ziyad warf die Fernbedienung in den Sessel.

» ...konnte der Anschlag auf das Werk verhindert werden«, kam es aus dem OFF. Reporter Roman Paul, dem die Stimme gehörte, erschien im Bild. Bei ihm standen ein Polizist in Uniform und ein Mann in roter

Outdoorjacke über dem Anzug. Dessen Name wurde eingeblendet: Marc Bäumer, Unternehmenssprecher.

»Dank der Wachsamkeit unseres Auszubildenden Rami Haddad ist alles glimpflich verlaufen«, sagte er sichtlich erleichtert. »Wir sind ihm zu großem Dank verpflichtet. Herr Haddad ist KFZ-Mechatroniker im ersten Lehrjahr. Sein Handeln war vorbildlich und heldenhaft. Das Unternehmen Audi dankt auch den Einsatzkräften für ihr schnelles Handeln.«

»Vielen Dank, Herr Bäumer.« Paul wandte sich an Polizeisprecher Donhauser. »Die genauen Umstände haben Sie den Zuschauern vorhin bereits erläutert, was geschah mit dem Sprengstoff?«

»Die Tasche wurde samt Inhalt aus dem Gebäude gebracht und die Bombe von Spezialisten entschärft.«

»Können Sie uns zur Identität des Attentäters etwas mehr sagen?«

»Er ist psychisch auffällig und stand unter Medikamenteneinfluss. In einem ersten Verhör sagte er, es täte ihm leid, sein Arzt habe ihn zu der Tat angestiftet. Er kooperiert mit uns, um diesen Mann zu fassen. Die Ermittlungen hat die Bundesanwaltschaft übernommen.«

Kooperiert! – Scheiße, der Idiot hat geredet! Jetzt habe ich die Bullen am Arsch! Ziyad ballte beide Hände so zur Faust, dass die Knochen weiß hervortraten. *Dieser Versager! Verdammt, wenn man nicht alles selber macht!* Er schnappte sich die Autoschlüssel vom Schreibtisch und rannte aus dem Büro.

Der Fernseher lief weiter.

»Vielen Dank, meine Herren«, sagte Paul. »Soweit der Livebericht vom Audi-Werk, zurück ins Studio.«

»Vielen Dank, Roman ... Entschuldigung, meine Damen und Herren.« Der Sprecher fasste sich an den Ohrhörer und lauschte kurz. »Ich bekomme gerade die Info aus der Regie, dass die Polizei das Fahndungsfoto des mutmaßlichen Drahtziehers veröffentlicht hat.« Ein Foto von Ziyad wurde eingeblendet.

Nur Sekunden später läutete das iPhone auf dem Schreibtisch mit ›Frühling‹ von Vivaldi, ›Annette‹ stand auf dem Display. Nach dem fünften Mal verstummte es.

Ziyad hetzte vom Flur ins Treppenhaus. Im Erdgeschoss angelangt, wäre er beinahe der Polizei in die Arme gelaufen. *Scheiße! Die sind schon hier!* Er machte Kehrt und nahm den Umweg über die Radiologie. Dort befand sich ein Nebeneingang für die ambulanten Behandlungen. *Den werden die Bullen nicht kennen.*

Er lag richtig, unbehelligt erreichte er das Freie. Seinen BMW hatte er vorhin außerhalb des Klinikgeländes geparkt, in einer Seitenstraße. *Das war Vorsehung!*, dachte er. Bevor er einstieg, sah er sich um, kein Mensch weit und breit. *Die hocken sicher alle vor der Glotze.* Er steckte den Zündschlüssel ins Schloss, holte ein anderes Smartphone aus der Hosentasche und wählte Yassirs Nummer.

Dieser meldete sich nach einmal läuten. »Ich weiß Bescheid, ich habe die Nachrichten gesehen. Kamal hat den Jeep im Parkhaus abgestellt.«

»Perfekt, wir sehen uns später auf dem Hof.« Ziyad gab Gas. In einer guten halben Stunde wäre er in Sicherheit und konnte Operation Gomorra vorbereiten.

ANNETTE

Mit zittrigen Fingern tippte Annette Ziyad die Nachricht an ihren Mann in Whatsapp: ›Warum gehst du nicht ran, Schatz? Wo bist du? Das stimmt doch nicht, was sie im Fernsehen sagen, oder? Bitte, bitte, melde dich!‹

»Im Zusammenhang mit dem vereitelten Sprengstoff-Attentat bei Audi wiederholen wir den Fahndungsaufruf der Kriminalpolizei Ingolstadt«, sagte der *intv*-Sprecher in der Sondersendung.

Fassungslos starrte Annette wieder zum Fernseher.

»Gesucht wird Dr. Badru Ziyad. Sie sehen ihn hinter mir eingeblendet. Er ist 1,81 groß, schlank, kahlköpfig, und hat braune Augen. Bekleidet ist er vermutlich mit Jeans, grauem Pullover und einer blauen Winterjacke. Er spricht akzentfrei hochdeutsch, daneben arabisch, Farsi und Paschtu. Er fährt einen BMW 530d Touring, Farbe graumetallic, das amtliche Kennzeichen lautet IN-ZI 5299. Hinweise nimmt die Polizei in Ingolstadt unter der Telefonnummer 0841 93430 entgegen, außerdem jede andere Polizeidienststelle und der Kriminaldauerdienst 0800 555 3009. Diesen Aufruf finden Sie ab sofort auch auf unserer Internetseite. Zum weiteren Geschehen halten wir Sie auf dem Laufenden, bleiben Sie dran.«

Annette schüttelte vehement den Kopf. *Nein, das kann nicht sein! Die verwechseln ihn mit jemand anderen!*

An der Tür läutete es.

Annette zuckte zusammen. *Badru! Gott sei Dank!* Sie eilte in den Flur. Durch die Opalglas-Scheibe in der Haustür erkannte sie Umrisse eines Mannes. »Endlich!« Sie riss die Tür auf und erstarrte vor den zwei fremden Männern und den uniformierten Polizisten.

»Grüß Gott«, sagte der Ältere in Zivil. »Frau Annette Ziyad?«

»Ja.« Sie nickte beunruhigt. »Grüß Gott.«

»Gruber, Kripo Ingolstadt«, stellte er sich vor. »Das ist mein Kollege Huppmann.«

Annette wurde kreidebleich. *O Gott! Es ist kein Irrtum!* Sie krallte die Finger ihrer rechten Hand in die Tür, die der linken in den Türrahmen.

»Frau Ziyad, ist Ihr Mann zu Hause?«

»N-nein, er ist nicht zu Hause.« Ihre Stimme bebte.

»Dürfen wir bitte reinkommen?«

Nach einer gefühlten Ewigkeit in Schockstarre, löste Annette ihre Finger von der Tür und machte den Kommissaren stumm Platz.

KRISENSITZUNG

Gruber setzte seinen Namen schwungvoll unter den Bericht. »Was für ein Tag.« Er lehnte sich zurück. »Alles, was der Junge am Montag gesagt hat, stimmte.«

»Du hast ihm ja nicht geglaubt!«, tadelte Huppmann.

»Naja, das hat sich alles ziemlich spinnert angehört. Und nein, ich bin nicht ausländerfeindlich!«

Huppmann verschränkte die Arme. »Hab ich irgendwas gesagt?«

»Nein«, brummte Gruber.

»Zum Glück ist alles gutgegangen. Es gehört viel Mut dazu, sich seinem Freund in den Weg zu stellen.«

»Das hätte ich dem Spargeltarzan gar nicht zugetraut.« Grubers Telefon läutete, er nahm ab. »Hier Gruber ... Okay, danke.« Er legte wieder auf. »Das BKA ist da.«

Huppmann sah auf seine Armbanduhr. »Kurz nach fünf, das ging aber schnell, ich hole sie unten ab.«

»Okay, ich sag dem Präses Bescheid, wir sehen uns im großen Besprechungsraum.«

Kriminalhauptkommissar Markus Graf war mit seinem dreiköpfigen Team, in persona Krieger, Braukamm und Johansson, per Hubschrauber angereist. Sie hatten sich in die wichtigsten Informationen zum vereitelten Attentat bei Audi während des Fluges eingelesen. Es galt keine Zeit zu verlieren, deshalb fiel die Vorstellung bei Polizeichef Mattheis kurz aus.

Danach kam Graf gleich zur Sache. »In Deutschland geboren, Akademiker, krisensicherer Job – warum wird einer wie Ziyad radikal?«

»Das frage ich mich auch«, sagte Gruber. »Er will die Welt verändern und die Ungläubigen bestrafen, meinte der verhinderte Attentäter.«

Graf hob eine Augenbraue. »Ich frage mich, ob der Junge wirklich wusste was er tat, bei den Psychopharmaka, die er intus hatte. – Gibt es sonst noch wichtige Infos?«

»Ziyad betreibt eine Privat-Praxis im Wohnhaus, eine ziemlich große Hütte mit Garten.«

»Hier in Ingolstadt?«

»Ja, in der Wittelsbacher Straße. Er ist verheiratet mit einer Deutschen, hat zwei Kinder, zwei Fachbücher geschrieben und arbeitet ehrenamtlich als Dolmetscher für das Netzwerk Asyl. Das ist eine städtische Einrichtung, sie untersteht dem Amt für Soziales, Sachgebiet Asylbewerberangelegenheiten. Jeder dort beschreibt ihn als freundlich, beliebt, besonnen und zuvorkommend.«

»Wurden die Arztkollegen und das Pflegepersonal im Krankenhaus schon befragt?«

»Alle, die heute da waren. Sie sagen dasselbe wie die Leute beim Netzwerk.«

»Sind Verbindungen zu Islam-Vereinen oder radikalen Gruppen bekannt?«

»Nein, keine.«

»Mitglied in anderen Vereinen?«

»Nur im Tennisclub hier, das Umfeld wird geprüft.«

»Was haben die Razzien ergeben?«, fragte Krieger.

Das war Huppmanns Part. »In seinem Büro in der Klinik wurde nichts gefunden, was mit dem Anschlag in Verbindung gebracht werden könnte. Im Wohnhaus ist die Spusi noch zugange.«

»Ziyad hat irgendwo sicher ein Versteck und Helfer«, meinte Krieger. »Vielleicht findet man Hinweise im Haus.«

»Die Bankkonten sind jedenfalls sauber.«

»Was sagte seine Frau?«, fragte Graf.

»Die hatte keine Ahnung«, antwortete Gruber. »Das glaube ich ihr sogar, sie ist aus allen Wolken gefallen, als wir vor der Haustür standen.«

»Der Mann führt ein Doppelleben und die Ehefrau ahnt nichts, wäre nicht das erste Mal. Entweder sie ist naiv oder er hat es geschickt angestellt oder beides. – Was macht sie beruflich?«

»Sie ist gelernte MTA, zurzeit Hausfrau und Mutter, außerdem kümmert sie sich um die Verwaltung der privaten Praxis.«

»Okay. – Wo ist sie jetzt?«

»Wieder zu Hause, gegen vier Uhr hat sie in Begleitung einer Kollegin die Zwillingssöhne aus dem Kindergarten abgeholt.«

»Wie alt sind die beiden?«

»Vier.«

»Haben Sie die Familie unter Schutz gestellt?«

»Ja, rund um die Uhr. Außerdem Rami Haddad, seine Pflegeeltern und die Familie des Audi-Attentäters, wir befürchten Ziyad könnte sich rächen. Auch Hasan Tantawi, der von diesem mysteriösen Khan angeschossen wurde. Er sagte, diesem radikalen Spinner wäre alles zuzutrauen.«

Graf rieb sich die Nasenwurzel. »Vielleicht gibt es einen Zusammenhang zwischen Ziyad und Khan. Beide hatten es auf große Firmen abgesehen. Sie könnten zur selben Gruppe gehören, Einzeltäter agieren anders.«

»Schon möglich.«

»Hat man Ziyads BMW schon gefunden?«

»Nein.«

»Handy?«

»Er hat ein iPhone im Büro liegen lassen. Aber da war nichts Brisantes drauf, nur Anrufe und Nachrichten an die Frau und umgekehrt, außerdem Familienfotos.«

»Er wird ein zweites haben.«

»Wo leben seine Eltern?«, fragte Johansson.

»In Burgwedel«, antwortete Gruber.

»Überprüfen«, ordnete Graf an. »Das gesamte Umfeld, andere Verwandte, Kommilitonen, Freunde von früher et cetera. Ziyad ist seit fast vier Stunden untergetaucht, der kann überall sein. Wir weiten die Fahndung bundesweit aus, beziehen die grenznahen Gebiete mit ein.«

KETTEN

Nasri fröstelte, obwohl im Verhörraum die Zentralheizung lief. *Ich hab heute noch keine Tabletten genommen, liegt sicher daran. Aber ich will keine mehr nehmen, die Dinger machen mich schwach und willenlos. Ich wäre beinahe zum Massenmörder geworden, wenn das Handy eingeschaltet gewesen wäre und Rami sich mir nicht in den Weg gestellt und eine verpasst hätte!* Tränen traten in seine Augen, verstohlen wegwischen konnte er sie nicht. Seine Hände steckten in Handschellen. Der fensterlose Verhörraum war genauso karg eingerichtet, wie er es aus Filmen kannte, mit einem Spiegel, einem Tisch, darauf ein Mikrofon nebst Aufnahmegerät, und mehreren Stühlen. Der Polizist an der Tür, in schusssicherer Weste und mit einer Maschinenpistole bewaffnet, zeigte Pokerface.

Nasri legte die gefesselten Hände in den Schoß und rieb die Finger aneinander.

Sein Anwalt Dr. Kuhn, der neben ihm saß, bemerkte es. »Sitzen die Dinger zu eng?«

»Nein, mir ist nur ein wenig kalt.«

»Darf ich die Heizung etwas höher aufdrehen?«, fragte Kuhn den Polizisten.

»Geht nicht, die ist Thermostat-gesteuert.«

»Sollen wir deine Jacke holen lassen, Nasri?«

»Muss nicht sein, Herr Kuhn. Es wird langsam besser.« *Er sorgt sich um mich, das ist nett.*

Michael hatte ›Du kannst ihm vertrauen‹ gesagt, bevor sie ihn hier hineinführten. Da noch mit den Fußfesseln, die man ihm aufgrund von Dr. Kuhns Beschwerde ›Was soll das? Mein Mandant kooperiert doch!‹ wieder abgenommen hatte.

Das Laufen mit den Dingern war so abartig, dachte Nasri. *Man macht einen Schritt, dann wird man förmlich zurückgerissen und muss trippeln. Ein blödes Gefühl. – Was wird Rena gedacht haben, als sie mich vorhin so gesehen hat, behandelt wie ein Schwerverbrecher. Aber ich habe es verdient. Was würde Mama denken, wie würde sie sich fühlen? Ya salâm! Das würde sie mir nie verzeihen! – Ob Rena und Michael noch draußen warten? Wer weiß wie lange das hier noch dauert. Sie waren immer gut zu mir und jetzt mache ich ihnen solchen Kummer.* Er schniefte. *Wie spät ist es eigentlich?* Er hatte kein Zeitgefühl mehr. *Meine Uhr haben sie mir auch abgenommen.* Er schielte zu Kuhn, aber dessen Armbanduhr war durch den Jackenärmel verdeckt. Er seufzte. *Sie lassen mich warten, um mich mürbe zu machen, obwohl ich ihnen alles gesagt habe.*

Beim ersten Verhör, in einem Büro, war er von einem Kommissar namens Gruber und dessen Kollegen mit einem Pferdeschwanz befragt worden, von dem er nur noch den Vornamen wusste, Felix. Die beiden hatten ihn auch ins Präsidium gebracht.

Die Tür ging auf. Gruber, zwei Aktenhefter unter den Arm geklemmt und begleitet von einem großen, grauhaarigen Modellathleten in weißem Hemd und Blue

Jeans, betrat den Raum. Nasri schätze ihn auf Michaels Alter, etwa Mitte vierzig. *Wer ist das jetzt wieder?*

Der Polizist schloss die Tür hinter ihnen und bezog wieder Position davor.

»Meine Herren, das ist Hauptkommissar Graf vom BKA«, stellte Gruber ihn vor, bevor er sich ihnen gegenübersetzte.

BKA? Nasri fuhr erschrocken zusammen. *Scheiße, jetzt haben sie mich echt am Wickel!*

»Dr. Kuhn, Rechtsanwalt, und sein Mandant Nasri Masoud«, sagte Gruber und kam den beiden zuvor, ihre Namen zu nennen.

»Guten Abend«, erwiderte Kuhn.

Nasri warf ihm einen Seitenblick zu. *Guten Abend? Dann ist es sicher sechs Uhr durch. Ich bin jetzt über vier Stunden hier! Rena und Michael sind bestimmt schon nach Hause gefahren.* »Guten Abend«, sagte er leise.

Graf nickte und bezog vor dem Spiegel Stellung, von wo er einen guten Blick auf alle am Tisch sitzenden Personen hatte. Gruber öffnete die Akte.

Nasri saß wie auf Kohlen. »Ich hab doch alles gesagt, was ich weiß.«

Dr. Kuhn legte eine Hand beschwichtigend auf Nasris Arm.

»Sie reden nur, wenn Sie gefragt werden!«, knurrte Gruber ihn an. »Verstanden?«

Nasri nickte und senkte den Kopf. »Entschuldigung.« *Bei dem bin ich echt unten durch. Scheiße!* »Was passiert jetzt mit mir?«

»Abwarten.« Gruber nahm die zweite Akte und schlug sie auf. »Sie erwähnten vorhin, Dr. Ziyad würde Ihren Freund Hasan kennen.«

»Ja, das ist richtig. Er sagte ›Ich beobachte ihn, schon lange. Er wird für seine Taten büßen‹. Vielleicht hat *er* ja auf ihn geschossen.«

»Woher wissen Sie davon?«

»Von Mama, ähm Rena Bauer, als sie mich gestern besucht hat.«

»Ihre Freunde glauben, ein Mann namens Khan wäre es gewesen.«

»Das war der, der Hasan im Oktober zu einem Attentat auf die Raffinerie verleiten wollte.«

»Was wissen Sie über ihn?«, fragte Graf.

Nasri sah ihn an. »Nur das, was Hasan Ihnen damals erzählt hat. Er hatte Angst vor ihm.«

Gruber wandte sich kurz zu Graf. »Das sagte Rami Haddad auch.«

»Könnten Dr. Ziyad und dieser Khan sich kennen?«, stellte Dr. Kuhn in den Raum.

»Durchaus möglich«, sagte Graf und kam näher. »Ich glaube nicht, dass hier in der Stadt zwei islamistische Terrorzellen parallel existieren.«

Islamistische Terrorzellen? Nasri schluckte.

Gruber kratzte sich am Kinn.

»Mir fällt noch was ein!«, sagte Nasri plötzlich. »Hasan hat damals erzählt, dass dieser Khan mit einem schwarzen Jeep wegfuhr.«

»Moment«, Gruber schlug die zweite Akte auf und blätterte nach hinten. »Hier, Oktober 2015, schwarzer Jeep, Typ Wrangler, Softtop, älteres Baujahr. Kennzeichen ist nicht bekannt.«

»Haben Sie den Wagen nach dem Mordanschlag auf Herrn Tantawi suchen lassen?«, fragte Dr. Kuhn.

»Natürlich«, erwiderte Gruber grimmig. »War bisher ebenso erfolglos wie die Suche nach diesem ominösen Khan.«

ENTLARVT

Hasan sah fern, zum ersten Mal heute, bis kurz vor dem Abendessen hatte er geschlafen. Gerade liefen die 19-Uhr-Nachrichten auf *intv* mit der Berichterstattung über den vereitelten Anschlag auf Audi. Der Lokalsender wiederholte das Interview von Roman Paul mit Rami am Nachmittag.

»Nasri ist nicht nur ein Kollege, er ist mein Freund!«, sagte Rami direkt in die Kamera. »Er war nie radikal, er hasst Gewalt und Krieg. Er spielt nicht mal Ballerspiele! Dieser Psycho-Doc ist schuld, er hat ihn mit Tabletten vollgepumpt und ihm eine Gehirnwäsche verpasst!«

»Es war sehr mutig, sich Ihrem Freund in den Weg zu stellen«, lobte Paul.

Hasan nickte anerkennend. *Kaum zu glauben, hat bisher kaum eine Entscheidung allein getroffen und dann das! Der Kleine ist wirklich erwachsen geworden.*

»Das hätte jeder getan«, sagte Rami zu Paul. »Ich war schon in der Hölle, dort will ich nie wieder hin ...«

An der Tür klopfte es, Hasan schaltete mit der Fernbedienung nur den Ton aus. »Ja, bitte!«

Rami spitzte zur Tür herein. »Hi.«

»Hi«, sagte Hasan, der sich sehr freute.

Rami stellte die Sporttasche neben das Bett und begrüßte ihn mit Handschlag, Umarmung und Bruderkuss, wie immer.

»Danke dir, für alles.« Hasan drückte ihn ganz fest.

»Das hättest du auch getan.«

»Du bist mein Held.«

»Quatsch!«

»Doch! Ich sage nie wieder Kleiner zu dir.«

Rami lächelte milde. »Seit wann wirst du bewacht?«

»Seit gestern Mittag.« Hasan zwinkerte ihm zu. »Mein neuer VIP-Status.«

»Ich stehe auch unter Polizeischutz«, sagte Rami. »Weil dieser Ziyad sich an mir rächen könnte.«

»Noch so ein irres Arschloch, wie Khan.«

»Hast du Schmerzen?«

»Nein, in der Infusion ist was drin dagegen.«

»Trotz allem, wenigstens hast du ein schönes Zimmer, nur ein Bett und sogar mit Fernseher.«

»Hat Janina gemanagt.«

»Der Polizist vor der Tür wollte meinen Ausweis sehen und hat die Tasche durchsucht.«

»Sie lassen nur Leute zu mir, die auf der Liste stehen.«

»Glaubst du, dieser Khan, wenn er es war, wird es nochmal versuchen?«

»Solange er frei herumläuft, will die Kripo sichergehen. Für die Öffentlichkeit liege ich im Koma. Sie haben es so an die Presse rausgegeben. Auf der Intensivstation steht ein Polizist in Zivil, das Pflegepersonal ist eingeweiht.«

»Ich kann schweigen, meine Leute auch. Die Bauers wähnen dich auf der Intensivstation.«

»Und das soll so bleiben. Kommissar Gruber meinte, je weniger es wissen, desto besser.«

»Was ist mit PetroTec?«

»Sie wissen Bescheid, die Kripo hat dort angerufen und Janina die AUB direkt an meinen Chef geschickt. Ich bin ja einige Zeit außer Gefecht.«

»Wie lange?«

»Sie meinte vier Wochen.«

»Und wann darfst du nach Hause?«

»Mitte nächster Woche, sofern sich die Wunde nicht entzündet.«

»Okay, verständlich.«

Hasan seufzte. »Was du heute getan hast, war echt mutig, das kann man nicht oft genug wiederholen.«

»Unser Ausbilder und die Werkfeuerwehr hielten das mit der Bombe zuerst für einen Scherz.«

»Diese Idioten!« Hasan schüttelte den Kopf. »Danke, dass du trotzdem hergekommen bist.«

»Hey, wozu sind Freunde da! Du brauchst doch Klamotten und Waschzeug. – Außerdem, der Polizist, der mich bewacht, hat mich gefahren. Er wartet unten.«

»Toller Service.«

»Ich wollte gestern Abend schon herkommen, aber Janina meinte, das wäre zu früh.«

»Stimmt, da war ich noch etwas neben der Spur. Hast du mein Handy dabei?«

»Klar.« Rami holte es aus seiner Jackentasche. »Ich glaube, ein paar Anrufe und Messages sind gekommen.«

»Ich checke sie später.« Hasan blies Luft aus. »Verrückte Zeiten, oder?«

»Total verrückt, Mann!«

»Diese fanatischen Wichser haben inzwischen überall ihre Leute. Khan hatte PetroTec im Visier und dieser Psycho-Doc Audi.«

»Das Dreckschwein hat Nasri benutzt«, sagte Rami. »Das macht mich so wütend!«

»Wie heißt er nochmal?«

»Ziyad, Badru Ziyad.«

»Woher kommt er?«

»Er ist Deutscher, seine Eltern stammen aus dem Libanon. Sie mussten 1977 vor dem Bürgerkrieg fliehen, das hat Baba von den Bauers erfahren. Jetzt ist er untergetaucht.«

»Hoffentlich finden sie diesen Wichser bald. – Ich habe vorhin das Interview mit dir gesehen, der Höllen-Satz war gut.«

»Danke, aber der Reporter stierte dauernd auf meinen Hals, sicher wollte er bohren.«

»Du musst dich deswegen nicht schämen.«

»Zum Glück kam unser PR-Mann.«

»Er sagte auch, dass du ein Held bist.«

»Mann, hör auf jetzt!«

»Nö«, feixte Hasan. »Der Held von Audi, so wird es in allen Zeitungen stehen.«

»Ich hoffe, die Presseheinis tauchen nicht bei uns zu Hause auf. Der Rummel heute hat mich genervt.«

»Du bist berühmt, gewöhn dich dran.«

»Hey, weißt du was, Leonie hat sich später vor den Jungs geoutet.«

»Das nenne ich mutig. Und?«

»Hat keinen gejuckt.«

»Wie ich immer sage, es wird nichts so heiß gegessen wie es gekocht wird.«

»Sie sagte, es war falsch, nicht offen gewesen zu sein, dass Nasri sich wegen ihr umbringen wollte und sie deshalb mit Schuld sei.«

»Wow! Das ist ihr sicher schwer gefallen.«

»Ich hab mich bei ihr entschuldigt, weil ich sie so blöd angemacht habe.«

»Du bist ein Großer.«

Rami grinste. »Wenn du es sagst, muss es stimmen.«

»Was passiert jetzt mit Nasri?«

»Er ist noch in U-Haft.«

»Hoffentlich schieben sie ihn nicht ab.«

»Baba meinte, er wird in eine Klinik für psychisch kranke Straftäter eingewiesen.«

»Fuck! Dort sind doch auch richtige Psychos, Serienkiller, Kinderschänder und Vergewaltiger, hoffentlich machen die Nasri nicht fertig.«

»Das hoffe ich auch.«

»Hat Nasri noch irgendwas zu dir gesagt, bevor sie ihn abführten?«

»Dass es ihm leid tut. Er wollte uns nicht sehen, weil er auf Leonie und alles andere sauer war. Sein Psycho-Doc hat ihn aufgestachelt und ihm eingeredet, wir wären nicht gut für ihn.«

»Dieser verdammte Wichser! Ich hatte gleich so ein blödes Gefühl. Nasri war nie so drauf. Wie konnte er sich nur so einlullen lassen?«

»Mama sagt, es lag auch an den Medikamenten.«

»Verstehe, dann hat sein Gehirn ausgesetzt und er wurde zur Marionette.«

»Nasri hat sich bei mir auch für den Schlag bedankt«, meinte Rami beiläufig.

»Welchen Schlag?«

»Meinen, in seine Magengrube.«

»Du hast ...?« Vor Staunen blieben Hasan die Worte im Mund stecken.

»Ich wusste mir nicht anders zu helfen, er war völlig durch den Wind.«

»Naja, in Filmen werden hysterische Weiber auch immer geohrfeigt.«

»Daran habe ich gar nicht gedacht, aber es hat gewirkt.«

Hasan seufzte. »Ich hoffe, Nasri wird wieder der Alte.«

»Das hoffe ich auch. Sobald sie es erlauben, besuchen wir ihn, okay?«

»Okay.«

»Darfst du schon aufstehen?«

»Bis zum Bad schaffe ich es gerade so, ich habe keinen Bock in die Flasche zu pinkeln. Ich hoffe, dass ich die Drainage morgen los bin, wenn die Physiotherapeutin kommt. – Was anderes, hast du meinen Rasierapparat eingesteckt?«

»Mist, hab ich vergessen.«

»Nicht so schlimm.«

Rami legte den Kopf schief. »Willst du dich wegen der Physiotherapeutin rasieren?«

178

»Nein, die ist mir zu alt.« Hasan kratzte sich am Bart. »Janina meint, ich sehe beschissen aus.«

»Spinnt die, wegen der paar Stoppeln? Außerdem sagt das die Richtige, sie sieht auch nicht gerade fit aus. Ich bin am Montagabend total erschrocken. War sie krank?«

»Sie sagte, es läge am Stress.«

»Ach so. – Ich bringe deinen Rasierapparat morgen mit. Ich kann früher da sein, hab zwei Tage Sonderurlaub.«

»Cool!« Hasan zeigte zur Sporttasche. »Das ist aber nicht meine.«

»Die hat mir Baba geliehen, unsere sind noch in deinem Auto. Das steht bei der Polizei, als Beweismittel.«

»Verstehe.«

»Baba holt es, sobald sie es freigeben.«

»Super, danke.«

»Ich hab Klamotten, Schlappen, deine anderen Turnschuhe und den Kulturbeutel aus deiner Wohnung geholt. Ich hoffe, das ist okay.«

»Klar, behalte den Schlüssel, wegen der Post und so.«

»Mach ich. – Ich räume schnell dein Zeug in den Schrank.« Rami öffnete die Tasche. »Deine Geldbörse hab ich auch dabei. Am Montag hab ich nur die AOK-Karte rausgenommen, sonst nichts angefasst.«

»Hey, ich glaube dir, war schließlich ein Notfall.«

»Deinen Parka hänge ich mit rein. Ich hab den gleich wieder mitgenommen, Blut ist keins dran.«

»Ist absolut okay, danke.«

Als Rami fertig war, stellte er die leere Sporttasche auf den Kleiderschrank. »Wohin mit dem Waschzeug?«

»Kommt ins Ba... « Hasan stockte der Atem, gebannt starrte er auf den Fernseher. Das Fahndungsfoto von Ziyad wurde eingeblendet. »Fuck! Das ist Khan!« Er drehte den Ton wieder laut.

Rami fuhr herum. »Das ist Nasris Psycho-Doc!«

»Im direkten Zusammenhang mit dem heute vereitelten Terroranschlag bei Audi fahndet die Polizei weiter nach Dr. Badru Ziyad ...«, verlas die Moderatorin.

»Fuck! Fuck! Fuck! Viermal Fuck!«, rief Hasan, mit der Fernbedienung zum Bild deutend. »Das ist dieser Wichser Khan!«

»Ohne Scheiß?«

»Ohne Scheiß! Er hat zwar keine Haare und keinen Bart mehr, aber diese Augen vergesse ich nie! – Jetzt wird mir Einiges klar: Ziyad musste verhindern, dass ich ihm in der Klinik über den Weg laufe, wenn ich Nasri besuche. Ich kann ihn identifizieren, deshalb wollte er mich umlegen! Es ist noch nicht vorbei.«

»Ich sollte mein Feldbett hier aufstellen, Platz wäre genug«, sagte Gruber, der nach Hasans Anruf in Begleitung von Graf hergekommen war.

»Dann würde ich mich noch sicherer fühlen.« Hasan wandte sich zu dem BKA-Mann. »Sie kenne ich noch nicht, mein Name ist Hasan Tantawi.«

»Markus Graf, BKA«

»BKA? Die Sache zieht ja weite Kreise! Aber das ist gut. Khan, ähm Ziyad, wird nicht aufgeben. Das ist ein Fanatiker. Wie ich am Telefon sagte, ich glaube, er hat die Raffinerie noch immer im Visier.«

»Die Hauptzufahrt zum Firmengelände ist komplett gesperrt«, sagte Gruber. »Es werden nur noch Mitarbeiter mit gültigem Betriebsausweis durchgelassen und zusätzlich durchsucht. Die anderen Straßen in der Umgebung sind ebenfalls dicht. Die Werkfeuerwehr ist in höchster Alarmbereitschaft. Dasselbe gilt für das Tanklager in Lenting. Die Security von PetroTec schickt außerdem Quadrocopter mit Infrarotkameras zur Luftraumüberwachung hoch.«

»Hat dieser Khan damals erwähnt, wie Sie es machen sollten?«, fragte Graf.

»Nur zum Teil, ich wollte mir seine radikale Scheiße nicht weiter anhören und bin abgehauen. Er sagte, zwei oder drei Sprengsätze an den richtigen Stellen platziert, zum Beispiel an den großen Tanks, hätten den gewünschten Effekt. – Aber dazu man braucht schon ein paar Kilo. Ich bin sicher, er wird den Sprengstoff mit einem Auto transportieren. Damit kommt er zwar nicht direkt an die Tanks, wegen der Sicherheitsbarrieren, aber das ist gar nicht notwendig. Er muss ihn nur an zwei oder drei richtigen Stellen platzieren, in Rucksäcken oder Taschen.«

»Und diese Stellen wären?«

»Zwischen den Tankgruppen sind Zufahrtswege, an ihnen entlang verlaufen Leitungsrohre. Es reicht wenn er die Sprengsätze an den Abzweigungen zündet, das Feuer kann sich von dort rasend schnell ausbreiten. Wenn es den Tank erreicht, dann möge Allah uns gnädig sein!« Theatralisch riss Hasan beide Arme hoch. »Wuuummm! Die Flammen schießen in die Höhe und riesige, schwarze Rauchwolken verdunkeln den Himmel. Je nach Menge des Sprengstoffes könnte das Feuer auf andere Tanks übergreifen, dann wird es monatelang brennen, wie 1991 auf den Ölfeldern in Kuweit!«

Grafs Züge erstarrten, diese Aussichten erschütterten auch einen Terrorexperten wie ihn. »Eine Apokalypse wie in der Bibel, wie Sodom und Gomorra?«

Hasan nickte. »Das passt genau zu diesem Irren. Auch wenn das Feuer gelöscht ist, wird man die Auswirkungen noch lange Zeit sehen, von der Belastung für die Umwelt ganz zu schweigen, schwarzer Regen, vergiftetes Trinkwasser ...«

ABKEHR

Nasri wand sich in der engen, sargähnlichen Holzkiste, schlug mit dem Gesicht und den Knien an den rauen Deckel. »Ich will raus hier! Lasst mich raus!« Plötzlich vernahm er ein Knistern und Rauchgeruch. Panik erfasste ihn. »Sie wollen mich verbrennen! Nein, bitte nicht!« Verzweifelt versuchte er, die Arme irgendwie hochzubekommen, um mit den Fäusten gegen die Seitenwände oder an den Deckel zu hämmern, stattdessen schürfte er sich die Haut am rauen Holz blutig. Es tat verdammt weh.

Das Knistern wurde zu einem lauten Brüllen und der Rauch drang durch die Ritzen. »Neeeiiinnn!« Nasri rang nach Luft und musste husten. »Bitte!«, krächzte er. »Warum hilft mir keiner?«

Die Hitze des Feuers ließ die Kiste erglühen, dann seinen ganzen Körper. Die Haut warf Blasen, höllische Schmerzen vernebelten seine Sinne. Er schrie und Dunkelheit umfing ihn.

In einem hellen Lichtkegel schwebte ein weiß gewandeter Engel zu ihm herab, die Lippen voll und rot wie Kirschen, die Augen dunkel und geheimnisvoll. Das lange, schwarze Haar fiel wie ein seidiger Schleier über die Schultern. Lächelnd streckte er eine Hand aus. »Komm zu mir, Nasri.« Mit langsam schlagenden Flügeln näherte er sich.

Nasri entdeckte, wie die Spitzen sich schwarz verfärbten und zu brennen begannen. »Vorsicht, das Feuer!«

»Ja, das reinigende Feuer!«, rief der Engel mit Ziyads Stimme. Von einer Sekunde auf die andere verwandelte er sich zu dem Arzt und mit jedem Schlag brannten die Flügel heftiger. »Komm mit mir!«

»Nein, niemals!«

Plötzlich schob sich das Gesicht seiner Mutter vor das Bild. »Nasri, folge ihm nicht, er ist das Böse!«

»Mama?« Ihr Bild verblasste. »Mama! Bleib bei mir!«

»Komm zu mir«, lockte der schwarze Ziyad-Engel, der jetzt einem Dämon glich.

»Lass mich in Ruhe, du Teufel!«, brüllte Nasri. »Du willst alle töten, die ich liebe! Das lasse ich nicht zu!«

Der Dämon streckte seine Krallen nach ihm aus.

»Neiiiiiin!«, brüllte er. »Verschwinde von hier!«

Donner grollte, Blitze zuckten, einer traf den Dämon. Er verbrannte und seine Asche schwebte zu Boden.

Nasri schreckte hoch und sah hinüber zu den vergitterten Fenstern seiner Einzelzelle, wo er im Morgenlicht eine Bewegung vernahm. Draußen schneite es dicke Flocken, die flauschigen Daunen gleich vom Himmel schwebten. *Al-ḥamdu li-llah! Ich lebe noch!*

Die Tür wurde aufgeschlossen, Kommissar Felix, dessen Nachname Nasri einfach nicht einfallen wollte, trat ein. »Wollen Sie Frühstück?«

»Ja, gern, danke«, antwortete er überrascht.

»Im Kaffee ist ein Schuss Milch, okay?« Huppmann

stellte einen Pappbecher und eine Tüte vom Bäcker auf den Klapptisch. »Und da ist ein Nusshörnchen drin, das dürfen Sie doch essen, oder?«

»Ja, vielen Dank.« *Wenigstens einer ist freundlich hier.*

»Zur Info: In einer halben Stunde kommen Ihre Pflegeeltern und Ihr Anwalt, Sie werden abgeholt.«

»Okay, danke.« *Hoffentlich von ihm.*

Nasris Wunsch erfüllte sich nicht, Gruber brachte ihn in den Verhörraum, heute nur in Handschellen. Rena und Michael saßen Dr. Kuhn am Tisch gegenüber. Er hätte seine Pflegeeltern zur Begrüßung so gern umarmt. Bevor sie aufstehen konnten, bedeutete Gruber ihnen wortlos, Platz zu behalten. Gestern war es ihnen auch untersagt worden. *Terroristen berühren verboten!* Gruber setzte sich ans Kopfende des Tisches, Nasri wieder neben Kuhn. Der Polizist bezog Posten an der Tür. Privatsphäre gleich Null.

Im Gegensatz zu gestern blickte Nasri heute wenigstens in vertraute, wenn auch sorgenvolle Gesichter. »Tut mir leid, dass ich euch so großen Kummer mache.«

»Wie gehts dir?«, fragte Rena besorgt.

»Ich habe schlecht geschlafen.«

»Naja, die ganze Aufregung.«

»Und weil ich keine Tabletten genommen habe.«

»Vielleicht sollte man diese nicht einfach so absetzen«, meinte Dr. Kuhn.

»Ich mache mich mal schlau«, sagte Rena. »Ich muss ohnehin deine Sachen aus dem Krankenhaus holen.«

»Ich will keine Tabletten mehr nehmen, die machen mich krank. – Was geschieht jetzt mit mir, komme ich in den Knast?«

»Nein, in ein spezielles Krankenhaus nach Günzburg«, sagte Michael. »Du bist vermindert schuldfähig, weil du psychisch angeschlagen warst und unter dem Einfluss starker Medikamente standest.«

Nasri legte den Kopf schief. »In ein spezielles Krankenhaus?« Er beobachtete Michael, der sich Rena mit ernster Miene zuwandte.

Sie seufzte. »Es ist eine forensische Klinik, eine für psychisch kranke Straftäter.«

Psychisch krank? Nasri lief ein eisiger Schauer den Rücken hinunter. »Ich will nicht wieder zu so einem Psychokacker wie Ziyad!« Hilfesuchend sah er sie an.

Rena wollte seine Hände nehmen, aber Grubers vehementes Kopfschütteln veranlasste sie, sie wieder zurückzuziehen.

Nicht einmal so darf sie mich anfassen, dachte Nasri.

»Mach dir keine Sorgen«, versicherte Rena. »Außerdem ist in Günzburg eine der modernsten Einrichtungen.«

Ängstlich krümmte Nasri den Rücken, sogar sein Körper wehrte sich gegen diese Aussichten. »Wie lange muss ich dort bleiben?«

»Das bestimmt ein neutraler Gutachter«, sagte Kuhn.

»Und wann muss ich da hin?«

»Heute, am späten Nachmittag.«

»Heute noch?«

»Das wurde so entschieden.«

»Und was ist mit Ziyad?« Nasri sah erwartungsvoll zu Gruber.

»Die Fahndung nach ihm läuft.«

»Ihr Freund, Herr Tantawi, hat ihn in der gestrigen Fahndungsmeldung als Khan erkannt.«

Nasri klappte die Kinnlade herunter, Rena schlug die Hände vors Gesicht.

Kurzes Schweigen.

Michael fand als erster wieder Worte. »Das ist jetzt nicht wahr!«

»Er hat ihn eindeutig identifiziert.«

»O Gott!« Rena suchte Michaels Hand zum Festhalten. »Und wir haben dich ihm ausgeliefert. Er hat dir diese Tabletten gegeben, dich manipuliert und zu seinem Werkzeug gemacht!«

»Ihr konntet das doch nicht wissen.« Reflexartig streckte Nasri seine Hände nach Rena aus, zog sie nach Grubers strengem Blick wieder zurück. *Er hasst mich wie die Pest!*

»Wieso haben wir es nicht bemerkt?«

Michael legte den Arm um Rena, in deren Augen Tränen standen.

Dieser Anblick machte Nasri traurig und wütend zugleich. »Er hat euch belogen, mich, alle!« Dann warf er einen fordernden Blick zu Gruber. »Sie müssen ihn finden, Herr Kommissar! Er wird wieder zuschlagen.«

»Das wissen wir. Herr Tantawi ist sicher, dass er die Raffinerie weiter im Visier hat.«

»Dieses Ungeheuer!«, rief Rena.

»Die Firmenleitung ist informiert und in Alarmbereitschaft. Die Eingangskontrollen wurden verschärft, kein Fremder kommt auf das Gelände.«

Nasri fuhr hoch. »Ich will dabei sein, wenn sie ihn schnappen. Ich will es mit eigenen Augen sehen. Er hat mich benutzt und mir mein Leben versaut, meine Zukunft! Ich will ihm eins in die Fresse hauen!« Er fletschte die Zähne und schlug mit den gefesselten Händen auf die Tischplatte.

»Hinsetzen!«, bellte Gruber. »Sie haben hier gar nichts zu wollen.«

GOMORRA

Schachhof. Die Uhr auf dem Armaturenbrett zeigte 12:00. *High Noon.* Ziyad nickte zufrieden. Zum Schichtwechsel bei PetroTec um zwei Uhr würde er es locker schaffen; stressfrei, ohne rasen zu müssen und aufzufallen, schließlich war er die Strecke mehrmals probegefahren. Bei durchschnittlich 80 km/h würde er knapp 40 Minuten benötigen, plus Stau-Puffer für die A9.

Er hängte sich den gefälschten Mitarbeiterausweis mit seinem Foto um und steckte das Smartphone in die Halterung am Armaturenbrett. Dann ließ er den schwarzen Jeep langsam aus der Scheune rollen. Die breiten Reifen hinterließen eine deutliche Spur in der dünnen Schneeschicht von heute Morgen. Yassir schloss das Doppeltor. Als Ziyad Gas gab, sah er im Rückspiegel, seinen Freund zum Wohngebäude des Bauernhofes gehen. Er hielt allein die Stellung, für alle Fälle – nicht, dass sie noch einmal umplanen mussten. Kamal und die anderen Jungs waren schon gestern Abend gefahren.

Auf der Suche nach einem Hauptquartier für seinen ISSD hatte Ziyad den verlassenen, 24 Kilometer südöstlich von Ingolstadt gelegenen, Schachhof wieder ins Visier genommen. Bereits im Sommer 2013 war er auf der Suche nach einem passenden Ort für seinen langgehegten Traum, ein psychologisches Reha-Zentrum für Jugendliche und junge Erwachsene, auf das über einen Hektar große, idyllisch in einem Waldstück gelegene

Anwesen aufmerksam geworden. Nach der ersten Besichtigung hatte sich herausgestellt, dass die Kosten für die Renovierung mehr als das Doppelte des Kaufpreises betragen und ihn finanziell ruinieren würden. Die Suche nach einem finanzierbaren Objekt war, angesichts der steigenden Immobilienpreise, vergeblich gewesen. Vor einem Jahr hatte er den Plan ›Reha-Zentrum‹ endgültig ad acta gelegt und sich seinem ›Kreuzzug‹ gewidmet. Damit Annette nichts bemerkte, hatte Yassir den Hof gekauft und renoviert. Unbehelligt von den Bewohnern der Nachbarhöfe konnten sie hier ihre Aktionen planen. Bisher hatte sich niemand blicken lassen. Nicht wie sonst in dörflichen Gegenden üblich, wo jeder darauf achtete, wann einer kam und ging. Das war gut so.

Im ersten Stock des Haupthauses gab es drei Schlafräume und zwei Bäder, im Erdgeschoss eine große Wohnküche und das Büro. Letzteres war ausgestattet mit Laptops, Satelliten-Telefonen und -Fernsehen, einem Funkgerät und anderem Kommunikations-Equipment. Im Tresor lagen je 50.000 Euro und US-Dollar, sowie 25 Goldbarren zu je einer Unze, die eiserne Reserve. Im Anbau befanden sich eine Werkstatt und ein Labor. Im Keller des Schuppens, der im Zweiten Weltkrieg als Schutzraum diente, lagerten Waffen aller Couleur und im ehemaligen Stall einige Hundert Kilo Plastiksprengstoff, andere Chemikalien und alles was man zum Bau von Bomben benötigte. Der ISSD war vorbereitet für den Heiligen Krieg auf deutschem Boden und Operation Gomorra würde sich bei allen tief einprägen. Sodom, die erste, große Demonstration seiner Macht war fehlge-schlagen. Der Sprengstoff in der Tasche hätte mit Nasri Dutzende Menschen in den Tod gerissen. Der materielle Schaden an Bändern und Robotern, sowie der Stillstand der Produktion für mehrere Wochen wären ein immenser Verlust für Audi gewesen.

Ziyad ärgerte sich noch immer über Nasri und dessen gestriges Versagen. *Verdammt, lässt sich dieser Idiot erwischen und gibt auf! Ich dachte, ihn hält nichts mehr zurück!* Sein Plan mit ihm war voll in die Hose gegangen und Rami plötzlich zum Held aufgestiegen. *Gut, dass ich die Raffinerie im Auge behalten habe. Der Brunnen des Abgrunds wird sich auftun und sie werden alle brennen!* Er küsste die Kopie von Hasans Mitarbeiterausweis. *Mein Ticket nach Gomorra!* Ohne käme er nicht einmal in die Nähe von PetroTec. Die direkte Zufahrt war für den öffentlichen Verkehr generell gesperrt, das Gelände umzäunt. Beim Kopieren hatten seine Leute ihr Bestes gegeben, die Daten des integrierten Chips ausgelesen und auf den Rohling mit seinem Foto und dem Firmen-logo übertragen. Er sah perfekt aus, wie das Original.

Hasan wäre durch seinen Job in der Raffinerie der ideale Kandidat gewesen und Ziyad sicher, dass er ihn rekrutieren konnte, damals im Oktober. Er hatte gewusst, dass er ihn an diesem Freitag allein im Cinnamon antreffen würde, ohne Nasri und Rami, wie sonst nach dem Gebet. Hasan war nicht der Typ, den er in den Verein locken konnte. Wieder hallte dessen Hasstirade in seinen Ohren. › ...Bist du irre? Scher dich zu deinem rückständigen Islamistenhaufen, du Dattelscheißer! Ich habe die Schnauze voll von eurem verfickten Heiligen Krieg! Und deine 72 Jungfrauen kannst du auch selber ficken!‹

Er hat mich verhöhnt! Wie konnte er es wagen, dieser eingebildete, eitle Pfau! Ich war so sicher bei ihm, vielleicht zu sicher. Von der Freundin eiskalt abserviert, frustriert, mit einem gewaltigen Kratzer im Ego. Aber er hatte es besser verkraftet, als ich annahm. – Scheißegal, jetzt hat er für seine Beleidigungen gebüßt! Dieser zähe Hund! Hoffentlich wacht er nicht mehr auf und wenn doch, ist alles vorbei.

Eigentlich hätte Hasan am Montag durch einen Schuss in den Kopf draufgehen sollen, aus 90 Metern Entfernung eine leichte Übung für einen guten und geübten Schützen wie Ziyad. Aber die Optik des Zielfernrohres der G22 hatte aufgrund des feuchten Wetters ständig beschlagen und das Abwischen wenig geholfen. Sekunden später war die Sicht wieder getrübt und ein dritter Schuss sinnlos gewesen, Hasan hatte außer Sichtweite gelegen. Als er in den Rettungswagen geschoben wurde, wusste Ziyad, dass man ihn in die Notaufnahme brächte. Er hatte schnell das Gewehr eingepackt, die Patronenhülsen aufgesammelt und war ihm gefolgt.

Mit dem Schild ›Arzt‹ an der Windschutzscheibe war er ohne Probleme bis kurz vor die Einfahrt gelangt und hatte sich drinnen blitzschnell umgezogen. In der blauen Klinik-Kluft mit Haube und Mundschutz war er nicht beachtet worden. Hasans Kleidungsstücke hatten vor dem

Schockraum auf einem Haufen in einer Ecke gelegen und er war in einer der Innentaschen des Parkas schnell fündig geworden.

Mit dieser perfekten Kopie komme ich ohne Probleme durch die Kontrolle. Seine Züge entspannten sich. *Sollten sie am Checkpoint das Kennzeichen kontrollieren, sage ich, der Jeep wäre von einem Freund geliehen, stimmt sogar. Ich muss es nur bis zu den hinteren Parkplätzen schaffen, von dort sind es keine 120 Meter mehr bis zum ersten Tank, ein Klacks!*

Sein Spezialist Kamal hatte berechnet, es würde reichen, den Sprengstoff an den Abzweigungen der Rohrleitungen zu deponieren. Den Sprengstoff, 80 Kilogramm C4 aufgeteilt auf vier große, schwarze Sporttaschen, hatten sie gestern nach seiner Ankunft auf dem Hof von einem Passat-Kombi in Yassirs Jeep umgeladen. Ein geländegängiges Fahrzeug erschien Ziyad geeigneter. Er wusste, dass bei PetroTec Techniker und Arbeiter mit Autos zum Tanklager fuhren, um Rohrleitungen, Schieber oder Schleusen zu kontrollieren. Ein Jeep würde weniger auffallen und lang wollte er sich ohnehin nicht aufhalten. Sein Plan: Die Taschen abstellen und wieder verschwinden, von einem Sicherheitsabstand aus das Ganze mit einem alten Tastenhandy zünden, schnellstmöglich zum Schachhof zurückfahren, um das Bekennervideo zu senden. Kamal hatte sich für die Aufnahme zur Verfügung gestellt, natürlich vermummt. Auch anhand seiner Stimme würde man ihn, als polizeilich unbeschriebenes Blatt, nicht so leicht identifizieren können.

Heute Morgen war in Fernsehen und Radio nichts Neues zu Audi berichtet worden. *Immer dasselbe Geleier, ihr kriegt mich ja doch nicht.* Aber es ärgerte ihn, untertauchen zu müssen. Wenn bei Audi alles nach Plan gelaufen wäre, würde er später in die Klinik fahren, um beim dort herrschenden Ausnahmezustand wegen des Feuers bei PetroTec seine Hilfe anzubieten und den selbstlosen Arzt zu mimen. *Ich lasse das Haar und den Bart wieder wachsen und steuere ab jetzt alles vom Hof aus, dort findet mich niemand. Den Job bei der Flüchtlingshilfe kann ich knicken, egal, wir haben genug Leute. Aber Amir und Selim werde ich vermissen, meine süßen Jungs und Annette, meine Liebe. Mittlerweile wird die Polizei sie informiert haben und nicht mehr aus den Augen lassen. Sie wird mich hassen, aber ich kann nicht mehr zurück.* Er seufzte. *Dieses Opfer muss ich bringen, es ist für unsere Sache!* Er warf kurz einen Blick nach hinten zu den Taschen im Heck und bog mit einem Siegerlächeln auf die Landstraße ab.

✦

»Mit dem Rollstuhl, ist das dein Ernst?«, beschwerte sich Hasan, als Janina das blaugraue Ding in sein Zimmer schob. »Wie im Altersheim!«

»Ich kann dir auch Krücken bringen.«

»Nein, das ist blöd wegen der Drainage.«

»Morgen bist du sie los. Aber kneifen gilt nicht, außerdem habe ich gerade Pause.«

»Du musst das nicht tun, Janina. Rami kommt doch später vorbei, er hat Sonderurlaub wegen gestern. Er muss erst wieder am Montag zur Arbeit.«

»Nett von Audi, ihm freizugeben.«

»Das ist das Mindeste.«

»Du kannst mit ihm später nochmal raus. »Jetzt scheint die Sonne und nach dem Mittagessen ist die beste Zeit, um frische Luft zu schnappen. Du musst dich viel mehr bewegen, das ist gut für die Muskulatur.«

»Das hat die Physiotherapeutin auch gesagt.«

»Und ich sage es als Ärztin.«

»Ist ja gut. – Apropos Therapeutin, du hättest mir ruhig eine jüngere schicken können.«

Janina kniff ihn in den Oberarm. »Dir gehts zu gut, dann kannst du auch raus.«

Hasan setzte sich an den Bettrand. »Was man nicht alles tut für die Gesundheit.«

Sie reichte ihm den Parka. »Zieh ihn lieber an. Nicht, dass du dir noch 'ne Erkältung holst.«

»Danke, du sorgst wie eine Mutter für mich.«

Sie zwinkerte ihm zu. »Ausnahmsweise.«

Hasan holte sein Smartphone und die Geldbörse aus dem Nachttisch und steckte beides in die Innentaschen des Parkas. »Moment mal.« Er suchte beide ab.

»Was ist?«

»Mein Mitarbeiterausweis ist weg.«

»Wo war er denn zuletzt?«

»In der rechten Innentasche. Ich habe ihn am Montag da reingesteckt, nachdem wir vor dem Studio ausgestiegen waren. Das weiß ich genau, weil wir noch 'nen Scherz drüber machten.«

»Vielleicht hat Rami ihn rausgenommen, weil du ihn gerade nicht brauchst.«

»Ich ruf ihn mal an.« Hasan tippte auf das ›R‹ in der VIP-Nummernanzeige seines Smartphones.

Nur Sekunden später grinste Rami ihm auf dem Display entgegen. »Hi.«

»Hi, Janina hört mit.«

»Hi, Janina.«

»Hi.«

»Wie gehts dir heute?«, fragte Rami.

»Passt schon«, antwortete Hasan. »Sag mal, wohin habe ich am Montag meinen Betriebsausweis gesteckt?«

»Äh, warum?«

»Weißt du's oder nicht?«

»Doch, in die Innentasche deines Parkas.«

»Gut, dann bin ich doch nicht gaga.«

»Warum?«

»Er ist weg! Ich habe alle Taschen durchsucht.«

»Scheiße!«, fluchte Rami. »In der Notaufnahme hat die Schwester mir den Parka gebracht. Ich hab nur deine Geldbörse wegen der Versicherungskarte rausgenommen. Sonst hatte ich ihn immer bei mir und als ich Janina suchte, nahm Baba ihn. Dann war er die ganze Zeit bei uns.«

»Könnte er rausgefallen sein?«, meinte Janina.

Hasan schüttelte den Kopf. »Doch nicht aus der Innentasche, den hat jemand geklaut!«

»Aber wer und wo? Außerdem, ein Dieb nimmt auch Geldbörse und Handy!«

»Ziyad, dieser Wichser!«, kam es Hasan plötzlich. »Er muss ihn genommen haben! Am Montag, bevor die Schwester Rami meine Sachen brachte, hundert pro! Er hat auf mich geschossen und gesehen, dass ich mit dem Sani weggebracht wurde. Er ist hinterhergefahren, bis in die Notaufnahme.«

Janina nickte. »Er wird Kittel, Haube und Mundschutz getragen haben und bei dem Stress, der nach einer Neueinlieferung im Schockraum herrscht, hat keiner auf dein Zeug geachtet.«

»Fuck! Damit kommt er aufs Raffineriegelände!«

»Aber dort ist abgesperrt!«, sagte Rami.

»Er wird es trotzdem versuchen. Ich wette, er hat eine Kopie mit seinem Foto gemacht. Die dürfen keinen Fremden durchlassen! Ich muss Gruber nochmal anrufen.«

✦

Polizeipräsidium Ingolstadt, Einsatzzentrale

In dem sechzig Quadratmeter großen, mit modernster Technik ausgestatteten, Raum herrschte Hochbetrieb. Der Geräuschpegel, bestimmt von den Stimmen der hier arbeitenden Menschen, hielt sich dank Headsets, auf einem erträglichen Level. Von den zwanzig Beamten, die normalerweise pro Schicht hier arbeiteten, war die Hälfte ausschließlich für den Anti-Terroreinsatz eingeteilt. Grafs Leute saßen an den Com-Desks direkt vor der riesigen, aus neun 46 Zoll großen Einzel-LED-Monitoren bestehenden, Videowand. Von den, mit jeweils fünf Terminals ausgestatteten, Operatorplätzen hatten sie alle Einsatzgebiete gut im Blick, in der Totale oder als Ausschnitte, unterstützt von Kartenmaterial. Diese Spitzentechnik ließ Grafs Einsatzleiterherz höher schlagen.

Er verzichtete auf einen Stuhl, im Stehen konnte er besser denken. In einigen Schritten Abstand, die Hände im Rücken verschränkt, beobachtete er das Geschehen auf der Videowand, aktuell in eine große und drei kleinere Sequenzen unterteilt. Die Livebilder der 360-Grad-Kamera des Polizeihubschraubers und der Spezialdrohne, eines EMT-Fancopters, gesteuert von einem Operator im Einsatzwagen, der dem Heli folgte, zeigten die Umgebung von PetroTec.

Seit dem Vormittag unterstützten zwei Analysten des LKA-Bayern das Team. Sie arbeiteten an den Auswertungen, die Johansson für Ziyads Profil benötigte. Unabhängig von den BKA- und LKA-Spezialisten kümmerten sich die anderen Mitarbeiter weiter um das sonstige Geschehen im Großraum Ingolstadt. In der City schien das Leben wegen der akuten Terrorgefahr stillzustehen, die Bilder der Überwachungskameras zeigten menschenleere Plätze und Straßen, außerhalb gab es massenhaft Staus wegen der Sperren und Umleitungen.

»PetroTec evakuiert bereits das ganze Firmengelände«, sagte Krieger. »Nur die Einsatzkräfte kommen ab jetzt noch in die Nähe der Raffinerie. Der Luftraum über Ingolstadt und den Nachbarorten ist ab sofort gesperrt.«

Graf nickte zufrieden. Unmittelbar nach Hasans Anruf bei Gruber hatten sie alles Nötige in die Wege geleitet. Bis gestern war die Terrorgefahr noch abstrakt gewesen. Man hatte PetroTec und Lenting geraten, die Sicherheitsmaßnahmen zu verstärken. Jetzt lief die Maschinerie mit Medienaufrufen und Warnung der Bevölkerung.

»Was ist mit dem ÖPNV?«, fragte Graf.

»OB, Stadtrat und der Chef der Verkehrsbetriebe sitzen gerade mit unserem Präses zusammen«, antwortete Gruber.

Sein Handy läutete.

»Tschuldigung ... Hier Gruber ... Wo? ... Am Hauptbahnhof?« Er lauschte einige Minuten sehr aufmerksam. »Okay, super, danke.« Er legte auf und wandte sich wieder Graf zu. »Gute Neuigkeiten: Ziyads BMW wurde vorhin im Parkhaus am Hauptbahnhof sichergestellt. Die Aufnahmen der Überwachungskamera zeigen einen Mann aus- und in einen schwarzen Wrangler-Jeep umsteigen, gegen 14:30 Uhr.«

»War es Ziyad?«

»Sie sagen, er trug ein Baseballcap und war nicht genau zu erkennen, aber die Statur passt zur Beschreibung, der Jeep auch. Der Mann hat eine große, schwere Softbag umgeladen. Da könnte das Gewehr drin gewesen sein. Sie schicken die Bilder gleich rüber.«

»Und das Kennzeichen?«, fragte Huppmann.

»A-ZB 2303«, sagte Gruber. »Fahndung ist schon raus. Der Halter ist ein gewisser Yassir al Thani, gebürtiger Syrer, wohnhaft in Augsburg, Ulmer Straße 158.«

Huppmann rief die Daten ab, checkte sie und las vor. »Er ist Autohändler und Geschäftsführer des Kulturvereins Musha, Rosengasse 15, keine Vorstrafen, keine Verbindungen zu extremistischen Kreisen und in keinster Weise radikal aufgefallen.«

»Das ist Ziyad bisher auch nicht«, meinte Graf. »Informieren Sie die Kollegen in Augsburg, die sollen je eine Truppe zu Firma und Verein schicken.«

»Hört mal her!«, meldete sich Braukamm nach ein paar Minuten zu Wort. »Ich habe diesen al Thani durch alle Datenbanken gejagt. Ihm gehört auch ein Bauernhof, die Adresse ist Schachhof eins, 86564 Brunnen.«

»Das kenne ich«, sagte Gruber. »Liegt knapp 25 Kilometer südöstlich von hier, kurz vor Schrobenhausen.«

Braukamm schob die Landkarte auf die Videowand und zoomte sie auf. »Das ist dieser Schachhof.«

»Da schau her, mitten im Wald«, sagte Gruber in gepflegtem Oberbayerisch. »Auffällig-unauffällig. Ich wette, dort ist Ziyads Versteck.«

»Ich glaube, diese Wette gewinnen Sie«, sagte Graf und griff zum Telefonhörer.

✦

Schachhof

Yassir war nur vor die Tür gegangen, um eine Zigarette zu rauchen, im Haus ein Tabu. Bei so kaltem Wetter wie heute hielt er sich lieber im Warmen auf, aber seine Nikotinsucht forderte ihren Tribut. Obwohl die Sonne schien, fror er. Er drückte den Glimmstängel nach der

Hälfte in einen sandgefüllten Blumentopf. Da vernahm er ein entferntes Surren, es ähnelte dem eines Modellflugzeugs. »Ya salâm! Wer lässt denn bei dieser Kälte was fliegen?« Ihn beschlich ein ungutes Gefühl, er ging schnell ins Haus.

Vom Balkon im ersten Stock suchte er mit einem Fernglas den Himmel in der Richtung ab, wo er das Geräusch vermutete. Im Norden, über dem Wald, der direkt ans Haus grenzte, entdeckte er schließlich die Kameradrohne. Auf der Straße näherten sich in hohem Tempo zwei dunkelblaue BMW, zwei VW-Busse und zwei gepanzerte Mannschaftswagen der Bundespolizei mit Blaulicht, aber ohne Sirene.

»Scheiße! Die haben uns gefunden!« Er sprang die ausgetretene Holztreppe hinunter, nahm gleich mehrere Stufen auf einmal und drohte, über seine Füße zu stolpern. Dank guter Reflexe, ein Griff nach dem Geländer, fing er sich wieder. Im Büro schnappte er seinen Laptop und verließ das Haus durch den Hinterausgang. Dort stand der Passat-Kombi, der Schlüssel steckte.

Er fuhr durch das Wäldchen nach Norden bis zur Landstraße. Bevor er die Deckung der Bäume verließ, vergewisserte er sich, dass ihm niemand folgte. Er sah noch, wie die Drohne über dem Haus einschwebte. *Glück gehabt,* dachte er erleichtert.

Kurz vor dem Dorf Brunnen schaltete er das Autoradio ein. Nach ein paar Takten Musik ertönte der B3-Verkehrsfunk-Jingle. »Hier ist Bayern drei, wir unterbrechen das Programm für eine wichtige Meldung für den Großraum Ingolstadt: In Kösching und Lenting besteht akuter Terroralarm. Das Betriebsgelände der PetroTec-Raffinerie und das Tanklager in Lenting wurden evakuiert und sind vollständig abgeriegelt. Ein Großaufgebot von Einsatz- und Rettungskräften ist jeweils vor Ort. Die Ausfahrt Ingolstadt Nord der Autobahn A9 ist gesperrt. Bitte umfahren Sie das Gebiet weiträumig. Auch der Luftraum über Ingolstadt, einschließlich aller Vororte, ist für den Flugverkehr gesperrt, davon ausgenommen sind Polizei und Militär.«

Yassir drückte aufs Gaspedal. »Fickt euch!«

Die Mannschaftswagen fuhren als Erste auf den Schachhof. Vier Fünferteams der GSG 9, voll ausgerüstet und bis an die Zähne bewaffnet, schwärmten aus und drangen, nach allen Seiten sichernd, in Wohnhaus, Scheune, Werkstatt und Anbau ein. Gruber und Huppmann blieben, trotz schusssicherer Westen, vorerst in ihrem BMW sitzen. Die beiden hatten darauf bestanden, bei diesem Einsatz dabei zu sein und Graf es genehmigt, weil sie die Gegend gut kannten.

Nach knapp zehn Minuten erstattete der erste Gruppenführer Bericht. »Alles sauber!«

»Zefix!«, fluchte Gruber. »Das gibts doch nicht!«

»Wir haben alles durchsucht.«

»Verdammt! Wo stecken die?« Über seinen Kinnbart streichend, ließ Gruber den Blick über die Gebäude schweifen. »Ich traue dem Frieden nicht.«

»Da!« Huppmann zeigte zum sandgefüllten Blumentopf neben der Eingangstür des Wohnhauses. »Die Kippe qualmt noch, dann war vor kurzem noch jemand hier.«

Gruber nickte. »Die Drecksau hat uns kommen sehen und ist abgehauen!«

Huppmann, der Lederhandschuhe trug, holte die halbgerauchte Zigarette mit zwei Fingern heraus. Er brach den vorderen Teil vorsichtig ab und steckte den Rest mit dem Filter in eines der Tütchen, die er immer bei sich trug. »Seine DNA hätten wir.«

Der zweite Gruppenführer stieß zu ihnen. »Hinter der Scheune sind frische Fußspuren im Schnee, eine Reifenspur führt in den Wald. Wir schicken die Drohne wieder hoch und suchen die Umgebung nach verdächtigen Fahrzeugen ab. Zwei Teams errichten Straßensperren und kontrollieren jedes Fahrzeug.« Er breitete eine foliierte Straßenkarte auf der Motorhaube von Grubers BMW aus und markierte mit einem dicken, roten Edding alle Ausfallstraßen.

»Leute, ich hab ein Auto auf dem Schirm!«, meldete der Operator, der die Drohne steuerte.

Gruber lugte in den Bus. »Einen schwarzen Jeep?«

»Nein, es ist ein silbergrauer Passat-Kombi.«

»Mist!«

Auf dem Live-Bild schlängelte sich die Landstraße wie ein dunkles Band durch die vom Schnee überzuckerten Wiesen und Felder, eine eingefrorene Modelllandschaft, in die nur der Passat Bewegung brachte.

»Wo ist er jetzt genau?«, fragte der Gruppenführer.

»Das ist die Staatsstraße 2044«, erklärte Gruber. »Kurz nach Schrobenhausen, er wird nach Aichach wollen.«

»Der hat es ganz schön eilig«, meinte Huppmann. »Kann man das Kennzeichen lesen?«

»IN-DE 666«, sagte der Operator und prüfte die Zulassung. »Mist, das ist ein Fake!«

»Ich wette, das ist einer von denen!«, sagte Gruber.

»Einkesseln!«, befahl der Gruppenführer. »Wir informieren die Inspektionen in Schrobenhausen, Aichach und Umgebung, die sollen alle Straßen sperren.«

»Gebt ihnen Bescheid, dass wir unterwegs sind«, sagte Gruber und klopfte Huppmann auf die Schulter. »Auf gehts Felix, den schnappen wir uns!«

Ziyads Smartphone läutete, das Display zeigte ›Yassir‹. Er aktivierte die Freisprecheinrichtung und achtete wieder auf die Straße. »Warum rufst du an?«, bellte er. »Wir hatten Funkstille vereinbart!«

»Eine ganze Horde Bullen ist auf den Hof gekommen, ich musste abhauen!«

»Scheiße!«

»Außer dem Laptop konnte ich nichts mitnehmen. Die wissen sicher längst, wem der Hof gehört, ich bin am Arsch! Ich fahre zu Kamal und verschicke das Video von dort.«

»Okay, dann sehen wir uns später bei ihm.«

»Wo bist du jetzt?«

»In der Regensburger Straße«, sagte Ziyad.

»Wieso das?«

»Ich musste einen Umweg fahren, die Ausfahrt Nord war bereits gesperrt. Ich bin an der nächsten runter und wieder zurück. Keine Sorge, ich liege gut in der Zeit, Schichtwechsel ist erst in 35 Minuten.«

»Der Jeep!«, rief Yassir plötzlich. »Die Bullen werden rauskriegen, dass er mir gehört und nach ihm suchen!«

»Bis dahin ist alles erledigt und für den Rückweg lasse ich mir etwas einfallen.«

»Sie sperren alle Straßen zur Raffinerie, kam gerade im Radio!«

»Auch das habe ich gehört, nichts wird mich aufhalten! Allahu Akbar!«

Beim Passieren des Kreisverkehrs am Village hörte Ziyad ein Knattern näherkommen. Das dröhnende Schrab-Schrab-Schrab wurde lauter. Durch die Windschutzscheibe entdeckte er einen weiß-blauen Polizeihelikopter direkt über sich. »Scheißbullen!« Er gab Gas, kam aber nicht weit. Etwa hundert Meter vor ihm, an der Kreuzung zur Essostraße, entdeckte er je zwei Panzer- und Streifenwagen. *Scheiße, die waren schneller als ich dachte!* Er krallte die Hände in den Lederüberzug des Lenkrades. Am liebsten hätte er auf etwas eingeschlagen, aber er musste seine Wut im Zaum halten. *Das macht schwach und verwirrt deine Sinne, dann passieren dir Fehler.* Er durfte sich keine leisten, sie könnten fatale Folgen haben, zu viel hing davon ab, dass seine Pläne funktionierten.

Wie kamen die uns überhaupt auf die Schliche? Verdammt! Hat da einer geplaudert? Das ganze Material auf dem Hof, das Geld und das Gold, alles weg! Fuck! Fuck! Fuck! Er schluckte seinen Wutschrei hinunter, um Platz für klare Gedanken zu schaffen. *Hier komme ich nicht weiter, ich muss ein anderes Ziel suchen.* In seinem Kopf ratterte es. *Das Tanklager in Lenting liegt nordöstlich von hier, aber das kann ich auch vergessen!* Er schaltete das Navi ein und suchte die Karte nach allem ab, was südlich lag. *Das Kraftwerk in Irsching, das ist es!* Er tippte die neuen Zieldaten ein, wendete blitzschnell und raste zurück. *Es passiert heute, es muss!*

»Nach 500 Metern am Kreisverkehr die dritte Ausfahrt nehmen«, sagte die Frauenstimme des Navi.

Nach kurzer Fahrt sah Ziyad zwei Streifenwagen aus südlicher Richtung auf sich zukommen. *Fuck! Fuck! Fuck!* Er wendete und drückte aufs Gaspedal. Zurück am Kreisverkehr bog er sofort links ab und raste auf der Staatsstraße nach Osten.

✦

»Wo will er jetzt hin?« Oberbürgermeister Dr. Höfler verfolgte zusammen mit Polizeipräsident Mattheis die Flucht des schwarzen Jeeps, die der Polizeihelikopter live an die Videowand sendete.

Die beiden waren in die Einsatzzentrale gekommen, um sich über den Stand der Bedrohungslange zu informieren. Höfler in erster Linie, um die Auswirkungen der

Straßensperren und der Einstellung des Personennah-verkehrs mit eigenen Augen zu sehen. Gestern war in die Stadtratssitzung die Meldung über das vereitelte Attentat bei Audi geplatzt und heute Mittag die brand-heiße Info gekommen, ein Jeep voller Sprengstoff wäre zu PetroTec unterwegs. *Alles aufgrund einer Aussage eines Einzelnen,* dachte Höfler, genervt von der Diskus-sion mit Mattheis vorhin. *Und dann muss alles Zack-Zack gehen! Die Aktion wird uns eine schöne Stange Geld kosten.* Er seufzte. *Aber dieses dreckige Terroris-tenpack hat einen der wichtigsten Arbeitgeber in meiner Stadt im Visier, gibts dort einen GAU, wirds noch teu-rer!*

»Zentrale an Heli, am Jeep dranbleiben!«, befahl Graf mit Blick zum Live-Bild.

»Roger.«

»An alle Einsatzwagen: Aus Sicherheitsgründen in ei-nem größeren Abstand folgen.«

»Und wohin will er?«, nervte Höfler. »Krieg ich bitte eine Antwort!«

Braukamm checkte die Landkarte. »Er hat mehrere Möglichkeiten: ins Gewerbegebiet Süd oder über die Regensburger Straße zurück in die City oder ...«

»Lasst diesen Wichser ja nicht in meine Stadt!«, droh-te Höfler. »Wir haben keine Zeit zu evakuieren!«

»Aber wir müssen die Bevölkerung informieren, dass ein Irrer in einem Jeep voller Sprengstoff unterwegs ist«, drängte Graf.

»Jepp«, stimmte Mattheis wortkarg zu.

»Auf gar keinen Fall, das gibt eine Panik!«, bügelte Höfler beide ab und zeigte zu den Monitoren mit den Bildern der Staus. »Seht euch an, was allein die Phrase ›akuter Terroralarm‹ angerichtet hat!«

Das gibt eine Panik!, äffte Graf ihn in Gedanken nach. *Wie die Politiker in diesen blöden Hollywood-Actionthrillern!* »Es sind die Bürger *Ihrer* Stadt!«

Gut gekontert, dachte Mattheis und verkniff sich, seinen Kommentar laut auszusprechen: *Mach es lieber, wenn du wiedergewählt werden willst, und überlasse die Entscheidung den Profis.* Er hatte keine Lust, sich noch einmal mit dem OB anzulegen. Dessen anfangs stures Verhalten in Sachen Einstellung des Personennahverkehrs hatte wertvolle Zeit gekostet.

»Er kommt nicht weit.« Graf zeigte auf die Landkarte. »An der Abzweigung nach Großmehring ist die nächste Sperre, da kriegen wir ihn.«

»Kann man den nicht einfach abknallen?«, setzte Höfler lapidar drauf.

Gebt mir was Hartes zum Werfen, dachte Mattheis.

Graf schüttelte den Kopf. *Der OB sieht definitiv zu viele solcher Filme.* Beinahe wäre ihm ›Sind Sie irre?‹ herausgerutscht, im Beisein des Polizeichefs biss er sich auf die Zunge. »Nein, Herr Bürgermeister«, begann er, um Selbstdisziplin bemüht, »den können Sie nicht einfach abknallen. Wir wissen nicht welchen und wie viel Sprengstoff er geladen hat, und wenn, dann nur auf freiem Gebiet, mit absolut nichts im näheren Umkreis.«

»Achtung, Leute!«, meldete sich Braukamm. »Er fährt jetzt auf die B 16a, in südliche Richtung. Ich glaube, er will zum Kraftwerk bei Großmehring.«

»Scheiße!«, fluchte Höfler.

»Alle Straßen dort sperren und die Brücken dichtmachen!«, befahl Graf.

✦

»Der akute Terroralarm wurde ausgeweitet«, hörte Ziyad im Autoradio, »dieser gilt ab sofort für den Großraum Ingolstadt, einschließlich Mailing und der Gemeinde Großmehring. Alle Ausfahrten der A9 und alle Ein- und Ausfallstraßen bleiben vorerst gesperrt, ebenso der Luftraum über Ingolstadt und den Nachbarorten. Der öffentliche Personennahverkehr wurde eingestellt.«

»Leckt mich!«, zischte Ziyad und fuhr weiter, bis er die rot-weißen Sperrgitter und den Panzerwagen an der zum Kraftwerk führenden Abzweigung entdeckte.

Das darf doch nicht wahr sein! Von euch lasse ich mich nicht ficken! Denk nach, denk nach, denk nach! Wo lohnt es sich noch? Was liegt im Osten? Während er mit der linken Hand steuerte, suchte er mit der rechten die Landkarte auf dem Navi ab. Nach wenigen Sekunden blitzten seine Augen. *Die Raffinerie in Vohburg, nur acht Kilometer!* Er lächelte finster. *Und an der Einfahrt breche ich einfach durch.*

✦

Annette Ziyad schreckte hoch, als ihr Handy läutete. Wie bei jedem Anruf seit Badrus Verschwinden hoffte sie, es wäre endlich ein Lebenszeichen von ihm. Bisher hatten sich nur ihre geschockten Eltern, die Schwiegereltern und einige ihrer Freunde gemeldet. Sie sah zu Polizeikommissarin Stein, die ihr im Sessel gegenübersaß.

»Wer ist es, Frau Ziyad?«, fragte sie.

»Eine Handynummer, ich kenne sie nicht.«

»Gehen Sie ran«, Stein setzte die Kopfhörer auf, »und melden Sie sich ganz normal.« Zur Sicherheit hatte man Handy und Festnetztelefon verwanzt.

Annette nahm den Anruf entgegen. »Hallo?«

»Hallo, Schatz«, sagte Ziyad.

»Badru, endlich! Wo bist du?«

»Unterwegs.«

»Wo?«

»Das ist nicht von Bedeutung.«

»Bitte komm nach Hause!«

»Das kann ich nicht, Schatz. Ich muss tun, wozu mich Allah bestimmt hat.« Er klang ruhig und entschlossen.

Sie fuhr hoch. »Nein! Du musst zu *uns* kommen, nach Hause, bitte! Zu Amir und Selim und zu mir, du bist ihr Vater und mein Mann, *das* ist deine Bestimmung, die einzige! Wir sind deine Familie, wir lieben dich und wir brauchen dich!« Tränen traten in ihre Augen. »Bitte, bitte komm nach Hause«, flehte sie. »Wir sind dir nicht böse.«

Stein schüttelte stirnrunzelnd den Kopf.

»Ich küsse dich«, sagte Ziyad. »Gib den Jungs auch welche von mir, umarme und drücke sie ganz fest. Ich liebe euch, für immer.« Er legte auf.

Annette zitterte am ganzen Körper. Sie wurde kreidebleich, ließ das Handy fallen und brach zusammen. Stein hechtete zu ihr und konnte gerade noch verhindern, dass sie auf dem gläsernen Couchtisch aufschlug.

✦

Den Blick auf die Videowand gerichtet, schob Graf das letzte Viertel eines Energieriegels in den Mund und spülte ihn mit einem großen Schluck Kaffee hinunter. Er gönnte sich während eines Einsatzes keine Pause, aber wenn sein Blutzucker in den Keller ging, wurde er leicht reizbar. Er stellte die leere Tasse auf dem Tisch ab und setzte das Headset wieder auf. Breitbeinig und mit verschränkten Armen positionierte er sich vor den Monitoren. Der Jeep fuhr jetzt an der Donau entlang. *Er sucht nach einer anderen Möglichkeit, den Fluss zu überqueren. Wohin willst du, nach Vohburg oder Irsching?*

Krieger trat zu ihm. »Kommissarin Stein hat sich gemeldet. Ziyad hat seine Frau gerade angerufen und sich verabschiedet, es klang endgültig. Danach wurde sie ohnmächtig, Arzt ist unterwegs.«

»Auch das noch!«

»Warum meldet er sich erst jetzt bei ihr? Wollte er das Zeug bei PetroTec abladen und wieder verschwinden?«

»Vermutlich.« Graf starrte ins Leere. »Vielleicht war es anders geplant. Wenn die Sache bei Audi nicht schiefgegangen wäre, hätte ihn keiner verdächtigt.«

Krieger nickte. »Da ist was dran.«

»Ich dachte, er sei zu intelligent, um als Märtyrer zu sterben. Aber das jetzt?«

Johansson kam zu ihnen. »Wir sind an Ziyads Eltern dran. Die Kollegen in Burgwedel sagen, die beiden wären völlig fertig und haben psychologische Betreuung veranlasst.«

»Was ist mit seinem Umfeld?«, fragte Graf.

»Ziyads jüngere Schwester lebt mit ihrer Familie in Hannover, andere Verwandte gibt es keine in Deutschland. Von seinen Studienkollegen und früheren Freunden suchen wir die Adressen heraus.«

»Durchleuchtet jeden, der sich irgendwann mal verdächtig benommen hat – egal ob häusliche Gewalt, Drogendelikte oder Betrug, auch harmlose Vergehen wie zu schnelles Fahren, bei Rot über die Ampel, Ladendiebstahl et cetera.«

»Okay.« Johansson kehrte zu seinem Platz zurück.

»Habe ich was versäumt?«, fragte Höfler, der mit Mattheis nach draußen gegangen, aber allein zurückgekommen war.

Diese Gockel, dachte Graf, der mittlerweile bemerkt hatte, dass die beiden sich nicht grün waren. »Ziyad fährt an der Donau entlang. Der Damm ist gesperrt, aber er wird versuchen, den Fluss an der nächsten Brücke zu überqueren.«

»Will er zur Raffinerie nach Vohburg?«

»Oder zum Gaskraftwerk nach Irsching.«

Höfler furchte die Stirn. »Dann müsste er ja wieder ein Stück zurückfahren, macht das Sinn?«

»Wenn er nicht in die Raffinerie kommt, wird er es dort versuchen, der gibt nicht auf. Die Straßen werden gesperrt, der Hubschrauber ist unterwegs.«

»Irsching und die Raffinerie sind informiert«, meldete Krieger. »Die Zufahrten zum Betriebsgelände sind jeweils gesperrt.«

»Wo bleiben die Sprengstoffspezialisten?«

»Sind auch gleich vor Ort.«

»Warum hat das so lange gedauert?«, knurrte Graf.

»Sie standen im Stau.«

Höfler holte sein Handy aus der Hosentasche und tippte das Kürzel ›SEK‹ ein, hinter dem sich die Nummer seiner Sekretärin verbarg. »Hallo, Frau Völz ... Ja, in der Einsatzzentrale. Verbinden Sie mich bitte mit Oberst Zahn in Landsberg.« Er entfernte sich ein paar Schritte.

»Was will er denn von dem?«, fragte Krieger.

»Keine Ahnung.« Graf zuckte mit den Schultern, dann kam es ihm blitzartig. »Scheiße!«

»Warum Scheiße?«

»Abwarten.«

Höfler kehrte nach wenigen Minuten zurück. »Wo ist der Penner mit dem Jeep jetzt?«

»Etwa fünf Kilometer vor dem Damm«, sagte Graf.

»Mir reichts mit den Spielchen, dem heizen wir ein!«

»Einheizen?« Graf hob eine Augenbraue. »Was heißt das im Klartext?«

»Ich habe einen Kampfhubschrauber von der Luftwaffe organisiert.«

Graf glotzte ihn an. *Heilige Scheiße! Er hat es vorhin ernst gemeint mit dem Abknallen!* »Wie haben Sie das hingekriegt?«

»Gute Connections.« Höfler schmunzelte selbstsicher. »Oberst Zahn ist ein alter Schulfreund.«

»In Landsberg stehen meines Wissens aktuell keine Kampfhubschrauber, außerdem, bis der hier ist.«

»Aber im Fliegerhorst in Manching.«

»Ach so! – Okay, ist ja praktisch vor der Haustür.«

»Der Tiger kommt frisch aus der Wartung. Die Besatzung wollte ihn heute ohnehin abholen.«

Graf nickte. »Gutes Timing. – Informiert das Heli-Team, sie kriegen Besuch.«

Krieger funkte den Piloten an.

Braukamm zoomte die Landkarte größer und checkte das neue Zielgebiet. Im Umkreis der Dammbrücke gab es nur Felder, Wiesen, ein Waldstück, den Auhöfesee und eine Landstraße. Ein Gehöft im Westen lag hart an der Grenze. »Könnte klappen.«

Graf rieb sich das Kinn, trotz der überraschenden Wendung blieb er skeptisch. *Der Tiger hat nicht mal 'ne Bordkanone!* Zum Bedauern vieler Fachleute und der Besatzungen hatte die Bundeswehr wieder einmal an der falschen Stelle gespart und die Kampfhubschrauber ohne Bordkanone eingekauft. Das hatte sich schon in vielen Einsätzen als Nachteil herausgestellt. Er überlegte, über welche Bewaffnung der Tiger außer den MGs noch verfügen könnte. *SNEB-Luft-Boden-Raketen Kaliber 68 mm*, fielen ihm als kleinkalibrige Geschosse ein. *Die pusten ihn weg, mit vollem Karacho! ... Verdammt! Wenn wir nur wüssten was genau Ziyad geladen hat, C4 oder selbstgemischtes Zeug, und wie viel?* Graf hasste es, eine Gefahr nicht genau einschätzen zu können.

»Gruber an Zentrale«, kam aus dem Lautsprecher.

»Hier Zentrale«, antwortete Graf.

»Wir sind bei Aichach und haben al Thani gestellt, er ist vom Schachhof geflohen.«

»Der Halter des schwarzen Jeeps?«

»Genau der.«

»Sehr gut, war er der Einzige?«

»Ja, leider. Bis jetzt haben wir keine anderen Fahrzeuge ausmachen können, aber in den umliegenden Ortschaften wird weitergesucht.«

»Gut.«

»Gibts schon Infos von den Augsburger Kollegen?«

»Ja, kam vorhin rein: Sein Wohnhaus ist sauber, in der Firma und im Verein sind sie noch zugange.«

»Okay, danke. Wir melden uns.«

»Seht euch das an!«, rief Höfler und zeigte auf die Videowand.

Kurz vor der Abzweigung zum Donaudamm bremste Ziyad scharf ab, gab wieder Gas und raste auf der B 16a weiter.

»Ich werde wahnsinnig!« Höfler raufte sich das Haar.

»Er will bestimmt zur nächsten Brücke«, sagte Graf.

»Das kann er vergessen!«

»Achtung!«, meldete Braukamm. »Jetzt biegt er nach Norden ab, Obernhartheimer Straße.«

»Verdammt, wohin will der Arsch?«, fluchte Höfler. »Dort gibts nur Felder und Wiesen!«

»Ich brauche die Flurpläne«, sagte Graf.

Braukamm rief die Datei auf und suchte die benötigte Markierung heraus. Seine Augen wanderten zwischen dem Plan und den Bildern des Hubschraubers hin und her, wie beim Tennis. Plötzlich verharrte er und starrte nur noch auf den Film.

Graf stupste ihn an. »Was ist los?«

Braukamm zeigte stumm auf den schmalen, braunen, schneefreien Streifen, der sich etwa einen Kilometer nördlich von der aktuellen Position des Jeeps von Osten nach Westen zog.

»Was ist das?«, fragte Graf.

»Die TAL«, sagte Höfler.

»TAL?«

»Die Transalpine-Pipeline«, erklärte Braukamm. »Sie versorgt die Raffinerien hier mit Rohöl. Sie verläuft etwa einen Meter unter der Erde, deshalb die schneefreien Stellen. Wenn Ziyad den Sprengstoff dort zündet, gibt es ein Inferno!«

»Scheiße!« Graf riss das Headset herunter. »Scheiße, Scheiße, Scheiße!« Er musste sofort an die Pipelinebränd-de in Nigeria und Kenia der letzten Jahre denken und an Hasans Worte ›Flammen schießen in die Höhe und riesige, schwarze Rauchwolken verdunkeln den Himmel‹. Neben dem verheerenden Schaden für die Umwelt wäre auch der wirtschaftliche unermesslich, eine Explosion würde den Raffinerien für längere Zeit den Saft abdrehen.

»Verdammt, wo bleibt der Tiger?«, fluchte Höfler. »Knallt diesen Bastard endlich ab!«

✦

Zwei, am Feldrand stehende, grüne Markierungspfähle aus Metall hatten Ziyads Interesse vorhin geweckt und ihn veranlasst, auf das Feld abzubiegen.

Es war eine gute Idee, den Jeep zu nehmen, dachte er zufrieden und brachte ihn nach einigen Metern auf einem schneefreien Stück zum Stehen. Das Knattern, seine bisherige, akustische Begleitung, entfernte sich. Ziyad sah durch das Seitenfenster nach oben, der Polizeihelikopter drehte ab. »Ha, jetzt kriegt ihr Schiss!« Er lachte diabolisch. Aber das Knattern kehrte zurück, es hörte sich viel lauter an als vorhin. Ziyad konnte den Heli nicht sehen, weder rechts noch links noch im Rückspiegel. *Verdammt! Wo sind diese Hurensöhne?*

Wie aus dem Nichts tauchte ein grau-grüner Kampfhubschrauber vor ihm auf, keine fünfzehn Meter entfernt. Der Tiger, bewaffnet mit je einem MG-Pod an den Stummelflügeln, senkte leicht sein Kinn, ein bedrohlicher Anblick. Trotz der Entfernung konnte Ziyad den Piloten und den WSO, den Waffensystemoffizier, im Cockpit dahinter erkennen. Ziyad fixierte sie einige

Sekunden. *Euch nehme ich mit!* Er breitete die Hände aus und schloss die Augen. »Bismillāh ir-rahmān ir-rahīm! Ich rücke aus auf Allahs Weg und kämpfe gegen diejenigen, die gegen den wahren Glauben kämpfen. Ich bin glücklich, dass mir der Tod den Sonnenaufgang bringt. Ich brenne im Namen des wahren Glaubens.« Er hielt noch einige Sekunden inne, bevor er das Tastenhandy vom Beifahrersitz nahm.

✦

»Zentrale an Tiger, schießen nach eigenem Ermessen!«, befahl Graf.

»Roger«, antwortete der WSO über Funk.

Alle starrten gebannt auf die Videowand, die über die gesamte Fläche das Geschehen, von dem in größerer Höhe in Stellung gebrachten Fancopter, live zeigte. Der Tiger machte einen leichten Schwenk nach links.

Höfler zappelte ungeduldig. »Was macht er?«

»Er will von der Seite schießen«, sagte Graf.

»Ziel erfasst«, meldete der WSO. »Feuer frei!«

In einem Stakkato zischten die Geschosse aus dem linken MG-Pod des Tigers. Sie durchschlugen die Kunststoffscheibe der Tür auf der Fahrerseite des Jeeps und traten auf der Beifahrerseite wieder aus.

»Treffer!«, meldete der WSO.

»Bestätige«, sagte der Pilot.

Für Sekunden herrschte Schweigen im ganzen Raum.

»Ist der Bastard tot!«, knurrte Höfler.

»Wir gehen näher ran«, meldete der Pilot.

»Negativ!«, pfiff Graf sie zurück. »Das macht die Bodentruppe, Zentrale an Sprengkommando ...«

»Hier Sprengkommando«, kam prompt die Antwort aus dem anderen Kanal. »Haben alles gehört, schicken den Robo hin.«

»Roger, halten uns zur Verfügung.« Der Tiger drehte ab. »Wir landen drei Kilometer südlich.«

»Danke, Jungs«, sagte Höfler.

Nach wenigen Minuten erschien ein mausgrauer Roboter des Kampfmittelräumdienstes auf dem Schirm, ausgestattet mit einem schwenk- und ausfahrbaren Greifarm und hochauflösender Kamera. Das kompakte Raupenfahrzeug näherte sich, gesteuert aus sicherer Entfernung von einem Operator im Truck, dem Jeep von der Beifahrerseite. Alle im Raum starrten wieder gebannt auf das Livebild und folgten der Kamera durch das zerfetzte Seitenfenster ins Innere. An der Frontscheibe lief Blut in Schlieren herunter, Ziyad saß blutüberströmt und in sich zusammengesunken hinter dem Lenkrad. In seiner rechten Hand hielt er noch das Handy.

In der Zentrale zeigten sich einige schockiert und angewidert, andere triumphierten.

»Ist er endlich hinüber?«, fragte Höfler kaltschnäuzig.

»Positiv«, antwortete der Operator über Funk. »Dem hat es die halbe Rübe weggepustet. Ich versuche, ihm das Handy mit dem Greifarm wegzunehmen.« Langsam schob sich der Greifer auf Ziyads Hand zu. Der Operator ließ ihn testweise einmal zu- und aufklappen, bevor er behutsam nach dem Handy fasste. »Ich habs!« Er ließ den Arm wieder zurückfahren.

»Ist auf dem Display etwas zu erkennen?«, fragte Graf.

»Negativ.«

Einer der beiden Sprengmeister im grünen, gepanzerten Schutzanzug nahm dem Roboter das Handy ab und stellte es sicher.

»Jetzt öffnen wir das Heck«, kündigte der Operator an und manövrierte den Roboter dorthin.

Geschickt öffnete der Greifarm die untere Knopfreihe des Stoffverdecks und klappte es anschließend hoch. Die Kamera zeigte die vier schwarzen Sporttaschen.

»Mist!«, stöhnte der Operator. »Die sind alle zu!«

»Kann der Greifer eine öffnen?«, fragte Graf.

»Ich probiers mal.« Er ließ den Greifarm zu der obersten Tasche fahren. »Negativ, er kann den Schieber nicht fassen, zu klein. Ronny, du musst ran.«

Aus dem Lautsprecher hörte man ein Knistern. »Bin schon unterwegs«, ertönte schließlich die Stimme von Sprengmeister Ronny Fischer.

Der Roboter machte Platz, Fischers Helmkamera übertrug ab jetzt die Bilder. Er öffnete zuerst die Fahrertür und suchte Ziyads Leichnam ab. »Keine Kabel oder Ähnliches, aber es könnte ein Kontaktzünder unter dem Sitz sein, den ich jetzt nicht sehe. Wir lassen den Toten drin und bergen ihn nach dem Entschärfen.«

Er lehnte die Tür an, ging zum Heck und öffnete die Klappe ganz. Nach einigen Fehlgriffen mit seinen klobigen Handschuhen, bekam er endlich den Reißverschlussschieber an der obersten Tasche zu fassen und zog ihn vorsichtig auf. »Bloody hell!«, fluchte er angesichts der großen Menge der ziegelsteingroßen, in Folie eingeschweißten Päckchen Plastiksprengstoff.

»Wie viele sind das?«, fragte Graf.

»Kann ich nicht genau sagen.« Fischer öffnete die Tasche ganz und überschlug die Menge. »Ich schätze etwa zwanzig Kilo pro Tasche, es könnten auch mehr sein. Dazu der Sprit im Tank ... bloody, bloody hell!«, fluchte er, das Bild einer fürchterlichen Explosion vor Augen. Danach musste er erst einmal tief Luft holen. Durch das Atemgerät im Helm klang es wie ein Röcheln. »Wir können nicht hier entschärfen, viel zu riskant, zu nah an der Pipeline. Der Jeep hat eine Seilwinde, wir schleppen ihn mit der Raupe zum Fluss. Das sind nur etwa 700 Meter und das Gelände ist eben, müsste funktionieren.«

Ab jetzt sendete nur noch der Fancopter Livebilder in die Einsatzzentrale. Fischers Kollege brachte die ferngesteuerte Raupe vor dem Jeep in Position. Fischer löste die Handbremse und befestigte den Haken der Seilwinde an der Raupe. »Alles gesichert.«

»Okay«, sagte Graf. »Sie haben freie Fahrt.«

Die Raupe setzte sich in südlicher Richtung in Bewegung, sie fuhr Schritttempo. Ihr Ziel: ein Altarm der Donau. Der ausgewählte Platz lag genau in der Mitte zwischen den Ortschaften Dünzing und Wackerstein, mit mehreren Hundert Metern Puffer auf beiden Seiten. Sollte der Sprengstoff beim Entschärfen wider Erwarten explodieren, könnte die Druckwelle dennoch Fensterscheiben der am Ortsrand liegenden Häuser zerstören. Sicherheitshalber warnte man die Be- und Anwohner.

Am Zielgebiet angekommen, stieg der Fancopter auf einen Sicherheitsabstand von 120 Metern Höhe. Man sah Fischer die Heckklappe des Jeeps öffnen und sich ans Werk machen. Trotz der eingebauten Zoom-Videokamera erkannte man keine Details. Jeder in der Zentrale hielt zeitweise den Atem an. Höflers Adrenalinspiegel stieg auf das Tageshöchstlevel. Er fand es hier mittlerweile viel zu warm und die Luft zum Schneiden dick. Er lockerte seine Krawatte und blies Luft aus.

Nach etwa zwanzig Minuten kam die erlösende Nachricht von Fischer: »Alle Zünder unschädlich gemacht, Gefahr gebannt.«

»Yessss!«, rief Graf mit geballter Faust.

Ein deutlich hörbares Aufatmen und Seufzer der Erleichterung gingen durch die Reihen, dann brachen Jubelschreie aus. Höfler ließ sich in den erstbesten Bürostuhl fallen, der ein Stück nach hinten rollte und von einem, seit gestern zum ersten Mal, lächelnden Graf gestoppt wurde.

BEFREIUNG

Nasri rüttelte verzweifelt an den Gitterstäben seiner engen, dunklen Zelle. »Lasst mich raus!« Eine schwarz uniformierte Wache schlug mit dem Gewehrkolben auf seine Hände bis sie bluteten. Er schrie vor Schmerzen.

»Lass meinen Sohn in Ruhe, du Bastard!«, geiferte Arif Masoud von der anderen Seite des Gitters, während er sich in der Umklammerung zweier anderer, schwer bewaffneter Wachen wand. »Lasst mich los, ihr verdammten Bastarde!«

Sie schleppten ihn weg.

Nasri rüttelte wieder am Gitter. »Neeeiiinnn!«

»Durchhalten, mein Sohn!«, rief Arif ihm über die Schulter zu. »Ich bin bald zurück!«

»Babaaa! Ich werd...« Die anderen Worte blieben ihm im Hals stecken, die Wache würgte ihn durch die Stäbe hindurch. Es tat sehr weh und vor seinen Augen begann alles zu verschwimmen. Er sah nur noch, wie eine der anderen Wachen seinem Vater einen Sack über den Kopf stülpte. Dann fiel ein Schuss. Nasri schrie.

»Hast du was Schlimmes geträumt?«, fragte Magnus, der neben dem Bett stand.

Nasri blinzelte ihn an. »Ach, du bist das.« Er musste sich erst noch an seinen Zimmergenossen gewöhnen. ›Hier gibts nur Einzelhaft für die ganz schweren Fälle‹, hatte ihm der kleine, quirlige Deutschrusse mit der blonden Igelfrisur gestern erklärt. Danach war er, hundemüde und ausgepowert von zwei nahezu schlaflosen Nächten und der endlos scheinenden Fahrt hierher, ins Bett gefallen.

Die zwei Stunden, wie Michael beim Abschied gesagt hatte, waren ihm doppelt so lang vorgekommen. Seit er keine Tabletten mehr nahm, spielte ihm das Zeitgefühl Streiche. Vielleicht hatte es auch an den dunkel getönten Scheiben des VW-Busses gelegen, durch die er die vorbeiziehende Landschaft so eintönig empfunden hatte, schwarz, weiß und alle Schattierungen von Grau. Als er ausstieg, es war längst dunkel geworden, erblickte er einen langgezogenen, ultramodernen Gebäudekomplex mit schwarz verglasten Fronten und einem dezent angestrahlten Vorbau aus verschachtelten, roten Würfeln. Der einzige Farbtupfer des Tages. ›Klinik für Forensische Psychiatrie und Psychotherapie‹ stand auf dem Schild am Eingang. Daran erinnerte er sich noch gut und natürlich an die Abschiedsworte seiner Pflegeeltern: ›Kopf hoch mein Junge, wir halten zu dir und besuchen dich so bald wie möglich‹. *Rena und Michael haben mich umarmt und gedrückt, trotz Berührungsverbot. Das hat sich gut angefühlt, auch wenn es nur Sekunden waren. Abschiednehmen ist immer Scheiße.*

Nach dem Anmeldeprozedere und dem ersten Gespräch, brachte Dr. Lehner ihn auf sein Zimmer und gab ihm eine Tablette. ›Sie brauchen Schlaf, Herr Masoud‹, hatte sie gesagt und Recht behalten. Er war in der vergangenen Nacht kein einziges Mal aufgewacht und fühlte sich viel besser als gestern. Nur der Traum mit seinem Vater ging ihm noch nach. Er seufzte schwer. »Es war ein beschissener Traum.«

»Du erinnerst dich wenigstens dran«, meinte Magnus. »Das konnte ich anfangs nicht, weil ich so zugedröhnt war. Träume helfen, alles Geschehene zu verdauen und Probleme zu meistern.«

»Echt, jeder Traum?«

»Klar, du musst nur drüber reden, mit den Psychologen und Therapeuten. Mir hats geholfen.«

Nasri furchte die Stirn. *Dann hat Ziyad meine falsch gedeutet, angelogen hat er mich so oder so.* »Ich hab keine gute Erfahrung mit Psychologen. Meiner hat mich mit Tabletten vollgestopft und zu seiner Marionette gemacht. Er hat mir mein Leben versaut!«

»Dr. Lehner ist super, glaub mir. Und die Tabletten helfen, wenn sie richtig dosiert sind. Irgendwann werden sie abgesetzt. Ich muss nur noch zwei am Tag einwerfen und fühle mich sauwohl.«

»Wie lange bist du schon hier?«

»Ein Jahr und vier Monate, einschließlich Entzug. Da war ich aber noch in der anderen Abteilung.«

»So lange? Was hast du angestellt?«

»Meinen brutalen Stiefvater krankenhausreif geprügelt, weil er sich an meiner Schwester vergreifen wollte. Vorher hab ich 'ne Line reingezogen und 'ne halbe Flasche Wodka getrunken.«

»Hast du kotzen müssen?«

»Warum?«

»Na, wegen dem Wodka.«

»Hey, ich bin halber Russe!« Magnus zwinkerte. »Inzwischen bin ich trocken, das Zeug war nicht gut für mich.«

»Ich habe nur einmal Rotwein getrunken, aber er kam wieder raus.«

»Du bist Moslem, richtig?«

»Ja.«

»Ihr dürft gar keinen Alkohol trinken, oder?«

»Ja, aber manche trinken ihn trotzdem.«

»Fang nicht damit an, der macht überhaupt nichts besser und hinterher hast du den vollen Brummschädel.«

»Das sagen Hasan und Rami auch.«

»Wer sind die?«

»Meine besten Freunde.«

»Kommen sie aus Homs, wie du?«

»Nein, Hasan aus Damaskus, Rami aus Aleppo.«

»Sind sie auch wegen diesem Scheißkrieg abgehauen?«

»Ja.«

»Lerne ich sie mal kennen? Sie kommen dich doch besuchen, oder?«

»Ich hoffe es.« Nasri seufzte. »Ich war ziemlich fies zu ihnen.«

»Dann ist 'ne Entschuldigung fällig.«

»Bei Rami hab ich es schon, bei Hasan noch nicht.«

»Ruf ihn an, vom Stationszimmer aus darfst du telefonieren. Es ist zwar immer ein Pfleger dabei, aber daran musst du dich gewöhnen.«

»Okay, ich denke drüber nach.«

»Aber bevor deine Freunde und deine Family zu Besuch kommen, solltest du dich rasieren. Dein Fusselbart sieht beschissen aus.«

»So schlimm?«

»Schau mal in den Spiegel! Ein neuer Haarschnitt würde dir auch nicht schaden. Du siehst aus wie einer dieser verfickten Bombenleger.«

Nasri erschrak. *Ist es wirklich so schlimm? Woher weiß er davon? Darf man hier fernsehen oder im Internet surfen oder ist das nur eine Redensart?* »Ich, äh ...«, druckste er herum. »Ich ...«

»Was ist?«

»Ich wäre es beinahe geworden«, gab Nasri kleinlaut zu. Ihm war flau im Magen, wie immer, wenn er an die Folgen des Attentates dachte: zerfetzte, verstümmelte und verbrannte Körper, viele Tote und Trümmerwüsten.

Magnus glotzte ihn an. »Jetzt ohne Scheiß?«

»Ja, ohne Scheiß, wenn Rami sich mir nicht in den Weg gestellt hätte.«

»Chujnja! – Fucking Bullshit!«

»Ich ... ich ... wollte ...« Plötzlich steckte Nasri ein Riesenkloß im Hals, regelrecht hinunterwürgen musste er ihn, diesen Leonie-Kloß, rot, groß, mit Dornen. Er räusperte sich. »Ich ... ich wollte es ihr heimzahlen.«

»Wegen einer Tussi?« Magnus fiel regelrecht die Kinnlade herunter, nachdem Nasri ihm alles von Leonie und Ziyad, an einigen Stellen unter Tränen, erzählt hatte.

»Mir war alles egal, ich konnte nicht mehr klar denken. Immer nur sah ich sie und ...«, er schluckte und schüttelte den Kopf, »... und ich dachte es wäre richtig. Der Doc meinte, es wäre die beste Lösung.«

»Du bist doch keiner dieser radikalen Wichser!«

»Ich habe keinen anderen Ausweg gesehen, ich wollte nicht mehr leben.«

»Idiot! Es gibt immer einen Ausweg! Du hast dich da total reingesteigert und dann dazu die Pillen! – Deshalb konnte der Typ dir diesen Bullshit einimpfen! Dieser Doc ist ein wertloses Stück Scheiße!«

»Er ist tot, man hat ihm die halbe Rübe weggepustet. Sie haben mir die Bilder gezeigt.« Nasris Blick verfinsterte sich, pure Genugtuung. Die Worte des Operators zergingen ihm wieder auf der Zunge, wie seine Lieblingsschokolade.

Gestern, vor der Abfahrt, waren Gruber und Graf zu ihm in die Zelle gekommen und hatten ihm die Aufzeichnung vom Schuss des Kampfhubschraubers vorgespielt. ›Sie wollten es ja mit eigenen Augen sehen‹, hatte Gruber gesagt. ›Hier, als abschreckendes Beispiel was mit Leuten passiert, die sich mit uns anlegen!‹ – Wieder liefen die Bilder vor Nasris innerem Auge ab und er hörte die Befehle: ›Zentrale an Tiger, schießen nach eigenem Ermessen! Roger, Ziel erfasst! Feuer frei!‹ Wie gestern hatte er selbst den Finger am Trigger und drückte ab, sah die im Stakkato zischenden Geschosse, wie sie die Scheibe durchschlugen. *Treffer! Wooom!* Er folgte der Kamera durch das zerfetzte Seitenfenster ins Innere. Das viele Blut an der Frontscheibe widerte nicht ihn, auch nicht der tote, blutüberströmte Ziyad hinter dem Lenkrad. *Das ist die gerechte Strafe für jeden, der Allah verhöhnt!,* triumphierte er insgeheim. »Ich hätte ihm vorher am liebsten ein paar in die Fresse gehauen!«

»Und jetzt gehts dir besser, oder?«

Nasri stieß einen Seufzer der Erleichterung aus. »Viel besser!«

Magnus klopfte ihm auf die Schulter. »Sehr gut, dieser Wichser ist kein Verlust! Die Welt braucht keins dieser menschenverachtenden Arschlöcher! Aber jeder braucht Freunde und du brauchst deine.«

»Ich hoffe sie vergeben mir.«

»Eine richtige Freundschaft hält das aus«, versicherte Magnus. »Das weiß ich aus eigener Erfahrung. Ich bin zwar erst neunzehn, aber ich habe mehr erlebt als mancher Dreißigjährige.«

»Ich bin auch neunzehn.«

»Siehst du, da haben wir schon was gemeinsam.« Magnus hielt die rechte Hand hoch. »Los schlag ein, gimme five.«

Nasri lächelte und klatschte ab. »Hättest du ein paar Tipps für mich, ich meine wegen Hasan. Vielleicht legt er gleich wieder auf.«

»Mal doch nicht alles so Schwarz! – Jetzt verpasse ich dir erstmal 'nen neuen Look.«

»Neuer Look?«

»Hast du Rasierzeug in deiner Tasche?«

»Welche Tasche?«

»Na, die neben deinem Kleiderschrank. Hat Gert hingestellt, so heißt unser Pfleger. Einräumen musst du selber.« Magnus zwinkerte ihm zu.

Nasri sah hin. *Meine Sachen aus Ingolstadt.* »Klar, aber ich hab nur 'nen Nassrasierer.«

»Ich einen elektrischen mit Langhaarschneider, den erlauben sie mir.« Er fuhr sich mit einer Hand über den exakt getrimmten Haarschopf. »Rattenscharf, oder?«

Nasri nickte. »Aber blond steht mir nicht, glaube ich.«

»Hab ich was von Blondieren gesagt?«

»Okay, okay, aber nicht so kurz wie bei dir und auch keinen Irokesenschnitt.«

Magnus grinste so breit, dass das rote Steinchen im linken Eckzahn aufblitzte. »Alles klar, mein Freund.« Er holte ein schwarzes Mäppchen aus seinem Nachttisch. »Kennst du Christiano Ronaldo?«

»Den Fußballer, auf den die Weiber so abfahren?«

»Genau der.«

»Fußball interessiert mich nicht so.«

»Aber der hat 'ne coole Frisur. Ich stehe auch nicht so auf Fußball, außer Länderspiele, ich Skate. Und was machst du, Fitness? Ein paar Muckis hast du ja.«

»Ja, aber ich hab das Training in der letzten Zeit ein wenig schleifen lassen.«

»Dann fang am besten hier wieder an, es gibt 'nen Fitnessraum, nur zur Info.«

»Okay. – Ich bin auch Motocross gefahren, mit einer 125er Enduro.«

»Voll geil!«

»Sie hat früher meinem Pflegevater gehört. Ich hab sie zusammen mit Jonas wieder hergerichtet.«

»Wer ist Jonas?«

»Mein *neuer* Bruder.«

»Alles klar. Und dein Bike, welche Marke?«

»Eine KTM.« Er kam ins Schwärmen. »Natürlich in Orange und Schwarz, sie hat nen tollen Sound.«

»Du stehst wohl auf alles, was einen Motor hat.«

»Erraten.« Wehmütig dachte Nasri an die Wochenenden auf der Piste oder an die Treffen mit den anderen Bikern im Enduro-Bunker. *Das wird mir fehlen.*

»Wo bist du gefahren?«

»Nur auf dem Vereinsgelände, ich hab noch keinen Führerschein.« *Den werde ich nicht so schnell kriegen, auch den fürs Auto nicht. Scheiße! – Naja, das Geld bleibt ja auf dem Sparbuch.*

»Ich glaube, da kann man sich voll austoben.«

»Klar, aber du musst aufpassen, sonst machst du 'nen Abflug und stehst nicht mehr auf.«

»Bist du schon mal gestürzt?«

»Schon öfter, war aber nicht so schlimm. Der Helm und die Protektoren in der Jacke haben es abgefangen. Ich hatte nur ein paar Prellungen und Kratzer.«

Magnus nickte anerkennend. »Ein richtiger Mann hält das aus.«

»Was kann man sonst hier machen? – Ich meine, außerhalb den Therapiesitzungen und so?«

»Hier ist alles Therapie.« Magnus grinste. »Quatsch, natürlich hat man *frei*, sofern man das so nennen kann. Ich arbeite in der Gärtnerei, das gehört zur Therapie. Aber ich mache das auch in der Freizeit gern.«

»Gärtnerei, jetzt im Winter?«

»Klar, die haben hier zwei riesige Gewächshäuser, dort gibts immer was zu tun. Sobald sie's dir erlauben, gehst du einfach mal mit, okay?«

»Okay.«

Die Tür ging auf, Pfleger Gert balancierte zwei Tabletts. »Frühstück, Jungs!«

»Sehr gut«, freute sich Magnus. »Und danach machen wir dich wieder gesellschaftstauglich.«

HELD

Rami schloss die Tür zu Hasans Zimmer hinter sich.
»Hi, wie gehts dir?«

»Hi, danke, gut.« Hasan setzte sich an den Bettrand.
»Hast du die Zeitung dabei?«

»Klar doch.« Rami wedelte mit der Samstagsausgabe
des Donaukuriers.

»Im Kiosk unten waren heute alle ausverkauft, ich
kann leider noch nicht sprinten, sonst hätte ich eine
ergattert.«

»Du hast doch mich.« Rami setzte sich zu Hasan und
schlug den Lokalteil auf. ›Der Held von Audi‹, lautete
die Überschrift des doppelseitigen Berichts. Ein Foto
zeigte ihn mit Doll und dem Vorstandssprecher.

»Na, was habe ich gesagt.« Hasan klopfte mit den
Fingern auf das Bild. »Ab Montag darfst du in der Firma Autogramme geben.«

Rami schmunzelte. »Willst du lesen oder quatschen.«

»Lesen.«

›Ich war schon in der Hölle, dort will ich nie wieder
hin, sagte Rami Haddad vergangenen Mittwoch im
Fernseh-Interview‹, damit begann der Artikel. ›Dem
sind wir nachgegangen. Er erzählte uns sein bewegen-
des Fluchtschicksal und was er mit Hölle meinte: Das
Feuerinferno beim Brand des Basars in Aleppo 2012 ...‹

Am Ende nickte Rami zufrieden, sie hatten alles in seinen Worten wiedergegeben. Der Kommentar dazu

stammte vom selben Redakteur: ›Kein Mensch wird als Terrorist geboren. Was trieb einen gebildeten, Asyl genießenden und gut integrierten 19-Jährigen wie Nasri M. dazu, einen Anschlag zu verüben und als Märtyrer sterben zu wollen? Wie jetzt bekannt wurde, beging M. drei Wochen zuvor einen Selbstmordversuch aus Liebeskummer. In der Psychiatrie kam er in die Fänge des Fanatikers Ziyad. Der Oberarzt und Facharzt für Psychosomatik war sechs Jahre im Klinikum tätig, ohne radikal aufzufallen. »Dr. Ziyad verbarg eine unheilvolle, dämonische Tiefe und gefährliche psychische Abgründe unter einer gefälligen und normal wirkenden Oberfläche«, sagte Professor Dr. Thaler, Leiter des Zentrums für psychische Gesundheit am Klinikum Ingolstadt und Ziyads ehemaliger Vorgesetzter, im Interview. Thaler zeigt sich noch immer erschüttert und verurteilt den Missbrauch des Arztberufes und das Ausnutzen der Situation eines labilen Patienten. Mit psychologischen Tricks dockte Ziyad bei Nasri M. an einer Stelle an, wo dieser am verletzlichsten war und übte gnadenlose Autorität aus. Die Psychopharmaka, die er ihm verabreichte, taten das Übrige. Ziyad nutzte die Zerrissenheit des jungen Mannes, manipulierte ihn und stiftete ihn schließlich zum Attentat an. Er behauptete, dies wäre die einzige Lösung, um seine Seelenqualen zu beenden. Nasri M. zeigte bis dahin weder radikale Ambitionen noch hatte er Verbindungen zu islamistischen Gruppen. Ob Kriegs- oder Fluchttraumata mit eine Rolle für sein Verhalten spielten, wird ein unabhängiger, psychologischer Gutachter klären.‹

Rami seufzte. »Ich hoffe, dieser Gutachter taugt was.«

»Das hoffe ich auch. – Sieh mal, hier steht was über Ziyads Versteck.«

›Ein ehemaliger Bauernhof nördlich von Schrobenhausen diente Ziyad als Kommandozentrale. Dort fand man Polizei- und Bundeswehruniformen, Unmengen an Waffen und Sprengstoffen, Bargeld, Goldbarren, falsche Pässe, Mobiltelefone und Computer. Man stellte auch seine DNA und Fingerabdrücke sicher. Yassir al T., der Eigentümer des Anwesens, hatte das Bekennervideo auf seinem Laptop gespeichert. Er sitzt in U-Haft und schweigt zu den Vorwürfen. In diesem Video ruft ein schwarz vermummter Mann in akzentfreiem Hochdeutsch zum Kreuzzug gegen die Ungläubigen auf. Der Stimmenvergleich ergab, weder Ziyad noch al T. können es sein. Vor schwarzem Hintergrund verkündet der Unbekannte die Entschlossenheit des ISSD, eine im Süden Deutschlands agierende Splittergruppe des IS: *Weitere Anschläge auf große Unternehmen werden folgen, die den ersten in den Schatten stellen. Nichts wird uns aufhalten, ihr werdet brennen wie Sodom und Gomorra!* Er zitiert sogar Vers 9:2 der Offenbarung: *Der Brunnen des Abgrunds wird sich öffnen und Rauch aufsteigen, wie der eines großen Ofens. Die Sonne wird sich verfinstern und die Luft sich vom Rauch des Brunnens schwarz färben!* Am Ende seiner Botschaft hob er die zur Faust geballte Hand und rief: *Allahu Akbar!*

Stellt man sich das brennende Tanklager einer Raffinerie dazu vor, welches Ziyad als erstes Anschlagsziel auserkoren hatte, bekommen diese Worte eine entsetzliche Bedeutung. Die Ermittler hoffen, bei der Auswertung der Daten von Ziyads und al Thanis Mobiltelefonen und den Laptops Spuren zu weiteren Hintermännern zu finden. Jede sichergestellte DNA und alle Fingerabdrücke werden mit den Einträgen in den nationalen und internationalen Fahndungsdateien abgeglichen. »Trotz des empfindlichen Schlages gegen diese Terrorzelle und der Enttarnung ihrer Kommandozentrale, muss man dringend davon ausgehen, dass weitere Schläfer auf das Go warten«, sagte Markus Graf, Kriminalhauptkommissar beim BKA, während der gestrigen Pressekonferenz.

Graf leitet die fünfzigköpfige SOKO, bestehend aus Mitarbeitern der Ingolstädter Kriminalpolizei, des LKA Bayern, der Bundespolizei und des BKA. »Ziyad war eine charismatische Anführerfigur«, so Graf weiter. »Seine Nachfolger, ich spreche bewusst von der Mehrzahl, werden wie er über Geld und Beziehungen in andere Extremistenkreise verfügen, dank ihres Intellekts labile Leute anziehen und für ihre Zwecke missbrauchen. Wir haben es mit einer neuen Generation von IS-Anführern zu tun, in Deutschland geborene und aufgewachsene Söhne von Immigranten, gebildet und in Schlüsselpositionen sitzend.« – Deutliche Worte und erschreckende Aussichten‹.

Rami starrte auf die gelesenen Zeilen. *Held, pffffff... ich will kein Held sein, ich will meinen Freund wieder haben.* »Bist du durch mit dem Artikel, Hasan?«

»Ja.«

Rami legte die Zeitung zur Seite. »Hoffentlich erwischen sie dieses Wichserpack!«

»Auch wenn sie sie erwischen, es wird andere machtgeile und brutale Irre wie Ziyad geben.«

Rami nickte stumm.

»Was gibts Neues von Nasri?«, fragte Hasan.

»Er ist seit Donnerstagabend in Günzburg.«

»Günzburg, noch weiter weg gings nicht? Das sind fast 120 Kilometer.«

»Baba meint, es ist eine der modernsten und besten Einrichtungen dieser Art.«

»Einrichtungen dieser Art«, äffte Hasan nach. »Nenn es ruhig beim Namen: Psychoknast.«

BLESSUREN

Schmunzelnd stützte sich Janina auf die Krücken, die sie Hasan mitgebracht hatte. »Aha, frisch rasiert!«

Aufrecht im Bett sitzend, strich er mit dem Handrücken elegant über Wange und Kinn. »Ich wusste, dass es dir gefällt«, sagte er selbstverliebt.

»Eitler Pfau!«

»Bin ich so schlimm?«

»Naja, für einen Roman reicht es«, sagte sie gehässig und hielt ihm die Krücken hin. »Du musst damit üben, sonst kannst du dir deine Entlassung am Donnerstag abschminken.«

»Ja, Frau Doktor«, sagte er gelangweilt.

»Sie sind schon auf deine Körpergröße eingestellt.«

Hasan schob sich vor an den Bettrand und ließ die Beine baumeln, bevor er zuerst das rechte und dann, etwas vorsichtiger, das linke auf den Boden stellte. Janina lehnte die Krücken ans Kopfende, sie wollte Hasan helfen, die Turnschuhe anzuziehen. Als sie sich bückte, fiel eine weiße Pillendose aus einer der Taschen ihres Arztkittels und kullerte unters Bett. Hastig, auf den Knien rutschend, holte sie sie hervor und versuchte, sie wieder verschwinden zu lassen. Hasan kam dieses Verhalten verdächtig vor, er machte einen Satz nach vorn und konnte ihr die Dose abnehmen. Diese schnelle, abrupte Bewegung tat seinem verletzten Bein überhaupt nicht gut. Ein heftiger Stich durchfuhr ihn, er biss die Zähne zusammen. *Fuck!*

Janina funkelte ihn an. »Kann ich sie wiederhaben.«

»Was ist da drin?«, fragte er, die unbeschriftete Dose schüttelnd.

»Was gegen Kopfschmerzen.« Sie versuchte, ihm die Dose wegzunehmen, doch er hielt sie fest umklammert.

»Glaube ich nicht.«

»Gib sie mir zurück.« Janina streckte eine Hand fordernd aus. »Bitte!«

Hasan setzte sich wieder. »Erst wenn du mir endlich sagst, was mit dir los ist. Das mit dem Stress glaube ich dir auch nicht, den hattest du schon, als wir noch zusammen waren. Aber da warst du nicht so dünn und hattest Augenringe.«

Janina senkte den Blick, ihr Körper versteifte sich.

»Komm mal her zu mir«, sagte Hasan. Sie folgte der Aufforderung. Er hob ihr Kinn an und sah ihr bedeutungsvoll in die Augen. »Hey, ich mache mir Sorgen um dich.«

»Du bist der Patient, nicht ich«, sagte sie.

»Nicht ablenken, Frau Doktor«, sagte er streng. »Ist es wegen deinem Verlobten? Sag nicht, dass er dich so dünn haben will oder dich schlägt oder ...«

»Nein!« Janina seufzte schwer und setzte sich neben Hasan. »Shervin ist verschwunden.«

»Wie verschwunden?«

»Er wollte am 9. Dezember nach Teheran fliegen, um seinen Onkel und die Cousins zu besuchen. Sie wollten ihn vom Flughafen abholen, aber er war nicht da. Laut Passagierliste saß er im Flugzeug. Sein Auto stand im

Parkhaus am Münchner Flughafen und vor dem Abflug hat er mir sogar noch eine Nachricht geschickt. Seine Eltern haben alle Hebel in Bewegung gesetzt, eine Vermisstenanzeige bei der Polizei gemacht und übers Internet gesucht. Nichts bis jetzt, auch die Handyortung brachte nichts. Er ist wie vom Erdboden verschluckt!«

Hasans Züge wechselten von Entsetzen zu Bedauern. »Ya salâm! – Glaub mir, ich wollte dich nicht beleidigen, als ich sagte du würdest ...«

»Scheiße aussehen? Du hast Recht.«

»Was ist das für ein Zeug, ein Aufputschmittel?«

»Ja.«

»Nimmst du noch was anderes?«

»Zu Hause ein Beruhigungsmittel, damit ich wenigstens ein paar Stunden durchschlafen kann.«

»Bist du irre?«

»Ich schaffe es sonst nicht«, verteidigte sie sich.

»Mir fehlen die Worte!«

»Du kennst doch den Spruch: Ärzte sind schlechte Patienten.«

»Blöder Spruch! – Was sagen deine Eltern?«

»Die wissen nichts.«

»Die beiden sind Ärzte, merken die das nicht?«

»Sie glauben es liegt daran, dass ich wegen Shervin so wenig esse. Sie sagen, ich soll die Hoffnung nicht aufgeben.«

»Sehen sie nicht, dass du beinahe daran zerbrichst? – Ist mir unverständlich! Und deine Haare, hast du sie dir aus Frust abgeschnitten?«

»Ja, vor zwei Wochen. Ich stand voll neben der Spur und wollte mich selbst kasteien. Zuerst habe ich nur an den Spitzen herumgeschnippelt. Naja, dann wurde es immer mehr. Ich sah aus wie eine Vogelscheuche und hab Nele angerufen, sie hat das Beste draus gemacht. Am nächsten Tag bin ich zum Friseur, aus Trotz sagte ich ›ab damit‹. Ich musste mich auch erst dran gewöhnen, mittlerweile finde ich es so ganz praktisch.« Sie fuhr mit einer Hand durch den kurzen Haarschopf. »Es gefällt dir nicht, oder?«

»Naja, sie wachsen schon wieder.«

»Warst du damals sehr sauer auf mich?«, fragte Janina.

Hasan legte die Stirn in Falten. *Wieso kommt sie gerade jetzt damit?*

»Ich habe mich echt Scheiße benommen«, gab sie zu. »Es nur am Telefon zu sagen war so feige. Das hattest du nicht verdient.«

»Naja, andere schreiben nur eine Message und melden sich nicht mehr.«

»Ich habe auf meine Eltern gehört, sie meinten, so wäre es besser.«

»Ja, kurz und schmerzhaft.«

»Ich weiß«, sagte sie leise. »Tut mir leid.«

»Warst du in Shervin verliebt?«

Janinas Blick ging durch Hasan hindurch.

Er winkte ab. »Sorry, geht mich nichts an.«

»Ich kannte ihn von der Arbeit, er war ja auch auf der 64 und ziemlich nett. Meine Eltern kannten seine und so kam es zustande.«

»Ich wusste es, es war arrangiert. Du, die junge Ärztin und er, der Oberarzt – die bessere Partie eben.«

»Ich liebe meine Eltern sehr und wollte sie nicht enttäuschen. Ich dachte, wenn wir uns mal besser kennen, Shervin und ich, würde es ...« Sie schluckte. »Egal, ich habe dich mit meinem Anruf verletzt, das tut mir sehr leid.«

»Schlimmer war die Nachricht von eurer Verlobung«, sagte Hasan. »Nur vier Wochen später! Das hat richtig wehgetan.«

»Das glaube ich dir.«

»Schwamm drüber, ich hab dir schon lang verziehen.«

Am Donnerstag, zu Hasans Entlassung aus der Klinik, hatte Janina sich freigenommen, ihn zu seinem Hausarzt begleitet, dort gewartet bis er fertig war und ihn anschließend nach Hause gefahren.

»Al-ḥamdu li-llah!«, schickte er nach oben, als er die Wohnungstür hinter sich schloss. »Endlich wieder zu Hause!«

Janina stellte die Sporttasche an der Garderobe ab. »Soll ich sie ausräumen?«

»Nein, das mache ich später selber. Lass mich erstmal ankommen.«

»Deine Post liegt auf dem Küchentisch.«

»Okay.«

»Rami war gestern einkaufen, im Kühlschrank sind Milch, Käse und Eier, frisches Brot und Obst sind auch da.«

»Ich weiß, er hat es mir in Whatsapp geschrieben. Er kommt heute Abend vorbei.«

»Es ist gleich Mittag. Hast du Hunger? Ich könnte was kochen.«

Hasan legte den Kopf schief. *Was wird das jetzt? Hat sie ein schlechtes Gewissen wegen damals oder keimt da was auf, weil sie noch etwas für mich empfindet? Ist es die Ärztin, die einem Patienten helfen will oder braucht sie nur jemanden, den sie bemuttern kann, um sich abzulenken.* »Janina, ich bin dir dankbar, fürs Heimbringen und für alles andere. Aber du brauchst nichts kochen, wir bestellen uns was. Am Kühlschrank pinnt ein Flyer von Chang oder willst du was vom Italiener?«

»Ist die gebratene Ente süß-sauer von Chang noch immer so lecker wie früher?«

»Besser«, sagte Hasan und küsste die Fingerspitzen.

»Okay, dann bestell die.«

»Ich nehme zwei große Portionen. Es wird Zeit, dass du was auf die Rippen bekommst.«

»Lass mich raten«, sagte Rami schnuppernd, als er sich abends zu Hasan an die Theke setzte. »Ihr hattet Ente süß-sauer zu Mittag.«

»Richtig geraten.«

»Die muss ich mir auch mal wieder holen.«

»Hast du Hunger?«

»Nein, wir haben schon zu Abend gegessen. Es gab gefüllte Auberginen mit Buttermilchsoße.«

»Mmmhhh, darauf hätte ich auch mal wieder Lust.«

Rami holte eine Tupperdose aus der Tasche. »Mama kann Gedanken lesen.«

»Für mich?«

»Klar, sie macht doch immer eine ganze Pfanne. Du kannst sie ja in der Mikrowelle aufwärmen.«

»Danke, die hebe ich mir für morgen auf.«

»Gute Besserung soll ich dir ausrichten.«

»Nochmal danke.«

»Baba hat dein Auto von der Polizei abgeholt und in die Werkstatt gebracht. Die neue Heckscheibe ist bestellt, sie kostet 320 Euro inklusive Einbau.«

»Super! Ich habe den Schaden meiner Versicherung gemeldet. Sie zahlen alles, auch die Reinigung.«

»Nobel, nobel. Was ist mit dem Loch im Rücksitz, lässt du das machen?«

»Muss ich mir erst ansehen.«

»Okay, jedenfalls ist er am Montag fertig, Baba bringt ihn dir.«

»Das finde ich echt stark von ihm, ich rufe später an und bedanke mich persönlich, auch fürs Essen. Ich werde mich auf jeden Fall revanchieren, du hast auch noch was gut bei mir.«

»Quatsch, ich bin dein Freund.«

»Hey, ich stehe zu meinem Wort!«

»Audi bezahlt mir den Führerschein«, strahlte Rami.

»Wow, das nenne *ich* nobel! PetroTec will sich bei mir auch erkenntlich zeigen, obwohl ich ja nicht *so* viel getan habe.«

»Wie?«

»Keine Ahnung, ich lass mich überraschen. Also, lass mich dir was Gutes tun, wenn ich wieder fit bin. Du hast einen Wunsch frei.«

»Wie bei Aladin mit der Wunderlampe?«

»Ich sagte *einen* Wunsch, nicht drei!«

Rami schürzte die Lippen und grinste. »Einen Versuch wars wert. Wann darfst du wieder Autofahren?«

»Janina meint, ich soll warten bis die Fäden gezogen wurden.«

»Wann ist das?«

»Am Elften.«

»Wie lange bist du noch krankgeschrieben?«

»Bis 19. Februar.«

»Machst du 'ne Reha?«

»Nur ambulant, bei einem Physiotherapeuten, gleich hier in der Nähe. Janina hat ihn gefunden. Ich kann hinlaufen, das gehört auch zum Training. Sonst mache ich Übungen mit dem Thera-Band.«

»Wann darfst du wieder ins Studio?«

»Das entscheidet mein Hausarzt. Janina hat mir geraten, psychologische Hilfe in Anspruch zu nehmen, wegen der Schüsse.«

»Und? Machst du's?«

»Ganz sicher nicht! Du hast ja gesehen was Psycho-Docs anrichten können.«

»Du kannst dich bei mir auskotzen, wenn du willst.«

»Danke für das Angebot, aber ich komme klar. Ich muss mich um Janina kümmern.«

»Du«, staunte Rami, »um Janina?«

»Nicht was du denkst.«

»Was denke ich denn?«

»Ich mache mir keine Hoffnungen, ich will ihr helfen.«

»Gute Idee, Mann. Gib ihr was zu essen.«

»Nicht nur das, sie muss von den Tabletten weg.«

»Tabletten, ist sie doch krank?«

»Sie nimmt Aufputsch- und Beruhigungsmittel.«

»Warum?«

»Shervin ist verschwunden. Er flog Anfang Dezember nach Teheran, um Verwandte zu besuchen, seitdem gibt es keine Spur mehr von ihm.«

»Ya salâm! Das nimmt sie sicher sehr mit.«

Hasan seufzte. »Ich kann nicht länger zusehen wie sie sich kaputtmacht.«

»Hoffentlich gelingt es dir, sie aufzumöbeln. Du kennst doch den Spruch ›Ärzte sind schlechte Patienten‹.«

»Das hat sie auch gesagt.« Hasan kam ins Grübeln. »Glaubst du an Vorsehung?«

»Vorsehung?«

»Naja, wenn ich nicht im Krankenhaus gelandet wäre, hätte ich nie erfahren, wie es um sie steht.«

»Dann hatte es etwas Gutes, dass du angeschossen wurdest – klingt blöd, aber ...«

»Ja, klingt blöd, ist aber so. Ich habe viel nachgedacht im Krankenhaus. Ich werde mein Leben ändern.«

»Keine 72 mehr?«

Hasan schüttelte den Kopf. »Viel zu anstrengend.«

»So plötzlich? Willst du seriös werden?«

»Ich habe noch keinen Plan.«

»Jetzt werde erstmal richtig fit, dann gehen wir wieder ins XTreme, okay?«

»Okay.«

»Nur zur Info«, sagte Rami. »Morgen Abend komme ich nicht her, wir gehen ins Luz.«

»Mit den Jungs von der Arbeit?«

»Nein, ähm ... mit Kari.«

»Kari?«

»Karina.« Ramis Augen blitzten.

Hasan spitzte die Ohren. »Du hast ein Date?«

Rami schielte nach oben. »Kann man so sagen.«

»Cool! – Los, erzähl! Ich will alle Einzelheiten wissen«, drängelte Hasan. »Wer ist sie? Was macht sie? Wie alt ist sie? Wie sieht sie aus?«

»Du kennst sie.«

Hasan hob eine Augenbraue und überlegte. »Hatte ich mal was mit einer Karina? – Nein, definitiv nicht, das wüsste ich.«

»Schwester Karina, sie arbeitet auf Janinas Station.«

»Ach *die* Karina! Die süße Brünette mit der Stupsnase, die noch in der Ausbildung ist!«

Ramis Augen leuchteten. »Sie ist achtzehn und im zweiten Lehrjahr.«

»Hat sie dich angesprochen?«

»Nein, ich.«

»Was hab ich gesagt, du kannst das! – Los erzähl.«

»Es war am Mittwoch, als ich dich zum ersten Mal besuchen kam. Ich hab sie nach dem Weg gefragt. Dann sind wir uns fast jeden Tag über den Weg gelaufen. Sie hielt mich für deinen Bruder, weil ich die Sachen brachte. Ich hab ihr erklärt, dass wir gute Freunde sind und mich um alles kümmere, weil du keine Verwandten hast. Das fand sie toll.«

»Ich liebe solche Stories.« Hasan verschränkte die Hände über der Brust und trommelte mit den Daumen. »Und weiter?«

»Nichts weiter, wir konnten uns immer nur kurz unterhalten, sie musste ja arbeiten. – Sie ist total nett.«

»Dann habt ihr euch morgen umso mehr zu erzählen. Ich wünsche dir ganz viel Spaß.«

»Danke.«

An der Tür läutete es. Hasan sah auf die Uhr. »Viertel nach sieben, wer kann das sein?«

»Janina?«

»Nein, sie würde vorher anrufen.«

Rami zwinkerte ihm zu. »Du kennst doch die Frauen. Ich sehe nach.« Er verschwand in den Flur.

Kurz darauf kam er mit Kommissar Gruber zurück.

»Guten Abend, Herr Tantawi.«

Hasan staunte nicht schlecht. »Guten Abend, Herr Kommissar. Was führt *Sie* zu mir?«

»Keine Angst«, sagte Gruber augenzwinkernd, »mein Feldbett hab ich nicht dabei.«

Hasan grinste. *Hab ich ein Glück.* »Setzen Sie sich doch, darf ich Ihnen was zu trinken anbieten, Kaffee, Tee?«

»Danke, nein. Ich bin nur vorbeigekommen, um Ihnen Ihren Betriebsausweis zu bringen. Die Spusi braucht ihn nicht mehr.«

»Okay.« Hasan legte ihn zu seiner Geldbörse in der Schale auf der Theke. »Toller Service, danke.«

»Kein Thema, ich wohne nicht weit von hier.«

»Gut zu wissen, die Polizei, dein Freund und Helfer in der Nachbarschaft oder wie lautet der Spruch?«

Gruber lachte. »So ähnlich.«

»Wo war er eigentlich?«, fragte Hasan.

»Die Spusi hat ihn im Büro auf dem Schachhof gefunden. Ziyad hatte eine täuschend echt aussehende Kopie mit seinem Foto bei sich.«

»Ich wusste es, dieser Wichser hatte alles bis ins Detail geplant.«

»Die G22, mit der er wahrscheinlich auf Sie geschossen hat, fand man auch.«

»Eine G22? Boah, die hat 'nen ordentlichen Wumms! – Wieso nur wahrscheinlich?«

»Es sind noch andere Fingerabdrücke drauf und bei der Obduktion seines Leichnams konnte man keine Schmauchspuren nachweisen.«

»Er hat sicher Handschuhe getragen.«

Gruber reichte Hasan ein Formular und einen Stift. »Ich hätte gern ein Autogramm, Empfangsbestätigung für den Ausweis.«

»Klar.« Hasan unterschrieb und gab beides zurück.

Gruber steckte die Sachen wieder ein. Dann holte er tief Luft. »Gut, dass ich Sie hier antreffe, Herr Haddad. Ich entschuldige mich für mein Benehmen im Krankenhaus.«

»Okay.« Rami nickte zufrieden. *Das ist ihm jetzt sicher schwer gefallen.* »Angenommen.«

»Danke.« Gruber räusperte sich. »Ähm, ich will nicht vorgreifen, auch Bürgermeister Dr. Höfler wird sich noch bei Ihnen beiden persönlich bedanken.«

»Cool!«

Hasan wunderte sich. »Bei mir auch?«

»Sicher, Sie haben uns entscheidende Tipps gegeben.«

»Okay.«

»Ist das so ein Ding mit Händeschütteln und so?«, wollte Rami, neugierig geworden, wissen.

»Naja, wahrscheinlich lädt er uns in sein Büro ein«, meinte Hasan. »Und wir kriegen 'nen Fresskorb.«

Gruber hob beide Hände. »Ich habe keine Ahnung, er lässt Sie's rechtzeitig wissen. Lassen Sie sich überraschen.«

HASANS 72 MAL 72

Von der Schlagzeile ›Grausamer Fund auf Bauernhof!‹ neugierig geworden, zoomte Hasan die Titel-
story des Donaukuriers auf seinem Tablet auf. Er kannte
den Mann auf dem Foto darunter. »Das ist doch Janinas
Verlobter!« Er hatte ihn nur einmal auf ihrer Facebook-
Seite gesehen, das Aussehen seines damaligen Neben-
buhlers aber nicht vergessen.

›Endlich Gewissheit, aber ein schwerer Schlag für die
Familie: Shervin Rouhani wurde ermordet‹, lautete die
Bildunterschrift.

»Ya salâm, er ist es!« flüsterte Hasan ehrfurchtsvoll
und begann zu lesen.

›Ein grauenhafter Anblick bot sich den Mitarbeitern
von Spurensicherung und Kriminalpolizei am Dienstag,
als sie die Jauchegrube unter dem ehemaligen Stall auf
dem Schachhof öffneten. Wie berichtet, durchsucht man
das abgelegene Anwesen im Zuge der Ermittlungen zu
den vor vier Wochen vereitelten Terroranschlägen auf
Audi, PetroTec und TAL. Es diente Dr. Ziyad, dem
mutmaßlichen Drahtzieher und Anführer einer deutschen Splittergruppe des IS, als Kommandozentrale.
Den Stall hatte man als Sprengstofflager benutzt. Nach
dem Abtransport des Gefahrguts, trat einer der Spezialisten aus Versehen auf eine morsche Holzbohle und
brach ein. In der Grube, knietief mit braunem Schlick
gefüllt, lag ein zum Teil verwester, männlicher Leich-

nam. Ein DNA-Test bestätigte, bei dem Toten handelt es sich zweifelsfrei um die sterblichen Überreste des seit 9. Dezember 2015 vermissten Arztes Dr. Shervin Rouhani aus Ingolstadt. Die Obduktion ergab, dass er durch einen Kopfschuss aus einer großkalibrigen Waffe zu Tode kam. Mittlerweile weiß man, Rouhani kannte Ziyad aus dem Klinikum Ingolstadt, wo beide arbeiteten. Der anfängliche Verdacht, Rouhani wäre ein Mitglied der Terrorgruppe gewesen und deshalb im Dezember im Iran untergetaucht, konnte fallen gelassen werden. Die Kriminalpolizei vermutet, Rouhani erzählte Ziyad, in den Iran fliegen zu wollen, um Verwandte zu besuchen. Das sah dieser als Chance, einen seiner polizeilich gesuchten Männer auszuschleusen.

Der Fall lässt sich folgendermaßen rekonstruieren: Am Tag des geplanten Abflugs fuhr Rouhani, nachdem er sich von den Eltern und seiner Verlobten verabschiedet hatte, mittags mit dem Auto in Richtung Airport München. Seine Mörder haben ihn auf dem Weg dorthin abgepasst und ihn betäubt, um ihm Flugticket, Pass und Mobiltelefon abzunehmen. Er wurde auf den Schachhof gebracht und dort erschossen, so glaubt man. In seinem, im Flughafenparkhaus abgestellten Auto fand man keine Blutspuren. Man nimmt an, der polizeilich Gesuchte fuhr mit Rouhanis Auto zum Flughafen und checkte dort unter dessen Namen ein. Laut Passagierliste befand er sich auch nach dem Umsteigen in Doha (Katar) an Bord. Nach der Ankunft in Teheran tauchte er unter. Die Kriminalpolizei zieht in Erwägung, dass die Tat von langer Hand geplant wurde und der Gesuchte sich einer Gesichts-OP unterzogen haben könnte, um Rouhani ähnlich zu sehen. Er könnte aber auch mit einem gefälschten Pass in Teheran eingereist sein.‹

Hasan legte das Tablet zur Seite, hob die Hände und betete leise zu Ehren des Toten. Nach ein paar Minuten der Besinnung wählte er Janinas Nummer, leider war belegt. Er schnappte sich die Autoschlüssel und fuhr zu ihrer Wohnung. Dort traf er sie nicht an. *Sagte sie nicht, sie müsste dieses Wochenende arbeiten?* Im Krankenhaus erfuhr er, dass sie ihren Dienst mit einem Kollegen getauscht hatte, wegen des Trauerfalls. *Natürlich, die Kripo hat Shervins Familie informiert, bevor sie an die Presse ging, und die Janinas Eltern. Ich fahre mal zu ihnen,* entschied er. Zur Sicherheit rief er vorher dort an.

Britta und Javed Moghaddam empfingen Hasan freundlich, aber ein wenig distanziert. Er sah es ihnen nach, der Schock über Shervins gewaltsamen Tod saß tief und jetzt stand auch noch der Ex ihrer Tochter vor der Tür. Britta begleitete ihn bis vor die Tür zu Janinas altem Zimmer und klopfte leise.

»Ja, bitte«, hörten sie sie sagen.

Britta öffnete und sah hinein. »Hasan ist hier, Liebes.«

»Okay.« Janina schälte sich vom Bett, blieb aber an der Kante sitzen.

Britta schloss die Tür hinter Hasan.

»Hi, Janina. Wie gehts dir?«

»Hi.« Sie wischte mit einem Kleenex die Tränen aus ihren rotgeweinten Augen. »Sorry, heute sehe ich noch beschissener aus.«

»Hör bitte auf!« Hasan setzte sich neben sie. »Was mit Shervin passiert ist ... das ist unfassbar.«

»Du hast die Zeitung schon gelesen, hm?«

»Ja.«

»Ich hatte keine Ahnung, dass Shervin Ziyad kannte.«

»Es schien ihm nicht wichtig genug gewesen zu sein, es dir zu sagen.«

»Da arbeitet man im selben Krankenhaus und hat keinen blassen Schimmer.« Sie schniefte.

Hasan zupfte ein frisches Kleenex aus der Box und reichte es ihr. »Wie viele Leute arbeiten bei euch?«

»Danke.« Sie putzte sich die Nase. »Knapp 2.800.«

»Dann wunderst du dich?«

»An dem Abend, als du auf die Intensivstation verlegt wurdest, sagte Ramis Pflegevater, das Krankenhaus wäre ein Irrgarten, Irrenhaus trifft es eher.«

»Naja, einen Irren gab es, Ziyad.«

»Weißt du was ich glaube, er kannte mich vom Sehen. Er war sicher mal bei Shervin auf der Station. Als du und ich zusammen waren, muss er dich beobachtet haben und fand heraus, wo du arbeitest. Deshalb hatte er dich als Kandidat für den Anschlag auf PetroTec im Sinn.«

Hasan seufzte. »Und durch mich kam er auf Nasri.«

»Tut mir leid.«

»Janina, gib dir doch nicht die Schuld, es waren einfach unglückliche Zufälle!«

»Nein Hasan, das war Schicksal.«

Sie seufzten beide.

»Wir fahren dann zu Shervins Eltern«, sagte Janina.

»Ist heute die Beerdigung?«

»Nein, es gibt noch keinen Termin, sein Leichnam wurde noch nicht freigegeben.«

Vom Flur drangen Stimmen ins Zimmer.

Hasan stand auf. »Ich gehe jetzt wieder, damit du dich fertigmachen kannst. Und wenn du reden willst, ruf mich an. Egal wie spät es ist.«

»Okay, mach ich.« Janina erhob sich, um ihn hinauszubegleiten. »Danke fürs Herkommen.«

»Es war mir sehr wichtig.« Hasan gab ihr einen Kuss auf die Wange, nur flüchtig, aber so nah war er ihr schon lang nicht mehr. Er vernahm ihren Rosenduft und sog ihn ein, er hätte darin versinken können. Aus Respekt vor ihrer Situation ging er wieder auf Abstand, den Blick weiter auf sie gerichtet. *Schicksal sagte sie vorhin, wer weiß, was es noch für uns bereithält.*

Janinas Handy läutete.

Sie nahm es vom Nachttisch. »Es ist Nele.«

»Geh ruhig ran, ich finde allein raus.«

›Danke, Hasan‹, formte sie mit den Lippen, die ein Hauch von Lächeln umwehte.

✦

In die Sonne blinzelnd, trat Hasan auf seinen Balkon und stellte zwei große Gläser Café Latte auf den Tisch. Bevor er sich zu Janina setzte, warf er einen Blick auf das Thermometer zwischen Fenster und Tür. »Achtzehn Grad, ich denke heute knacken wir die Zwanzig.«

»Wird auch Zeit, wir haben Ende April«, sagte Janina und legte jedem ein Stück selbstgebackenen Käsekuchen auf den Teller. »Hoffentlich bleibt es ab jetzt warm.«

Seit Ostern trafen sie sich regelmäßig, nur um zu reden. Das tat beiden gut. Hasan hatte den Mordanschlag halbwegs verdaut, die Ungewissheit, einer von Ziyads Hintermännern könnte Rache üben, war geblieben. Die Narben am Oberschenkel, jetzt noch rosa schimmernd, würden mit der Zeit zu dünnen Strichen verblassen, aber Mahnmale bleiben. Janina kämpfte manchmal noch mit der Erinnerung an Shervin. Hasan hatte sein Versprechen gehalten und immer ein offenes Ohr für sie gehabt. Shervins tragisches Schicksal berührte auch ihn, weil es so nah mit seinem und dem von Nasri zusammenhing. Ihn hatte es am Schlimmsten getroffen. Maßregelvollzug, jedes Mal wenn Hasan dieses juristische Unwort hörte, kam ihm die Galle hoch. Er hoffte, dass man ihn nicht doch irgendwann abschieben würde. Wenigstens war er wieder gut drauf, in seinem letzten Telefonat hatte er begeistert über die Arbeit in der Gärtnerei erzählt. In einer Woche stand der erste Besuch bei ihm an, früher war es ihm und Rami nicht gestattet worden.

Hasan dachte oft über Nasri nach, aber noch mehr über sich selbst, sein Leben und seine Eskapaden. Wie in einem Hamsterrad war er sich vorgekommen, man rannte und rannte und kam nie an, frustrierend. Ins

XTreme ging er nur zum Tanzen und um ein wenig zu flirten, mehr nicht. Meistens allein, denn Rami und Karina frönten, frisch verliebt, trauter Zweisamkeit. Hasan gönnte ihnen dieses Glück von ganzem Herzen und er freute sich riesig über Ramis neu gewonnenes Selbstbewusstsein.

Er freute sich auf jedes Treffen mit Janina, ohne sich Hoffnungen zu machen, wieder ein Paar zu werden. Wenigstens aß sie regelmäßig, diesen Erfolg schrieb er sich zu. Einige Kilos fehlten noch, aber sie sah um Welten besser aus, nicht so wie damals im Krankenhaus, als sie an seinem Bett stand, so dünn und zerbrechlich und so verletzlich. Bereits da war ihm klar geworden, dass er sie nicht aus seinem Leben radieren konnte. Aber sie war verlobt gewesen und somit tabu.

Heute ließ sie sein Herz genauso schnell schlagen, wie bei ihrer ersten Begegnung im Village. Wie damals saß sie ihm gegenüber und schob ein Stück Käsekuchen genüsslich in den Mund.

Hasan tat es ihr gleich, ohne den Blick von ihr zu lassen. »Mmmhhh, der ist so lecker, du hast dich wieder mal übertroffen.«

»Dankeschön.«

Hasan putzte den Teller im Nu leer und trank den Milchkaffee aus.

»Willst du noch ein Stück?«

»Gern, aber iss du erstmal auf und trink aus. Ich mache dann noch zwei Latte, du magst doch noch einen?«

»Gern.«

Hasan stützte den Kopf auf die Hände und beobachte-te Janina beim Essen. Das Gegenlicht der frühen Nachmittagssonne umgab ihr Gesicht wie eine Aura und ließ es wie einen Stern strahlen. *Einfach zauberhaft!* »Du bist so wunderschön.«

Sie lächelte. »Und du bist immer noch der Alte.«

»Weil ich dir ein Kompliment mache? Könntest du auch mal.«

»Okay, du siehst gut aus.«

»Das sagst du jetzt, weil ich es angesprochen habe«, meinte Hasan gespielt pikiert.

»Du bist so ...« Janina schüttelte den Kopf.

»Was?«

»Nichts.«

»Los, sag es, raus damit!«

»Du bist der allerschönste, allerbeste, allerschlaueste Lieblingsvorzeigeschwiegersohn in der Stadt.«

»Na, geht doch!« Seine Freude währte nur kurz. »Ich befürchte, deine Eltern denken anders. Ich werde beweisen, was in mir steckt und was ich leisten kann. Ich habe mich erkundigt was ich tun muss, um mein Studium wieder aufnehmen zu können, neben dem Job. PetroTec würde es unterstützen und hat mir eine Stelle als Chemieingenieur in Aussicht gestellt.«

»Du brauchst niemandem etwas zu beweisen, mir schon gar nicht.« Janina trank vom Kaffee und wischte sich das Milchbärtchen weg. »Ich entscheide selbst, wer gut für mich ist.«

Hasan sah auf. *Habe ich doch noch eine Chance?*

Janina war zugänglicher geworden in den letzten Wochen. Ich versuchs mal. »Ich bin ja jetzt Ehrenbürger und ein wenig berühmt«, sagte er mit stolz geschwellter Brust und angehobenem Kinn. »Und ich denke, ich wäre keine soooo schlechte Partie, oder?«

Janina schüttelte schmunzelnd den Kopf. »Du bist und bleibst der Alte und deshalb ...« Sie hielt inne. *Nein, das kann ich jetzt nicht sagen, oder?* Ihr kamen Zweifel. *Hasan war so verständnisvoll in den letzten Wochen gewesen und immer für mich da. Das war so süß! Er hätte es nicht tun müssen – nicht, nachdem ich ihn letztes Jahr so abserviert habe. Er war der erste Mann, der mir alles gegeben hat, was ich mir immer wünschte. Er kam sogar damit klar, dass er weniger verdient als ich. Wenn Emotionen im Spiel sind, versagt die Vernunft, hat Papa damals gesagt. Ich war vernünftig und habe Hasan wegen Shervin den Laufpass gegeben. Scheißvernunft, Scheißstandesdünkel, Hochmut kommt vor dem Fall!*

»Und deshalb was?«, bohrte Hasan.

»Ach nichts.« Janina sah zur Seite.

Er kannte diese Geste der Verlegenheit. »Los, sag es!«

Sie seufzte. »Und deshalb mag ich dich.«

»Mögen?«

»Nein ich ...«

»Sag es doch!« Hasan nahm ihre Hände und streichelte sie. »Ich liebe dich, Janina. Ich habe nie aufgehört dich zu lieben. Ich verzehre mich nach dir, wie ein Fisch an Land, der nach Luft schnappt. Das ist so ein Scheißgefühl! – Sorry, aber es ist so!« Er spürte, wie sie zitterte. »Wovor hast du Angst?«

»Dass mir wehgetan wird.«

»Ich würde dir nie wehtun, ich will für dich da sein!«

»Aber ich ...«

»Wovor hast du wirklich Angst, Janina, dass ich nicht treu sein kann, ist es das? Ich werde es dir beweisen!«

»Und deine Sex-Geschichten und die 72 Frauen, die du flachlegen willst?«

»Damit wollte ich dich ärgern und dir zeigen, dass ich dich nicht brauche, dabei habe ich mich selber bestraft. Ich kam mir vor wie ein Tiger auf der Jagd, der seine Beute wieder freilassen muss. Ich brauche keine 72 Frauen, ich will lieber 72 mal 72 Tage mit *dir* verbringen! Außerdem bin ich seit zwei Monaten clean.«

Janina horchte auf. »Clean wie ›enthaltsam‹, sprich ›keine Frau‹? Das soll ich dir glauben?«

»Ich schwöre es.« Er hob die rechte Hand. »Naja, dass ich mir ab und zu einen runterhole, kannst du dir ja denken. Ich bin ein Mann!«

Janina versuchte, das Bild dazu aus ihrem Kopf zu verdrängen und setzte ein gequältes Lächeln auf. »Jetzt weiß ich was los ist, du willst mich nur ins Bett kriegen!« Brüskiert fuhr sie hoch. »Ich muss mich noch einmal wiederholen, du bist und bleibst der Alte! Ich will keine deiner 72 sein!«

»Du bist keine von ihnen! Mit den anderen war es nur Sex, sonst nichts! Nenne es Frustficken wenn du willst, aber damit ist Schluss!«

Janina verschränkte die Arme vor ihrem Oberkörper, wie einen Schutzwall.

Auch Hasan stand jetzt auf. »Ich will das nicht mehr. Ich habe viel nachgedacht seit ich im Krankenhaus lag, ich werde mein Leben ändern.«

»Das Büßergewand steht dir nicht«, sagte sie abfällig.

»Ich meine es ernst.«

»Ich bin nicht mehr wie früher, Hasan.«

»Ich auch nicht, Janina. Inzwischen ist so viel geschehen. Ich bin kein oberflächlicher Mensch, das weißt du genau und ich bin kein Mr. Perfect. Ich bin ein Mann, der Fehler hat und macht, wie jeder andere. Bitte gib uns eine Chance.«

Uns, er sagt uns! Fehlt noch, dass er vor mir auf die Knie fällt! Sie sah Hasan an und er sie. Sie hielt seinem Blick nicht stand und suchte eine Stelle an der Hauswand als Fluchtpunkt.

»Ich bettle nicht«, sagte er. »Und ich falle nicht vor dir auf die Knie.«

Sie erschrak. *O Gott, jetzt kann er auch noch meine Gedanken lesen!*

»Hör auf dein Herz.« Hasan trat zu ihr und strich ihr sanft über die Wangen. »Ich spüre es doch, du empfindest noch etwas für mich. Ich irre mich nicht.«

Dabei sah er sie so liebevoll und weich an, Tränen kullerten über ihre Wangen, die sie sofort wegwischte. Hasan nahm ihre Hand und küsste die salzigen Tropfen weg.

»72 mal 72 Tage sind eine lange Zeit«, sagte sie mit belegter Stimme.

Hasan nickte lächelnd. »Vierzehn Jahre, zwei Monate und etwa zwei Wochen. Glaubst du, du könntest es so lange mit mir aushalten?«

»Wie wärs mit einer Probezeit?«

»Probezeit ... pffffff, knallhart wie früher!« Dann lachte er. »Okay, wie lange, 72 Tage?«

Sie schmunzelte. »Ich denke die reichen.«

»Okay, die gelten aber auch für dich.«

»Für mich?«

»Ja!« Hasan sah sie ernst an. »Keine Tabletten mehr!«

»Ich bin seit einem Monat clean, dank dir.«

»Yesss!«, triumphierte Hasan. Er umarmte Janina spontan und drückte sie an sich. Dabei knisterte es so laut – nein, es war eher ein Krachen, als würde der Blitz neben ihm einschlagen. Und da war er, der Hörschaden, wie früher, ein fantastisches Gefühl!

»Und du nimmst mich trotz der kurzen Haare?«

»Jetzt wiederhole ich mich: Die wachsen wieder.«

Janina zupfte verlegen an einer Strähne und legte sie hinters Ohr. »Ein Stückchen länger sind sie schon.«

»Es sind nur Haare, Janina! Der Mensch ist wichtig, du bist wichtig. Du bist der wichtigste Mensch für mich, lass mich der wichtigste Mensch für dich sein.«

Diese Worte rührten Janina sehr, ihr Herz stolperte vor Glück und es raubte ihr beinahe den Atem. Sie schluckte und fand keine Worte. Sie brauchte keine, Hasans leidenschaftlicher Kuss hätte sie erstickt.

NASRIS PARADIESE

Nervös lief Nasri im Zimmer auf und ab. Er erwartete Hasan und Rami, zum ersten Mal. *Schade, dass Günzburg so weit weg ist, dann würden auch Rena, Michael und Jonas öfter herkommen.* In den vergangenen drei Monaten hatte er sich auf jeden ihrer Besuche gefreut. Er lechzte danach, sie waren das Beste an den Wochenenden: Abwechslung zum Tagesablauf unter der Woche, andere Gesichter sehen und Neuigkeiten erfahren. Er durfte fernsehen, aber nur im Gemeinschaftsraum, da ging es nach dem Geschmack der Masse. Fast alle seiner Mitpatienten, die sich dort aufhalten durften, wollten diese langweiligen Serien sehen, die ihn nicht interessierten. Er begnügte sich mit Spielfilmen und den Nachrichten.

Vor zwei Tagen war ein Bericht über den aktuellen Stand der Ermittlungen zu Ziyads Terrorzelle gekommen. Bisher waren weitere acht Männer verhaftet und Strafverfahren wegen der Mitgliedschaft in einer terroristischen Vereinigung eingeleitet worden. Von allen hatte man Fingerabdrücke und DNA auf dem Schachhof gefunden. Die Hälfte war bisher polizeilich auffällig, zwei von ihnen sogar als Gefährder eingestuft gewesen. Wie man auf die anderen aufmerksam wurde, darüber schwiegen die Ermittlungsbehörden, aus taktischen Gründen ließen sie verlauten. Man ging davon aus, diese acht würden nur die Spitze eines Eisbergs darstellen und es weitaus mehr Anhänger geben. Deshalb untersuchte ein Team der, auf neunzig Personen aufgestockten, Sonderkommission auch Ziyads, mittlerweile per Gerichtsbeschluss freigegebene, Patientenakten. Er war an einem unbekannten Ort bestattet worden, seine Frau und die Kinder standen noch immer unter Polizeischutz.

Nach solchen Berichten musste Nasri sich mit Musik ablenken. Handys waren ja nicht erlaubt, deshalb hatte ihm Jonas einen alten MP3-Player mit seinen Lieblings-Songs mitgebracht. Sonst las er Gartenbücher. Seit Magnus' Entlassung vor einer Woche hatte er leider keinen Partner mehr zum Backgammon spielen. Magnus wohnte in der Nähe von Regensburg, noch weiter entfernt als Ingolstadt. Trotzdem hatte er versprochen, ihn so bald wie möglich zu besuchen. *Er muss draußen erst wieder Fuß fassen. Das steht mir auch irgendwann bevor, aber ich schaffe das. Erstmal den Knast hier überstehen, auch wenn es dauert. Ich bin auf einem guten Weg, sagt Dr. Lehner.*

Seit dem 1. Mai musste er nur noch drei Tabletten am Tag einnehmen, zum Frühstück, mittags und abends. Manchmal plagte ihn das schlechte Gewissen, weil er Rena und Michael so großen Kummer bereitete. Ab und zu geisterte Leonie durch seinen Kopf, aber es tat nicht mehr so weh wie am Anfang. Die Gespräche mit Dr. Lehner und den Therapeuten gefielen ihm viel besser und liefen ganz anders ab als die mit Ziyad. *Du verlogener Wichser, jetzt schmorst du in der Hölle! – Wie konnte ich mich von ihm nur so einlullen lassen? Ich war so blöd und verbohrt und wollte ...* Er schüttelte den Kopf. *Nein, damit ist es vorbei, keine bösen Gedanken mehr! Nie wieder auf diese Stimme hören, die mir ›beende das Brennen‹ ins Ohr flüstert, wie ein heftiger Wind, der die Flamme des Lebens ausbläst. Das Leben ist schön, auch wenn es hart ist und man Prüfungen bestehen muss. Ich bin ein Mann, ich schaffe das! Ich kann auf meine Freunde und meine Familie zählen und ich kann ihnen vertrauen. Sie sind das Wichtigste auf der Welt, ohne die ist man ein Nichts. Und sie lieben mich, trotz allem. Liebe ist stärker als Hass!*

Nasri sah alle paar Minuten auf seine Armbanduhr, ausgerechnet heute schien die Zeit nicht vergehen zu wollen. Der Besuch seiner besten Freunde war etwas ganz Besonderes. Er hatte Rami seit der Sache bei Audi nicht mehr gesehen und Hasan seit dem 6. Januar, eine verdammt lange Zeit. Seit Tagen malte er sich aus, wie diese Begegnung ablaufen könnte. Seine Telefonate mit den beiden waren bisher ganz gut gelaufen, obwohl Pfleger Gert zugehört hatte. Sich nach so einer furchtbaren Sache persönlich gegenüberzustehen, war etwas völlig anderes.

Als Nasri die beiden Besucherstühle zurechtrückte, klopfte es an der Tür, er fuhr herum.

Gert öffnete. »Besuch!«, sagte er, ließ Hasan und Rami eintreten und zog sich wieder zurück.

Nasri stieß einen schweren Seufzer aus und holte anschließend tief Luft. *Cool bleiben!*

»Hi«, begrüßten seine Freunde ihn mit Handschlag, Umarmung und Bruderkuss, wie früher.

»Hi«, sagte Nasri erleichtert und voller Freude.

»Du siehst gut aus«, lobte Hasan ihn.

Rami nickte und zeigte Daumen hoch. »Scharfer Haarschnitt.«

»Hat mir Magnus verpasst, mein ehemaliger Zimmergenosse.«

»Der hats drauf, ein Scheitel wie mit dem Lineal gezogen.«

»Er wurde letzte Woche entlassen«, sagte Nasri. »Nach eineinhalb Jahren, einschließlich Alkohol- und Drogenentzug.«

»Boah, eine lange Zeit!«, meinte Hasan.

»Schade, dass ihr ihn nicht mehr kennengelernt habt, er war immer total gut drauf.«

»Wir durften dich nicht früher besuchen.«

»Ich weiß. – Egal, jetzt seid ihr hier.«

Rami reichte Nasri die mitgebrachte Geschenketasche. »Hier, was zum Naschen.«

»Super, danke.« Nasri holte als Erstes die Großpackung Hanuta und eine Familienbox veganer Gummibärchen heraus. »Meine Lieblingssorten!«

»Wissen wir.«

»Da ist ja noch was drin.« Nasri nahm das dritte Päckchen heraus, eine mit einer Schleife versehene, schwarze Stoffrolle. »Was ist das?« Er zog das Band auf und wickelte das T-Shirt auf. Dann strich er es glatt und las den Spruch in weißen Lettern vor: »Chocolate is cheaper than therapy!« Er schmunzelte. »Hey, das ist voll cool!«

»Ziehs mal über, damit wir sehen, obs passt.«

»Bestimmt«, sagte Nasri mit belegter Stimme. Dann konnte er die Freudentränen nicht mehr zurückhalten und umarmte seine Freunde ganz fest. »Ich danke euch, vielen Dank. – Es tut mir so leid, alles was ich zu euch gesagt habe. Ich war so ein dummes Arschloch!«

»Vergeben und vergessen«, sagten Hasan und Rami einstimmig.

»Hey, schöne Grüße und gute Besserung von den Jungs in der Arbeit«, meinte Rami noch.

»Danke, sag ihnen auch schöne Grüße von mir. – Und jetzt setzt euch bitte.«

Hasan hängte seine Messengerbag um die Lehne, bevor er neben Rami Platz nahm.

Nasri setzte sich ihnen gegenüber aufs Bett und grinste. »Und du versuchst es nochmal mit Bart, Rami?«

»Ja.« Stolz strich er mit einer Hand über die fast einen Monat alte Pracht.

»Steht dir gut.«

»Danke.«

»Habe ich das letzte Mal schon gesagt«, sagte Hasan. »Aber da hattest du keine Geduld.«

»Das war mal, Bart ist jetzt voll angesagt.«

»Wie gehts deinem Bein, Hasan?«, fragte Nasri.

»Ist fast wie neu.«

»War es wirklich Ziyad?«

»Die Kripo meint ja, sie haben das Gewehr in seinem Versteck gefunden.«

»Dieser Wichser! – Ich hab in den Nachrichten gehört, was er dort alles gebunkert hatte. Ich weiß auch das von Janinas Verlobten, das hat sie sicher fertig gemacht.«

»Hm«, brummte Hasan nachdenklich.

Ich Idiot! Ich hätte Janina nicht erwähnen dürfen!
»Sorry, ich wollte dir nicht zu nahe treten.«

»Bist du nicht.«

»Sags ihm ruhig, Hasan«, drängte Rami.

»Es ist doch noch ganz neu.«

»Was ist neu, was meint ihr?« Nasris Blick wanderte zwischen den beiden hin und her. »Moment!« Er hob die Hand. »Bist du ... äh, seid ihr ... äh, du und Janina, seid ihr wieder zusammen?«

Hasan lächelte stumm.

»Ist ja der Hammer!«

»So richtig erst seit einer Woche.«

»Gratuliere! – Ich meine es ehrlich, echt.«

»Weiß ich doch.«

»Keine 72 mehr?«

»Nein, das war ätzend und respektlos den Frauen gegenüber. Ich war auch ein Arschloch.«

Nasri gluckste, nie hätte er gedacht, diese Worte einmal aus Hasans Mund zu hören. *Die Sache hat ihn ganz schön geläutert.*

»Ich hab seit drei Wochen den Führerschein«, sagte Rami stolz.

»Echt? – Gratuliere!«

»Hat Audi bezahlt.«

»Cool!«

»Er ist heute gefahren«, sagte Hasan.

»Mit deinem Kia?«

»Nein, ich hab einen A1 Sportback für ein Jahr, umsonst. Audi übernimmt auch Versicherung und Steuer.«

»Echt nobel.«

»Ich durfte heute zum *ersten* Mal mitfahren«, feixte Hasan. »Sonst ...«

Rami boxte ihn mit dem Ellenbogen in die Seite.

Das entging Nasri nicht. »Sonst was?«

»Sonst chauffiert er Karina.«

»Wer ist Karina?«

Rami grinste. »Meine Freundin.«

Nasris erstaunter Blick wanderte zu Hasan, der sofort beide Hände hob.

»Ich bin unschuldig, er hat das allein auf die Reihe bekommen.«

»Kaum bin ich einige Zeit außer Gefecht, geschehen Wunder! Los, erzähl! Und keine Sorge, ich bin nicht eifersüchtig.«

»Naja, irgendwie warst du doch daran beteiligt, Hasan«, meinte Nasri am Ende augenzwinkernd. »Wenn du nicht im Krankenhaus gelegen hättest ...«

»Wie mans nimmt, irgendwann kommt für jeden die Richtige, auch für dich. Hier gibts doch sicher ein paar nette, Pflegerinnen.«

Nasri winkte ab. »Ich lasse vorerst die Finger von den Frauen, nicht nur weil ich hier einsitze.«

»Abwarten. – Jedenfalls hast du ein schönes Zimmer.«

»Ja, ist ganz okay.«

»Wenn man nicht weiß, dass der Bau hier kein Hotel ist, könnte man ihn glatt für eins halten«, sagte Hasan. »Scherz beiseite, als ich erfuhr wohin du kommst, dachte ich an hohe Mauern mit NATO-Draht und Gitter an den Fenstern. Aber die Hütte sieht aus wie eines dieser stylischen Firmengebäude im Silicon Valley. Nur an den vielen Überwachungskameras und am Security-Check merkt man, dass das hier so was wie ein Knast ist. Unsere Handys mussten wir auch abgeben.« Hasan holte sein Tablet aus der Messengerbag.

»Wie hast du das reingeschmuggelt?«, fragte Nasri.

»Machst du Scherze? Ich lege mich doch nicht mit denen an! Außerdem, wie soll das gehen? Ich bin froh, dass sie es nicht in Einzelteile zerlegt haben.« Hasan grinste. »Wir müssen dir was zeigen.«

»Okay, setzt euch mit ans Bett.«

Sie nahmen Nasri ihn die Mitte.

Mit zwei Fingerwischern rief Hasan die Videodatei auf. »Das war Donnerstag vor zwei Wochen im Rathaus.«

»Im Rathaus?«

»Im Fernsehen liefen nur Ausschnitte, das hier ist der Film in voller Länge.«

Gebannt starrte Nasri auf die Aufzeichnung von *intv:* Im festlich geschmückten Rathaussaal trat Bürgermeister Höfler, dessen Name am unteren Bildrand eingeblendet wurde, ans Rednerpult. Eine Frau im Kostüm führte Hasan und Rami zu ihm. »Aufgrund des Stadtratsbeschlusses vom 10. Februar«, begann Höfler, »ernenne ich Herrn Rami Haddad und Herrn Hasan Tantawi zu Ehrenbürgern der Stadt Ingolstadt. Sie beide haben sich in außerordentlicher Weise um die Stadt verdient gemacht und mit Umsicht und Mut eine große Katastrophe mit unabsehbaren Schäden verhindert. Dafür sprechen wir Ihnen großen Dank aus. Außerdem verleihe ich Ihnen, als weitere Anerkennung, die Goldene Bürgermedaille.«

»Ehrenbürger, wow!« Nasri staunte Bauklötze. »Deshalb die scharfen Anzüge, Respekt.«

Hasan hielt den Film an.

»Meinen hat Hasan spendiert«, erklärte Rami. »Ist von Hugo aus dem Village.«

»Ich konnte dich schlecht in Jeans hingehen lassen, außerdem war ich dir das schuldig.«

»Quatsch!«

»Wieso war Rami dir was schuldig«, fragte Nasri.

»Er hat mein Bein abgebunden, nachdem ich angeschossen wurde, wie ein Profi.«

»Echt? Du kannst das?«

»Bis dahin wusste ich es nicht.«

»Er kann noch was ganz anderes.« Hasan ließ den Film weiterlaufen. »Aufpassen!«

»Okay.« Nasri sah genau hin: Rami drückte Hasan Urkunde und Medaille in die Hand und holte einen Zettel aus der Innentasche seines Jacketts. Er rückte das Mikrofon zurecht und räusperte sich. »Vielen Dank,

Herr Dr. Höfler, vielen Dank meine Damen und Herren, vielen Dank Ingolstadt für diese große Ehre. Ich spreche auch im Namen von Hasan. Er meinte, ich soll die Rede halten, er redet ja sonst immer.« Er warf ihm einen schmunzelnden Seitenblick zu, der mit einem Zwinkern erwidert wurde. »Ich mache das zum ersten Mal und bin ein wenig aufgeregt, das verstehen Sie sicher. Mein Deutsch ist noch nicht so perfekt, aber ich gebe mein Bestes.« Bereits diese Worte rührten das Publikum zu Herzen, es applaudierte frenetisch. Höfler musste die Leute beschwichtigen. »Ich glaube, jeder hätte so reagiert«, fuhr Rami fort. »Wir sind froh, dass wir den Menschen hier etwas zurückgeben konnten. Der Bürgerkrieg in Syrien hat uns vor über drei Jahren hierher verschlagen. Wir wurden freundlich aufgenommen, haben eine neue Heimat gefunden und ich mit den Pertingers neue Eltern und zwei große Schwestern. Anna und Katrin können heute leider nicht hier sein, Mama und Baba sitzen dort, in der ersten Reihe.« Er lächelte und winkte dezent. »Ich danke euch für alles und ich danke Hasan, der mich immer ermutigt, niemals aufzugeben. Und ich muss noch etwas loswerden, es betrifft unseren Freund Nasri. Bitte gehen Sie nicht zu hart mit ihm ins Gericht. Gewiss, er wollte was Schlimmes und Unentschuldbares tun. Hasan, ich – alle die ihn kennen – wissen, es tut ihm aus tiefstem Herzen leid. Der wahre Übeltäter war dieser fanatische Psychologe, der ihm eine Gehirnwäsche verpasst und böse Gedanken eingeimpft hat. Nasri ist ein guter Mensch.« Rami sah jetzt direkt in die Kamera. »Nasri, wenn du das hörst, wir halten zu dir und wir lieben dich. Und vergiss nie, Liebe ist stärker als Hass!« Dann verbeugte er sich. »Vielen Dank.« Jetzt hielt die Leute nichts mehr, die Standing Ovations dauerten mehrere Minuten.

Hasan stoppte den Film.

Nasri kamen die Tränen. »Ich bin sprachlos.«

Hasan stellte mit dem Finger ein Ohr auf. »Gerade hab ich was gehört.«

Rami grinste. »Ich auch.«

Nasri legte die Arme wieder um seine Freunde. »Ihr seid die besten.«

»Jetzt mal Klartext«, sagte Hasan nach einer Weile. »Wie lange muss du hier bleiben?«

Nasri seufzte. »Rena sagt, das hängt vom Behandlungsfortschritt ab. Es gibt keine festgelegte Zeit. Ich werde regelmäßig untersucht, dann gibt es eine Beurteilung. Fällt sie gut aus, wird der Maßregelvollzug schrittweise gelockert, im Idealfall kann ich per Gerichtsbeschluss sofort entlassen werden.«

»Wer macht diese Beurteilung?«

»Ein unabhängiger Gutachter, wahrscheinlich derselbe, der mich nach der Einlieferung befragt hat. Der war okay, wie alle Ärzte hier, besonders Dr. Lehner.«

»Jeder ist besser als dieser verfickte Ziyad!«

»Du hast Recht. Ich muss mich hier trotzdem anstrengen. Ich hoffe, dass ich bis zum 16. Oktober hier raus bin. Ich will meinen 20. Geburtstag zu Hause feiern.«

»Hey, das packst du!« Rami klopfte Nasri auf die Schulter. »Wir glauben an dich.«

»Danke. – Es gibt eine erste gute Nachricht. Dr. Kuhn, mein Anwalt, hat das psychologische Gutachten eingesehen, darin wird mir Schuldunfähigkeit zugesichert, also keine Abschiebung.«

»Hey, das ist super!«

»Was wirst du machen, wenn du hier raus bist?«, fragte Hasan.

»Meine Ausbildung kann ich knicken, bei Audi brauche ich mich nicht mehr blicken lassen.« Nasri seufzte schwer. »Ich bin so ein Idiot, verbaue mir meine Zukunft! Es war falsch, auf den Doc zu hören. Er sagte, es wäre das Beste für mich. Er hat mich belogen, ich habe ihm geglaubt und jetzt ist alles viel schlimmer.«

»Jetzt warte erst mal ab, Mann«, meinte Rami.

Hasan nickte. »Genau! Keiner kennt die Zukunft, sie wird erst geschrieben.«

»Ich werde meine selber schreiben«, sagte Nasri fest entschlossen, »und sie wird gut werden.«

»Das hast du gut gesagt.«

»Seit drei Wochen arbeite ich fest in der Gärtnerei, ich hab meinen eigenen Verantwortungsbereich. Außerdem betreue ich Magnus' Pflanzen im Gewächshaus. Stellt euch vor, die Tomatenstauden tragen schon Früchte und die ersten Sommerblumen blühen auch!«

»Hey, das ist toll!«

»Es macht total Spaß. Ich mag den Geruch der frischen Erde und mit den Händen darin herumzuwühlen. Es ist so schön zu erleben, wie aus einem Samenkorn eine Pflanze wird. Bis jetzt sind fast alle aufgegangen und sie wachsen so schnell, du kannst förmlich dabei zusehen. Nächste Woche pflanzen wir einen Teil ins Freie, den anderen holt eine Gärtnerei aus dem Ort ab und verkauft sie. Der Gewinn wird hier wieder investiert. Unser Betreuer hat mich gelobt und sagte, ich hätte großes Talent und sollte draußen eine Gärtnerlehre machen.«

»Super! Dann kannst du Rena Tipps für ihren Garten geben und dich dort austoben.«

Nasri sah sich hinter dem Haus stehen. *Jetzt müssten dort die Kirschbäume blühen, dann sind die Erdbeeren dran, später die Rosen und Sonnenblumen.* Er stellte ihn sich zehn Mal so groß vor, mit Apfelbäumen, großen Gemüsebeeten mit grünen und violetten Salatköpfen, verschiedenen Beerensträuchern und Blumen, Blumen, Blumen ... ein ganzes Meer davon, wunderbar duftend und in allen erdenklichen Farben, mehr als ein Regenbogen. »Ich mache aus jedem Garten ein Paradies auf Erden.«

MYTHOS 72

»Jeden Märtyrer erwarten 72 Jungfrauen im Paradies.« Das verspricht der IS, der sogenannte Islamische Staat, jedem Selbstmordattentäter und legt den Koran falsch aus. Nirgendwo wird erwähnt, ob diese Form der Belohnung für Märtyrer gilt. Auch Suizid verbietet die Heilige Schrift des Islam, was Fanatiker nicht daran hindert, sich und andere Menschen in die Luft zu sprengen. Nach dem Koran sind Selbstmordattentäter Sünder.

Woher also kommt der Mythos mit den 72 Jungfrauen? In mehreren Koransuren werden die Huris (arabisch ›al-ḥūr‹) erwähnt: ›Blendendweiße (unbefleckte) Frauen, die jeden Seligen in den ewigen Gärten erwarten, schwarz- und großäugige Jungfrauen von blendender Schönheit, Paradiesfrauen wie Rubine, Korallen oder wohlverwahrten Perlen gleich und mit schwellenden Brüsten‹. Selig im Sinne des Koran ist jeder Gläubige, der gute Taten in seinem Leben vorweisen kann. Was ist eine gute Tat? Mord und Selbstmord sind damit sicher nicht gemeint.

Die Zahl 72 sucht man in den Suren vergeblich, sie ist symbolgeschichtlich bedeutsam. Im Islam ist sie bekannt als die Zahl der Märtyrer in der Schlacht von Kerbela im Jahr 680. Sie beschreibt das Verhältnis der Kämpfer: 10.000 auf der Seite des Umayyaden Yazid I. zu 72 beim Aliden Hussein, einem Enkel des Propheten. Aus dem aussichtslosen Kampf Husseins resultiert die endgültige Trennung zwischen Sunniten und Schiiten. Husseins Soldaten ging es nicht ums Überleben, sondern um die Treue und um den Glauben.

Bis heute gilt die Schlacht von Kerbela, bei der die genannten 72 ihr Leben ließen, als eines der zentralen Ereignisse in der frühen Geschichte des Islam und steht symbolisch für den Kampf zwischen Gut und Böse. Daraus leiten sich die Dschihad-Verständnisse radikaler Gruppen ab, die das Konzept des religiösen Märtyrers weiterentwickelten.

Dschihad bedeutet wörtlich ›Anstrengung‹, im Sinne von ›Einsatz für den Glauben‹. Die Ideologie des IS-Terrors hat damit nicht mehr gemein als die Berufung auf dieselben Quellen. Sie folgt der Logik eines dualistischen Weltbilds, das nur Freund und Feind kennt. Das Wort Dschihad steht beim IS für deren Heiligen Krieg, dem Kampf gegen die Ungläubigen. Die islamischen Extremisten haben aus den Koransuren und der historischen Überlieferung eine eigene Formel konstruiert: ›Selig ist jeder, der für den wahren Glauben kämpft. Stirbt er als Märtyrer, hat er die höchste Belohnung verdient: 72 Jungfrauen‹.

Diese dienen als Mittel zur Motivierung von jungen, männlichen Muslimen zu Selbstmordanschlägen. Die falsche Interpretation findet sich in der entsprechenden Propagandaliteratur. Auch den Attentätern des 11. September 2001 stellte man in der geistlichen Anleitung, die man in ihrem Gepäck fand in Aussicht, dass die Paradiesgärten bereits für sie geschmückt seien und die Huris sie herbeiriefen.

(Quellen: Wikipedia und Prof. Dr. Rüdiger Seesemann vom Lehrstuhl für Islamwissenschaft an der Universität Bayreuth)

ANHANG

DANKSAGUNG

Zuallererst danke ich Ihnen ganz herzlich, liebe Leserinnen und Leser, dass Sie sich für den Kauf meines Buches entschieden haben. Außerdem meiner Familie und Freunden, die mich seit Jahren unterstützen, meiner Lektorin S. Weber für ihre konstruktive Kritik und ihre tolle Arbeit am Text, sowie Dr. J. Walther und Dr. M. Lukaschewski für die medizinische und rechtsmedizinische Beratung.

ANMERKUNGEN

Die gesamte Handlung und die Namen aller Personen in dieser Geschichte sind fiktiv. Übereinstimmungen mit lebenden oder verstorbenen Personen wären reiner Zufall und sind nicht beabsichtigt. Dieses Buch erhebt keinen Anspruch auf Faktizität, obwohl real existierende Behörden, Einrichtungen, Unternehmen und Handlungsorte genannt, sowie wahre Ereignisse und realistische Abläufe thematisiert wurden.

QUELLENHINWEISE

S. 91   Freitagsgebet aus „Das islamische Gebetbuch"
         Verlag Der Islam, 2. Auflage

GLOSSAR ARABISCH – DEUTSCH

Al-ḥamdu li-llah!	Lob sei dem Herrn!
Ya salâm!	O Friede! oder Lieber Himmel!
Sabah alchêr	Einen guten Morgen
As-salāmu ʿalaikum	Friede sei mit dir
Wa-ʿalaikum us-salām	Auch mit dir sei Friede
ʿAna tabib Ziyad	Ich bin Dr. Ziyad
Inschallah	So Gott will
Bismillāh ir-rahmān ir-rahīm!	Im Namen Gottes, des All-mächtigen und Barmherzigen

Alle Suren im Koran, mit Ausnahme der neunten, beginnen
mit Bismillāh. Man spricht es vor jedem rituellen Gebet, auch
bedeutsame Handlungen beginnen damit.

ISLAMISCHE FEIERTAGE

Aschura-Fest

Wird zur Erinnerung an die Schlacht von Kerbela gefeiert und findet immer am 10. Tag des Monats Muharram statt. Muharram ist der erste Monat des islamischen Kalenders. Er dauert 29 Tage. Da der islamische Kalender nach Mondjahren rechnet und verglichen mit dem Gregorianischen Kalender kürzer ist, wandern die islamischen Monate im Laufe mehrerer Jahrzehnte durch das Sonnenjahr. Im Jahr 2015 entsprach der Monat Muharram den Tagen vom 14. Oktober bis 11. November.

DIE AUTORIN

LiLo Seidl, gelernte Programmiererin, arbeitete bis 2011 als Text-Administratorin. Seitdem widmet sie sich hauptberuflich der Schriftstellerei. Schon als Teenager schrieb sie eigene Fortsetzungen von Star Wars und TV-Krimiserien, Fanfiction sagt man heute. 1998 erlernte sie das Drehbuchschreiben und bekam das Handwerkszeug in Sachen Stoffentwicklung und Dramaturgie. In den darauffolgenden Jahren entstanden Drehbücher für vier Kurzfilme (einen produzierte sie selbst und führte auch Regie), außerdem für ein Musikvideo und eine Musikdokumentation. Ihr Roman-Debüt gab sie 2013 mit dem Historien-Epos „Das Vermächtnis von Südland". Die Liebes- und Lebensgeschichte „Schokomaus & Anwaltssüppchen" widmete sie allen selbstbewussten Frauen über vierzig, die in diesem Genre generell zu kurz und ganz ohne Millionär auskommen. Mit „Positronenfalle" fiel der Startschuss zur Krimi-Reihe mit der Nürnberger Kommissarin Kathi Starck. In „Royal Flush" ermittelt sie zum zweiten Mal. In Band drei (erscheint im H/W 2018/19) hat sie es mit kriminellen Machenschaften in Nürnbergs Pharmaindustrie zu tun. Im New-Adult-Drama „72" behandelt sie das brisante Thema „Warum radikalisieren sich Flüchtlinge und werden zu Attentätern?".

Lilo Seidl lebt in Nürnberg und ist Mitglied der Mörderischen Schwestern, dem größten, deutschen Netzwerk der Krimi- und Thriller-Autorinnen.

Mehr über LiLo finden Sie hier: www.liloseidl.de